光文社文庫

文庫書下ろし／長編時代小説

妖怪狩り

佐伯泰英

光　文　社

この作品は光文社文庫のために書下ろされました。

目次

妖怪狩り

夏目影二郎始末旅

第一話　本所深川暗殺指令

一

天保十年（一八三九）陰暦仲夏、澄み切った五月晴れが江戸の町に広がっていた。

この昼下がり、夏目影二郎《えいじろう》はいつにも増して大勢の通行人が往来する両国橋を渡った。

川面にも荷船や猪牙舟《ちょきぶね》や屋根船がしげく行き交っていた。

この日の影二郎の衣装《いでたち》は結城紬《ゆうきつむぎ》の羽織袴、表は白藍、中の小袖は萌葱《もえぎ》という色合わせで、そこはかとなく夏の匂いが長身から漂ってきて擦れ違う女たちが振り返った。

若菜がすべてこの日のために用意してくれたものだ。

本多髷もりりしく結い上げ、腰には薙刀を鍛《う》ち変えた法城寺佐常《ほうじょうじすけつね》二尺五寸三分と山城の住人粟田口《あわたぐち》国安一尺六寸の大小があって、まるで大名家に奉公する若侍のようであった。

影二郎の額にわずかに汗が光った。

手に下げていた土産の風呂敷包みを持ち替えた。

飛鳥山《あすかやま》王子稲荷の扇屋の、釜焼玉子の折りだった。

三代将軍家光の治世、慶安元年（一六四八）に創業した扇屋の名物が焼玉子だ。

影二郎が橋の中ほどにかかったとき前方から悲鳴が上がった。

さっと人込みが分かれて、書生風の若者が影二郎の方に必死の形相で逃げてきた。それを追うのは捕り方だ。

書生の足がもつれて橋上に転んだ。

その体に十手持ちらしい手先たちが折り重なり、手足を掴んだ。

町奉行所の捕り方とは違った。

四十前か、黒絽無紋の羽織袴の武家と御用聞きがゆっくりと姿を見せ、御用聞きが手にした十手で書生の額を殴りつけた。

額が割れて血が流れた。

書生はそれでも、

「私がなにをしたというので」

と必死の形相で訴えた。

「うるせえ！」

中年の御用聞きは今度は書生の鳩尾《みぞおち》あたりを足蹴りにした。

「ひでえな」

影二郎のかたわらから職人風の男が呟いた。

思わず呟きを洩らした職人にぎらりと血走った目を向けた御用聞きは、

「ひでえたあ、どういうことだ」

御用聞きが職人に十手の先を顎に突きつけて歩み寄り、大勢の見物の人に聞こえるように、

「こいつは天下の大罪人小関三英《おぜきさんえい》の書生なんだよ。御目付鳥居耀蔵《おめつけとりいようぞう》様直々のお召し捕りの命《めい》だ。てめえら、お上の意向に逆らう気か」

御目付は旗本を監察糾弾する職務を負っていた。しかし御目付支配下の役人が御用聞きを携えているとは……。

御用聞きは職人の顎に十手を突きつけたまま、尖った視線を見物の群れに向けた。

鳥居耀蔵の配下の役人は御目見《おめみえ》以下を監督する徒目付《かちめつけ》か小人《こびと》目付と思えた。

鳥居は、『徳川実紀』の編纂を務めた儒官林《はやし》家の中興の祖林大学頭《だいがくのかみ》述斎《じゅっさい》の次男である。

旗本二千石鳥居一学の養子になって家督を継ぎ、天保八年には御目付に就任した。

この前年に天満《てんま》与力大塩平八郎の乱が起こり、この事件の裁判に加わった鳥居の厳しい働きが老中水野越前守忠邦の目に留まって、出世の糸口を摑んだのだ。

この鳥居耀蔵は峻烈過酷な性格で、一切の情実を排していささかの妥協も許さない人物として知られていた。

「親分さん、すまねえ。ついうっかり……」

職人が謝った。

「うっかりだと。うっかりですみゃあ、役人はいらねえよ。てめえも目付役所まで引っぱろうか」

「許してくんな。道具箱をあしたからの仕事場に届けるところだ」

おい、と御用聞きは手先を見た。どうやら本気で役所まで引っ張る気だ。

「そなたの名はなんと申す」

影二郎がたまりかねて言葉をかけた。

「侍《さむれえ》、ちょっかいを出すんじゃねえよ。おめえさんも騒ぎに巻き込まれてえか」

忍耐心がぷつんと弾け飛んだ。

「おれはおまえのような十手持ちが大嫌いでな、虫酸《むしず》が走るのさ」

「てめえ、喧嘩を売る気か。おれも神田須田町《すだちょう》の甚三《じんぞう》だ。許せねえ、名乗りねえ」

十手を職人の顎から外した甚三が影二郎に突きつけた。

「近ごろお上の威光を笠に威張りくさるげじげじの甚三とはおまえのことか」

影二郎に面と向かって言われた甚三の顔が朱に染まり、見物の群れがざわめいた。

「ようも言いやがったな、名を名乗れ」

「げじげじ、泳ぎはできるかえ」

「なにっ、泳ぎができるかとはどういうことだ」

十手の先がぐいっと影二郎の胸を突いた。

影二郎は片手で十手をはたいた。するとつんのめるように甚三がよろめき、その襟首を摑んだ影二郎が反動を利して欄干の向こうに軽々と放り投げた。

「あわっ！」

甚三は悲鳴を上げて大川へと落下し、水音を派手に立てた。

甚三の手先たちが、

「さんぴん、やりやがったな！」

と影二郎を囲んだ。

「お侍、おれたちが付いているぜ」

群衆から声が飛んだ。

「おお、無法は小人目付の手先だ」

別の声が呼応した。

その声を一睨みした小太りの小人目付が影二郎の前に歩んできた。幕府の役人とは思えないほど荒々しく尖った相貌で血の匂いさえ漂ってきた。

「お手前、どちらのご家中か」

「主持《しゅうも》ちではない。気楽な浪人だ」

「浪人だと……」

影二郎の頭から足元までなめ回すように見た小人目付が、

「名を聞こう」

「夏目影二郎」

「夏目……」

目付はしばらく考えていたが、

「鏡新明智流《きょうしんめいちりゅう》桃井春蔵《もものいしゅんぞう》道場の夏目か」

影二郎は桃井の道場で師範代《だい》に登りつめ、

「位《くらい》の桃井に鬼がいる……」

と恐れられた剣士であった。

「そんな日もあった」

小人目付が吐き捨てた。

「覚えておくぞ、夏目」

「そなたの名を聞いておこうか」

「小人目付鈴木田右内《すずきだうない》」

鈴木田はそういうと小者たちが縄をかけた書生をちらりとみて、西両国広小路へ群衆を強引に肩で分けて歩み去った。

その後を慌てて小者たちが従う。

甚三の手先たちだけが欄干から水面を見下ろしていた。行き交う船の一隻に親分が助け上げられたのを見て、ようやく鈴木田が去った方角へと小走りに追っていった。

御目付は旗本を監督する。が、実際に御目見以下を糾弾するのはその支配下の徒目付、小人目付であった。

鈴木田右内の小人目付は町奉行所、牢屋敷、勘定所、養生所と役人を内偵し、御目見以下の素行調査も行う。黒紹の袷羽織を着用したところから俗に、

「羽織」

と呼ばれ、役人たちから毛嫌いされた。

「わあっ！」

という喚声が橋上に挙がった。

「旦那、助かったぜ」

職人が礼をいうのに頷《うなず》いた影二郎は東広小路へと渡っていった。その背に、

「あれが桃井の若鬼かえ」

「しばらく噂を聞かなかったがねえ」

「さすがに腕はしっかりしたもんだ。げじげじの甚三を片手一本で大川へ叩きこんだぜ」

と噂し合った。

東広小路から回向院《えこういん》にぶつかった影二郎は回向院の塀にそって左に曲がり、さらにその北側を東に下った。旗本屋敷や御米蔵の間を十町ほど歩いて陸奥弘前藩の上屋敷を通り過ぎ、さらに四、五町行くと陸奥津軽藩中屋敷の前に出る。

その手前で夏目影二郎の足は止まった。

津軽藩の中屋敷前に父、勘定奉行常磐《ときわ》豊後守《ぶんごのかみ》秀信の屋敷があった。

影二郎は今から十数年前、一年ほどこの屋敷で暮らしたことがあった。

影二郎は本名夏目瑛二郎《えいじろう》といい、秀信と浅草の料理茶屋嵐山《らんざん》の一人娘みつとの間に生まれた。婿養子の秀信が家付きの鈴女《すずじょ》に隠れて作っていた妾腹の子が瑛二郎だ。物心ついたときから瑛二郎は下谷同朋町《したやどうぼうちょう》の家で侍の子として育てられた。

夏目は秀信の実家の姓だ。

瑛二郎が十四の時にみつが流行病《はやりやまい》で亡くなり、瑛二郎はこの本所深川の屋敷に引き取られた。が、妾腹の子が秀信の家付きの正室鈴女とうまくいくわけもない。異母兄の紳之助との折り合いも悪く、瑛二郎はわずか一年でみつの実家の嵐山に戻った。

町家に移った瑛二郎は名も影二郎と変え、放埒の限りを尽くしたものだ。

金があり、腕っぷしが強く、無法の徒の頭分となって好き放題の暮らしぶりだ。

影二郎には吉原に惚れ合った女郎の萌がいた。いずれは所帯を持って……と考えていた矢先、萌を騙して身請けし、自分の望みを達したのがやくざと御用聞きの二足の草鞋を履く聖天《しょうてん》の仏七《ぶつしち》だ。

悲観した萌は自ら唐かんざしで喉を突いて死んだ。

影二郎は惚れた女の仇を討つべく聖天の仏七を叩き斬った。

その結果、町奉行所に捕まり、伝馬町《てんまちょう》で流人船を待つ身に落ちたのだ。

そんな日、父の秀信が牢屋敷を訪ねてきた。

永の無役だった常磐秀信は勘定奉行に抜擢されていた。それも荒技を振るわねばならぬ関東《かんとう》取締出役《とりしまりしゅつやく》の担当だという。

関東取締出役は徳川幕府が文化二年（一八〇五）に関八州《かんはっしゅう》の無宿者、渡世人などを取り締まるために設けた制度だ。

通称八州廻りは寺社、勘定、町奉行の三奉行の手形を持って、幕府直轄領、私領の別なく立ち入り捜査ができた。

勘定奉行の要職に就いてはみたものの八州廻りの役人自身が腐敗堕落して悪の温床になっていると秀信は影二郎に説明し、

「悪を絶つにはちと荒療治がいる。世間の裏も表も知っておるそなたの手を借りたい」

と言い出したものだ。

「父上、それがしは流罪の裁きを受け、流人船を待つ身にございますぞ」

「もはや尋常な手立てでは腐敗し切った八州廻りを元に戻すことは適わぬ。瑛二郎、そなたはそれがしの分身となって、腐敗した八州廻りを始末せよ」

「それは父上一存の考えにございますか」

「幕閣の方々がこのようなことを許されるはずもない」

「このことが発覚したら……」

「おれが腹を切れば済むことよ。暎二郎」

婿養子の身というので鈴女にも頭が上がらず、屋敷の中でひっそりとしていた父の覚悟に影二郎は驚きの目を向けたものだ。

(父はこれほど腹が据わった人物か)

驚きが影二郎に決断させた。密かに牢屋敷を出された影二郎は勘定奉行の常磐豊後守秀信を陰から助ける任務に就き、腐敗した八州廻りを影二郎は一掃した。

秀信は青雲の志を持った若い役人を新たに八州廻りに赴任させ、改革を一歩進めた。

大鉈《おおなた》を振るった新任の勘定奉行に注目したのが天保の改革を推し進める老中水野越前守忠邦だ。

秀信から真相を聞き知った水野は影二郎の影仕事を暗黙のうちに認め、三宅島流罪人影二郎の名を町奉行所の記録からも流罪人名簿からも抹消させた。

この影の任務を知るのは水野らかぎられた数名だけだ。

影二郎は常磐邸の門前にゆっくりと歩み寄ると、ふうっと大きな息をついた。

二日前、評定所から帰りの秀信が嵐山に立ち寄り、影二郎に本所深川の屋敷に参るように言い残したという。

鈴女が影二郎にどんな仕打ちをしたか知らぬ秀信ではない。

「殿様の命ではいかぬわけにもいくまい」

「じじ様、なんぞ屋敷で起こったかねえ」

祖父母の添太郎といくが言い合い、萌の妹の若菜がこのことを影二郎が住む浅草三好町の市兵衛長屋に知らせてきたものだ。

嵐山では十数年ぶりに訪ねる屋敷のことを気にして、影二郎の衣服から髪型までいくと若菜が知恵を絞った。

その成果が旗本家の血筋を引く若様にふさわしい扮装であったのだ。

その上、鈴女が好きな飛鳥山王子稲荷の扇屋の釜焼玉子の折りまで持たされる羽目になったのだ。

「これは暎二郎ぼっちゃまではありませぬか」

ふいに庭内から声が掛かった。

「気がつかねえことでしたな」

「福三《ふくぞう》、元気そうじゃな」

老爺《ろうや》の門番福三がにこにこと笑っていた。

「目も耳もな、悪くなりました」

目やにがついた両眼を細めた福三は、

「暎二郎ぼっちゃま、えらい出世をなさったようじゃ」

と嬉しそうに破顔した。

「なんの出世なものか。父上のお呼び出しにこんな格好をさせられたのよ」

影二郎は伝法な口調で言った。

屋敷に住まいした折り、奉公人のだれもが鈴女の悋気《りんき》からくるいじめに同情して、影二郎をひそやかに応援してくれたものだ。

福三が玄関番の若侍に影二郎の来訪を伝え、玄関番が用人の佐野恒春《つねはる》を呼んできた。

「暎二郎様、ようこそお出でなされましたな」

用人は影二郎の来訪を知っていた。

「佐野も堅固の様子じゃな」

「はっ」

と畏《かしこ》まった佐野用人が、ご案内致しますと秀信のいる書院まで案内した。

旗本三千二百石常磐家の屋敷は四十数間四方、千七百余坪の広さがあった。

無役の時代が長かった常磐家は、庭の手入れもなされず、曰《いわ》く窓《まど》がついた海鼠塀《なまこべい》も荒れはてていた。が、勘定奉行の御役料七百俵、御役金三百両の役料が入るようになって内証も豊かになったと見え、どこもが手入れされていた。

刈り込まれた庭木にのどかな日差しが落ちていた。

書院の前の廊下に膝をついた佐野用人が、

「暎二郎様をお連れしましてございます」

と障子の向こうに声をかけた。すると奥から養母の鈴女の険しい声が流れてきた。

「私も暎二郎に会わねばなりませぬのか」

「奥、そう無体なことを申すでない。暎二郎もそなたの子ではないか」

「いえ、私の子は紳之助と紀代の二人にございます」

秀信と鈴女の会話が聞こえ、ふいに障子が開いた。

鈴女が敷居際に立って影二郎を睨みつけた。

「夏目影二郎、参上致しました」

影二郎は廊下で平伏して挨拶すると鈴女に視線を向けた。

「母上様にはご壮健のご様子……」

「暎二郎、そなたに母上呼ばわりされる覚えはありませぬ」

書院には秀信と鈴女の他に異母兄の紳之助と妹の紀代がいた。

「紳之助、紀代、参りますぞ」

鈴女が二人の実子に命じた。

紳之助は憎しみの籠った視線で影二郎を睨みつけていたが、

「父上、勝手に出ていった暎二郎を呼ぶとはどういうことにございますか」

と詰問するように吐き捨て、荒々しく座を立った。が、紀代は、

「母上、兄上、お待ちください。暎二郎兄上が十数年ぶりに屋敷に戻られたというのにあまりといえばあまりな仕打ち……」

「紀代は昔から暎二郎贔屓でしたな、精々お相手をなされ」

と捨て台詞を残した鈴女と紳之助がさっさと書院を出ていった。

「兄上、ご不快にございましょうな」

気の毒そうな顔で紀代が影二郎を見た。

「紀代、美しう育たれたな」

影二郎は笑みを浮かべた顔を妹に向けた。

紀代は影二郎が屋敷を出たとき四つになったばかりであった。

「もはや十七にございます。兄上もお元気そうで」

「おお、元気じゃ」

「父上から時折り兄上のことは……」

「聞いておるか」

「暎二郎様、紀代様はこの秋にご婚礼が整い、嫁にいかれます」

佐野が嬉しそうに言い出した。

相手は旗本二千四百石、中奥御番衆を務める浜谷内蔵助《くらのすけ》の嫡男清太郎だという。

「それはめでたい。兄もなんぞそなたに祝いをせねばな」

紀代は頬を赤らめた。

「兄上、そのこともゆっくりとお話がしとうございます」

「本日は父上の用事じゃ。そなたさえよければな、浅草の嵐山を訪ねてこい。いつでも会えるわ」

「若菜様もおられますな」

「若菜のこと知っておるのか」

「兄上のことならなんでも」

「ならば話が早い」

影二郎は持参した釜焼玉子の折りを紀代に、

「紀代、母上のご機嫌のよいときな、差し上げてくれぬか」

と差し出した。

「なんと……」

紀代の瞼がみるみる潤んだ。

「泣くでない、紀代」

秀信は紀代が示した家族の情にほっとした表情で、

「紀代、近々浅草を訪ねてな、兄と妹でゆっくり話せ」

「はい」

紀代が釜焼玉子を抱えると書院から立ち去ろうとした。

「紀代、待っておる」

書院には父と子と用人の三人だけになった。

「父上、火急の用にございますか」

頷いた秀信は、

「同道せよ」

と縁側から庭に下りた。

二

秀信は影二郎を庭伝いに隣家との塀へと導いた。

隣家は豆州《ずしゅう》韮山《にらやま》の代官江川太郎左衛門英龍《ひでたつ》の屋敷であった。

当代の主《あるじ》、英龍は三十六代を数え、叡智と独創の才能を持った人物であった。

また知行高五百石の幕臣英龍は躑躅《つつじ》の間《ま》詰め、代官としての支配地は武蔵、相模、伊豆、駿河にまたがり、五万四千石に及んでいた。剣は神道無念流岡田十松に学び、書を市河米庵《いちかわべいあん》、絵は谷文晁《たにぶんちょう》に師事した才人でもあった。さらに江川太郎左衛門英龍を英龍たらしめたのは先進する外国の科学や工業を真摯《しんし》に学び、実践するその姿勢にあった。

数年後、英龍の研究は伊豆の韮山に反射炉を完成させ、西洋式の砲術を幕閣の人々の前で披露するまでにいたる。

常磐秀信と江川太郎左衛門は屋敷が隣同士だった誼《よしみ》から交流を始め、互いに肝胆相照らす仲となっていた。むろん影二郎も太郎左衛門と知り合いであった。

過日、影二郎が勘定奉行秀信の命を受け、伊豆に始末旅に向かったとき、太郎左衛門の助けを借りて役目を果たしたこともあった。

秀信は自ら江川屋敷と通じた裏戸口を引き開けた。

どうやら秀信と太郎左衛門には事前の打ち合わせがあってのことらしい。それにしても幕臣二人が面会するのに、裏口を使うとは奇怪なことであった。

影二郎は気持ちを引き締めた。

秀信は母屋から離れた茶室に影二郎を伴い、

「英龍どの」

とひそやかな声をかけた。

「秀信様、見えられたか」

内部から三十六代江川家の当主の応じる声がした。

にじり口を開けた秀信の体が茶室へと消え、影二郎も続いた。

太郎左衛門英龍が茶を点《た》てていたが秀信に会釈《えしゃく》し、

「暎二郎どの、久し振りじゃな」

と本名で呼んで、笑みを送った。

「豆州の戸田峠《へだ》以来にございますな。江川様にはご壮健のご様子、影二郎、祝着《しゅうちゃく》至極《しごく》にございます」

「暎二郎どのが父を陰から助けて数々の手柄を立ててこられたこと、噂に聞き及んでおりますよ」

と言った英龍は、秀信にまず茶を差し出した。

秀信が静かに志野の茶碗を両手に持って喫する姿に目をやりながら考えていた。

(なにがこのような場を作らせたか)

「暎二郎、そなたの力が借りたい」

と秀信が言い出したのは、影二郎が織部の茶碗で茶を喫し終えたときだ。

「江川様の身になんぞございましたか」

影二郎は茶碗を置くと父を、そして茶室の主の顔を見た。

「秀信どの、それがしから説明しよう」

と英龍は言い、それでも考えをまとめるためか、しばし沈黙した。

「暎二郎どの、そなたは目付の鳥居耀蔵様をご存じか」

影二郎は両国橋の上で傍若無人な捕縛劇を見せた小人目付と十手持ちのことを思い浮かべ、そのことを二人に説明した。

「なんと小関どのの書生がな……」

英龍はしばらく瞑目したが、かっと両眼を見開いた。

「蛮学社という名を聞いたことがおありか」

影二郎は首を横に振った。

「ならばそこから話をいたそうか」

蛮学社とは天保三年頃、田原《たはら》藩の渡辺崋山、シーボルト門下生の蘭学者高野長英、岸和田藩医師小関三英らが打ち続く飢饉や一揆をなくす社会変革を目指し、かつ海防的見地を加えて内外の情勢を研究しようとした極めて個人的な集まりであるという。

これに共鳴した開明派の人士が崋山の周りに加わり、密接な交わりを持つようになっていった。

水戸藩の幡崎《はたざき》鼎《かなえ》、立原《たちはら》杏所《きょうしょ》、田原藩鈴木春山、紀州藩の遠藤勝助、高松藩の儒者赤井東海、二本松藩の安積《あさか》艮斎《ごんさい》らであった。また幕府の臣の中にも羽倉《はくら》外記《げき》、川路聖謨《としあきら》、古賀小太郎、下曾根金三郎らが進んだ外国の学問や科学に深い関心を示して、交流を深めてきた。

崋山を中心にした集まりを蛮社、あるいは蛮学社と呼んだ。

「話は飛ぶ。二年前の六月に浦賀沖に来航したアメリカの貿易船モリソン号を幕府では異国船打払令に従い、砲撃を加えて撃退した。モリソン号の来航の目的はマカオに漂着した漁民岩吉ら七人の日本人を本国に送還しようという人道的なものであった。もちろんアメリカ国にはあわよくば日本との通商を、耶蘇《やそ》教の布教をという下心もあったろう。老中水野忠邦様がオランダからの密書によって、モリソン号の来航の目的を知らされたのは数年後のことだ。水野様はそこでな、今後の異国船寄港の折りの取り扱いを評定所に諮問された。その結果、異国船はこれまで通りに打ち払うが、日本人の漂流民はオランダを通じて受け入れることにした……これがモリソン号事件といわれるものじゃ。ともあれモリソン号の来航によって、われらは海防をどうするべきかの対策を迫られることになった」

太郎左衛門は重い吐息を一つした。

「水野様は日本の、なかんずく江戸の防備に危惧されて、それがしに江戸湾巡視を命ぜられた。一緒に働けと名指しされたのが目付鳥居耀蔵様であった」

天保の改革を進める水野忠邦には三羽烏と呼ばれる人物がいた。

大奥の粛正を主張する書物奉行渋川六蔵、財政改革の任を命じられた金座の後藤三右衛門、そして目付に抜擢された鳥居耀蔵である。

一方、開明派の幕臣江川太郎左衛門も勘定奉行として大鉈を振るう常磐秀信も水野の信が厚かった。

「鳥居様は徹底した洋学嫌い、正直申して二人での江戸湾巡察は気の重いものであった」

と英龍は苦笑いした。

「巡視を終えたそれがしは江戸湾防備のための建議書を書くことになった。それを書き上げるために渡辺崋山どのの助言を受けた。それをな、蘭学嫌いの鳥居様が知られて、われらの周辺に探索の輪を広げられた」

「海防は日本のためにございましょう。江戸湾を防備するのもまた徳川幕府のため、そのどこが鳥居様は気に入らぬのですか」

「古来からの封建主義を信奉される鳥居どのは、モリソン号事件で幕府の非をあげて幕政を批判した渡辺崋山どのや高野長英どのらが許せないのです」

影二郎は無抵抗の小関三英の書生を十手で殴りつけた十手持ちの乱暴の背景には鳥居耀蔵のかたくなな意志があるのかと納得した。

「暎二郎どの、そなたも存じておろう。今から二年前、大坂の天満与力大塩平八郎が乱を起こして、大坂奉行所の飢饉対策の無能ぶりに抗議したことをな」

影二郎はただ頷いた。

二年前、伊豆の戸田湊《みなと》に大坂から大塩の残党が船で逃れてきて、江戸で再起を図るために国定忠治一統と合流しようとしていた。

一統の江戸入りの阻止に働いたのが、影二郎と伊豆代官の江川太郎左衛門英龍であったのだ。

「水野様は、大塩の乱の始末に鳥居様が示された情無用の過酷の働きに目を止められ、重用されておられる」

「暎二郎」

と秀信が口を挟んだ。

「鳥居耀蔵は崋山どのの身辺をきびしく調べ、大塩平八郎との関わりがあったことなどを暴きだそうとしておる。鳥居は蛮社に関わりを持つすべての蘭学者、洋学者を捕縛する気で動いておるのだ」

温厚な秀信が鳥居の名を呼ぶとき、敬称を省いた。

「英龍どのは崋山どのらと親しい交わりをしてこられたばかりか、蛮学社の一員でもある」

それでは鳥居の手が英龍に及ぶということではないか。話が核心に入ったことを影二郎は知った。

「鳥居の密偵たちが伊豆韮山にもこの屋敷の周辺にも姿を見せて、なにやかやと探っておるそうな。それればかりか鳥居は江戸湾巡察に歩いた同士の太郎左衛門どのを水野様に告発する決心を固めた様子だ」

「なんと……」

鳥居も太郎左衛門も同じ幕臣の一員であった。だからこそ老中水野も二人に江戸湾防備の策を共同で練らせたのだ。

「江川様、江戸湾防備の復命書は二人で書き上げられたのですか」

「正直申して鳥居様とは一から十まで考えが異なる。それゆえそれがしは江戸湾巡視の後に崋山どのに相談して、水野様へ独自の復命書を書き上げて差し出した。おそらく鳥居様の癇にさわったのはここいらであろう」

開明派の崋山や英龍と守旧派の鳥居では水と油だ。

「それがしに鳥居様支配下の監視がつくようになったのは水野様に復命書を提出してあとのことであった」

秀信が身を乗り出した。

「鳥居甲斐守耀蔵のことを城中では名の耀と甲斐をつけて、妖怪鳥居と密かに呼んでおる。あやつはな、敵と目《もく》した人物には事実を曲げても獄に落とすような男だ。太郎左衛門どのを牢につなぐまでは手を緩めぬ」

「それがし、老中に申し開きはなんなりとできるつもりじゃ」

「英龍どの、そう申されても相手は頑迷狷介《けんかい》な鳥居耀蔵、どんな手を使うやら分りませぬ」

「秀信様、それがしの身はそれがしが守る。まあこれしかござらぬ」

と太郎左衛門が言い、秀信が応じた。

「鳥居は告発が駄目なら、刺客も送りかねない人物です」

英龍は頷くと、

「それも覚悟の上……」

と答えていた。

秀信は鳥居に関して危険な人物と察しているようだ。日頃の言動には似ぬ執拗さで太郎左衛門に警戒を訴えかけた。

影二郎は両国橋上の捕物の光景を脳裏に描きつつ、

「父上、およそのことは理解してございます」

と答え、秀信を、英龍を見た。

「父上はそれがしになにをしろと仰せにございますか」

「今はな、このことを知ってくれればそれでよい。太郎左衛門どのには江戸を避けて、伊豆へ滞在されよとお願いした」

と秀信は肩の力をふいに抜いたように言った。

「江川様、それがしがお預かりするようなものがございますか」

影二郎は目付の探索が江川邸に伸びたときのことを考え、聞いた。

英龍はしばらく迷っていたが、

「過日、崋山どのがそれがしの求めに応じて送ってこられた『西洋事情御答書』をそなたに預けてよいか」

と懐から崋山自身の手によって筆記された論文を出すと影二郎に預けた。

「これで肩の荷が下りた」

正直な感想を洩らした英龍は、

「暎二郎どの、先頃、お父上と酒を呑んだ折りに愚痴をこぼしたところそなたを呼んで知らせておきたいと申されてな。鳥居耀蔵様は確かに得体の知れぬ人物にござる、だが、私にはお父上が危惧されているほどには強権は振るわれまいと楽観する気持ちもなくはない」

と言うと手をぽんぽんと叩いた。すると待機していたらしい女たちが酒と肴を運びこんできた。

「話もさることながら、秀信様と暎二郎どの父子と酒が呑みたくてな、それを楽しみにしておったのじゃ」

英龍の顔にようやく笑みが戻った。

影二郎は両国橋を四つの時鐘を聞きながら、両国東広小路から西広小路へと渡ろうとしていた。

三人での会話はあちらに飛び、こちらに転じて実に楽しいものであった。

江川太郎左衛門も父の常磐秀信も幕府の臣として日本の未来を危惧し、徳川幕政の改革を進めようとしていた。同時に二人の目は庶民の暮らしにも注がれていた。

二人の柔軟な考えが影二郎の気持ちを弾ませ、心地好いものとした。

時を忘れた酒宴が終わり、江川屋敷から常磐邸の庭まで戻った秀信はふいに影二郎を振り返り、

「鳥居耀蔵は英龍どのの暗殺をしかねぬ男じゃ。英龍どのは日本にとっても幕府にとっても大事なお方、妖怪などに殺されてたまるか」

とはげしい言葉を吐いた。

そんな父の顔を息子は正視した。

「暎二郎、万一のとき、鳥居を斬れ」

その日、影二郎を呼んだ真の理由を告げた。


両国橋は長さ九十六間（およそ百七十三メートル）、幕府は明暦の大火（一六五七）に日本橋側でたくさんの焼死者を出した反省から大川に橋を渡すことにした。

悲劇から二年後の万治二年（一六五九）、両国橋が完成した。

影二郎が橋の中ほどにかかったとき、前方から六、七人の浪人者が全身に緊張を漂わせて歩いてくるのが見えた。

橋際の常夜灯の明かりは橋の中央には届かない。

影になった男たちは一様に鉢巻きをして襷《たすき》をかけ、袴の裾をたくし上げていた。

影二郎は歩みを止めた。

刺客に襲われる理由があるとしたら、行きの橋上で小人目付の鈴木田右内と揉め事を起こした一件しかない。

影二郎は若菜とばば様が用意してくれた羽織の紐をゆっくりと解いた。

男たちは十五間の間合いで歩みを止めた。

橋幅いっぱいに広がって影二郎の行く手を明らかにふさいでいた。

「夜盗が出るにはちと時刻が早い」

「夏目影二郎だな」

七人の頭分か、中央に立った巨漢が問うた。

「いかにも夏目じゃが」

「そなたの命、貰い受けた」

「小人目付に雇われたか」

「われらの雇い主など、どうでもよきこと」

半ば認めたように言うと巨漢が刀を抜いた。すると仲間が一斉に抜き連れた。

両国橋際には橋番小屋があった。が、異変に気付こうともせず静けさを保っていた。そのことは刺客が小人目付に雇われたことを意味してないか。

影二郎は羽織を脱ぐと、橋の欄干の下に投げた。

「鏡新明智流夏目影二郎、相手致す」

腰の一剣は、南北朝期の鍛冶法城寺佐常によって鍛造された大薙刀を刃渡り二尺五寸三分(約七十七センチ)のところを刃区《はまち》とし、先反の豪剣に鍛え直した逸品だ。刃区とは刃身と茎《なかご》の境目のことだ。

豪刀を自在に使いきるにはよほどの腕力と膂力《りょりょく》がいる。

影二郎は先反佐常を脇構えに置いた。

「東軍流只見一覚斎」

巨漢が叫ぶと右肩に担ぐように構えた。

「参る!」

刺客団は一気に橋上を走り出した。

夜風が殺気をはらみ、一気に熱く膨らんだ。

一覚斎が先頭を駆けてきた。

影二郎は一覚斎の行動に偽装を感じとった。

両端にいた仲間が一気に抜け出すと、影二郎に左右から突進してきた。

影二郎の右手の浪人は小手斬りに、左手の者は影二郎の足から腰への擦り上げを狙って走ってくる。影二郎に躱《かわ》されることを見切っての布陣だ。

不動の構えの影二郎が突進し始めたのはその瞬間だ。

それは刺客たちの意表をついた。

動揺が走った。

腰を沈めた影二郎は、ただ只見一覚斎を狙って走った。

一覚斎は走りを緩めた。

仲間が頭分の前方に出た。

影二郎が脇構えのままに虚空に飛んだ。

その下を刃風が通り抜けた。

中空から眼前に舞い下りた影二郎に一覚斎は慌てて行動を起こした。右肩に担いだ剣を飛来する影二郎の肩口に斬りつけた。

だが、影二郎はその攻撃を難なく掻《か》い潜《くぐ》った。さらに脇構えの先反佐常が空を切らされてたたらを踏む一覚斎の首筋を刎ね斬った。

どさり。

巨漢の一覚斎が横倒しに橋板に崩れ落ちた。

影二郎は腰を沈めつつ反転した。

「おのれ!」

一撃目を肩透かしされた刺客たちが頭分の死に激昂した。

二人が同時に剣先を揃えて、地擦りに先反佐常を構え直した影二郎に突進してきた。

佐常の二尺五寸三分が掬い上げるように二本の剣を虚空に刎ねた。同時に刃の下に身を潜りこませた影二郎は虚空に振り上げた佐常を素早く転ずると二人の肩と胴に送った。

一人が、

「げえっ！」

という悲鳴を上げ、後方に吹っ飛ぶ。

今一人は驚愕の顔を恐怖に変えると前屈みに崩れこんだ。

残るは四人。

影二郎の切っ先が回転し、立てられた。

「お、おれは止めた。わずかな金で死んでたまるか」

と一人はそう吐き捨てると後退りした。

「そなたらはどうするな」

三人が顔を見合わせた。

「相手仕《つかまっ》ろうか」

影二郎のその誘いを聞いた三人が脱兎のように逃げ出した。

影二郎は先反佐常に血ぶりをくれて鞘に納め、羽織を取った。

そのとき、橋下の川面を猪牙舟《ちょきぶね》が静かに下流へと漕ぎ下っていった。

小人目付の黒羽織を着た鈴木田右内と小者が乗っているのを見届けた影二郎は、日本橋へと渡っていった。

影二郎が三好町の長屋の木戸を潜ったとき、飼犬のあかが嬉しそうに吠えた。

長屋の明かりが点《とも》っている。

「お帰りなさいませ」

障子が開いて若菜とあかが迎えた。

「来ておったか」

「お屋敷に呼ばれた用事がなにかと心配で」

影二郎の腰の大小を受け取ろうとした若菜がふいに五体を固まらせた。

「血の臭いが……」

影二郎が三和土《たたき》に入り、行灯《あんどん》の明かりで真新しい衣装を調べると裾に血が飛び散っていた。

「橋上でな、浪人どもに襲われた」

「な、なんと」

九尺《くしゃく》二間《にけん》のせまい長屋だ。

若菜の匂いと血の臭いが交じり合った。

「せっかくおばばとそなたが用意してくれた衣服を汚してすまぬな」

「お脱ぎください。今洗っておけば落ちましょう」

影二郎は部屋に上がると若菜の手で脱がされた。

血の染みた小袖だけを持って若菜が井戸端に行く。

あかが若菜に従うのを見た影二郎は普段着を羽織り、せまい部屋の真ん中にどっかと腰を落とした。

この夜、若菜は長屋に泊まった。

一枚の布団で抱き合ったとき、若菜は、

「暎二郎様には嵐山がございます。どうか戻ってきてください」

と哀願された。

祖父母の下に戻り、若菜と所帯を持つ。

だれの反対もなかった。

添太郎もいくもそのことを喜ぶことも承知していた。が、父の秀信を助けて働く影仕事が影二郎を躊躇《ちゅうちょ》させていた。

いつ何時、命を落とすかもしれなかった。

なにより嵐山に影二郎が移れば、若菜たちを危険の渦に巻きこむかもしれない。

「お父上様に新たな命を授けられましたのか」

若菜が聞いた。

影二郎が頷く。

若菜が哀しげに影二郎を見て、

「また危ないこと……」

若菜の口が影二郎の唇でふさがれた。

二人は互いの肉体を抱き合い、温もりを感じ合った。それが若菜の不安を、そして影二郎の緊張をゆるゆると和《なご》ませた。

三

影二郎は翌日の五月十四日の昼下がり、日本橋室町に向かって歩いていた。

一文字笠《いちもんじがさ》に着流し、腰には先反佐常一本だけが落とし差しにされていた。

この朝、影二郎は若菜を送りがてら嵐山に出向いた。

祖父母の添太郎といくは、一日も早く若菜と所帯を持ってくれることを心待ちにしていた。同時に亡き娘と深い関わりのあった勘定奉行常磐豊後守秀信の手伝いをする孫の影二郎に細やかな誇りを感じていた。

「早ような、殿様のあとを継げるとよいのじゃが」

添太郎は二足の草鞋を履いた人物とはいえ、影二郎が聖天の仏七を殺した科人《とがにん》であったことを忘れてそういったものだ。

影二郎は、

「また来ますね」

といくに約束させられた後、上野山下の永晶寺を独り訪ねたのだ。

この寺には亡母のみつと、惚れ合った吉原の女郎の萌、若菜の姉が同じ墓所に眠っていた。

二人の墓の中に江川太郎左衛門から預かった『西洋事情御答書』を隠した影二郎はようやく日本橋室町に足を向けたのだ。

今日も梅雨の最中の晴れ間が江戸一帯に広がっていた。

影二郎が足を止めたのは浅草弾左衛門《だんざえもん》の屋敷であった。

弾左衛門が鳥越《とりごえ》から山谷堀、待乳山《まつちやま》聖天宮の対岸の新町に移転したのは承応三年（一六五四）以降のことといわれる。

一万四千余坪の広大な敷地の中に幾百もの店が並び、太鼓や雪駄や武具など革類を製作商《あきな》いをする多数の職人、商人を統率していた。

弾左衛門は頼朝公の御朱印を授けられ、長吏、座頭、舞々、猿楽など二十九職を支配してきたが新町に移った今も単に、

「鳥越のお頭」

と呼ばれていた。

夏目瑛二郎が無宿者の影二郎として放蕩無頼に身を持ち崩していたときに当代の弾左衛門の

知己を得ていた。鳥越のお頭は、

「なにっ、自ら名を変えられたか、おもしろいな。影二郎の影《えい》はかげとも読め、われらと同じ人間、表には立てぬ意をもつ」

とおもしろがって出入りを許したものだ。

父の命を受けて影始末の旅に江戸を発つとき、影二郎は弾左衛門に別れの挨拶に伺った。

そのとき、弾左衛門は、影二郎に渋を幾重にも塗り重ねた一文字笠を贈ってくれた。その塗り重ねられた渋の間から、
江戸鳥越住人之許
という意味の梵字《ぼんじ》が浮かんだ。

江戸幕府は将軍家を頂点にした巨大な階級社会である。

それと同様な仕組みが浅草弾左衛門を頭分に闇の世界に相似形のように存在して、徳川幕府を裏側から支えていた。

弾左衛門は闇の社会の通行手形というべき笠を旅に出る影二郎に贈ってくれた。

徳川幕府は誕生のときから二百三十年余を経て、あちらこちらに軋《きし》みと澱《よど》みを見せていた。

だが、弾左衛門を頭にした闇の社会はびくりともせず、徳川の屋台骨を見えない闇から保持していた。

秀信の命を成し遂げるためにどれほど力をお頭から借りたか。図り知れない力を保持する弾

左衛門の威光を影二郎はよく承知していた。

弾左衛門が徳川幕府と表裏一体の関係にあることをこの御城近くの日本橋室町屋敷が教えていた。

御城のすぐ東、金座や古町《こまち》町人が住む日本橋室町の二千六百四坪の拝領屋敷は、小名《しょうみょう》の屋敷にも劣らぬ造りであった。

表門こそ長屋門だが、中門にさらに中爵門《ちゅうじゃくもん》が設けられてあった。が、これは徳川の御家門と二、三の国持大名にしか許されていない門であった。

影二郎は一文字笠を示して長屋門の門番に弾左衛門への訪いを告げた。

しばらく待たされた影二郎は中爵門へと入れられた。

「久し振りにございますな」

弾左衛門の用人の一人、顔見知りの吉兵衛老人が待っていた。

「吉兵衛どのもお元気な様子じゃな」

弾左衛門の新町屋敷と室町屋敷には、上役十五人、下役六十五人、小者七十人が居住して奉公していた。

上役十五人のうち、三人が大名屋敷でいう家老職である。さらに三人が用人、三人が公事方《くじかた》奉行、二人が勘定奉行、二人が大目付、残る二人が郡代というべき役割を分担して、関東八州の政務を司り、監督していた。

用人の中でも古手の吉兵衛は、弾左衛門の腹心の一人で、むろん先祖代々から弾左衛門に仕えている。

「弾左衛門様はご壮健でござろうな」

「はいはい、お目にかかればお分りになりますよ」

中爵門を入ると式台のついた大玄関があって、二人は通用口から屋内へ通った。

内部の造りも四十畳の大書院、十二畳の松の間、竹の間、梅の間、菊の間とならび、床の間、長押《なげし》の工夫も大名家と同様に豪奢なものであった。この部分が室町屋敷の表、公式の行事に使われた。

室町屋敷には影二郎が訪れた表門の他に今一つ北門があって、家族の出入りに使われた。と同時に北門は密かな訪問者の出入り口でもあった。

暮らしに困った大名旗本や商人たちが弾左衛門の情にすがって金を借りにくるとき、この北門を潜った。その内側には金方役人の御用部屋があって、ときに何千両もの金が貸し出されたのだ。

吉兵衛が影二郎を案内したのは奥、梅雨の雨に打たれた庭木が一層鮮やかな緑を見せる庭に面した十二畳の居間であった。

弾左衛門は若い下僚を相手に帳簿をめくっていたが、

「おお、めずらしき人が見えられたな」

と笑みを浮かべた顔を上げてくれた。

「ご多用なればまた他日にいたします」

「私の用事は死ぬときまで終わらぬほどにはてしないもの、気にめさるな」

帳簿を閉じた下僚が影二郎に会釈して引き下がった。

「また旅に出られるか」

弾左衛門は、父の秀信から新たな命が下ったかと聞いた。

「いえ」

と答え、弾左衛門の前に正座した影二郎は、

「ちと弾左衛門様のお知恵を拝借したく参上しました」

吉兵衛が部屋から退室しようかという顔をした。

「吉兵衛様もいてくだされ」

影二郎は父の屋敷に呼ばれた経緯を二人に告げた。

弾左衛門と付き合うとき、影二郎は腹蔵なく話すことを常としてきた。

弾左衛門の人柄と識見を信頼していたからだ。一方、弾左衛門は、影二郎の信頼に答えて、的確な知恵を授けてくれた。また新たな探索が必要ならば、関東八州を中心に張り巡らされた網に伝達して情報を集めてくれた。

この日、影二郎はただ一つ、秀信が万が一の場合は鳥居耀蔵を斬れと命じたことは口にする

ことを控えた。

「目付の鳥居耀蔵のなにが知りとうございますな」

「今もって父の命は判然といたしませぬ。そこでこの者のことならなんなりと」

弾左衛門が軽く頷くと、

「漠とした問いじゃな」

と答えたものだ。

「この者、父の儒官林述斎どのの次男と聞き及びました。なぜ、この次男が狷介な気性を持って時代に逆らおうとするのか」

「本人はそうは考えておりますまいよ、影二郎どの」

影二郎は弾左衛門がすでに鳥居耀蔵の情報を握っていると直感した。

「いったん完成をみた巨大な組織を守ろうとするのは破壊するよりも力がいる。正直申してな、徳川幕府の立て直しは容易なことではない。鳥居耀蔵はおのれ一人で幕藩体制を立て直す意気込みのようじゃが、あのやり方では波風が立つばかり……」

しばらく沈思していた弾左衛門が、

「豊後守様の危惧はもっともじゃ」

と言い切った。

「影二郎どの、鳥居は北町と組んで蛮社の同盟者をすべて捕縛する気で動いておる。近々それが表面に浮かんでまいろう」

やはり弾左衛門は確かな情報を持っていた。

「鳥居耀蔵は偏狭な考えをもつ人物でござる。蛮社の取り締まりの後は、早晩あやつの目がわれらに向けられるものとして警戒してきた」

「なんと……」

「あやつはな、表裏一体の影の幕藩体制がこの世にあることを心好《こころよ》しとは思うておらぬそうな。となれば、やつの矛先が向けられるのは時間の問題」

「そのとき弾左衛門様はどうなされますな」

「むろん黙って鳥居の強権を受けるつもりはない」

「弾左衛門様、それがしに出来ることあらばなんなりと」

これまでの数々の好意をかんがえたとき、影二郎はこの言葉が自然に口をついていた。

「心強い味方があらわれたな、吉兵衛」

と破顔した弾左衛門は、

「豊後守様は鳥居耀蔵の暗殺を命じられましたか、影二郎どの」

さすがに弾左衛門、影二郎が喋らなかったことを言い当てた。

「万が一のときにはというのが父の密命でした」

「今はあやつの真意を探るとき、ときをな、待たれよ」

「はっ」

と影二郎は畏まった。

「吉兵衛、影二郎どのとな、同盟の酒《ささ》を頂こうか」

と笑った弾左衛門の言葉に影二郎は室町屋敷訪問の目的を達したことを知った。


三河田原藩家老にして洋学者渡辺崋山はこの日、江戸北町奉行所に召喚された。

崋山の父も田原藩の家老まで上りつめたが、崋山の生まれたときは十五人扶持の下級武士、兄弟とともに貧窮を経験した。彼は絵描きの顔を持つ。これもまた暮らしを立てる術の一つとして修得したものだという。ともあれ崋山は儒学を志して田原藩の佐藤一斎の門に入り、二十六歳の折りには藩政改革の意見書を提出したという逸材だ。

三十五歳、田原藩に後継問題が生じて、重役方は藩財政を救うために大藩の姫路の酒井家から六男（康道）を迎え入れようとしたが、崋山は藩主の弟友信の継承を主張して敗《やぶ》れた。しかし新藩主康道は信念を貫く崋山を高く買って、天保三年には定府《じょうふ》の年寄（江戸家老）として登用、海防係を命じた。

江戸において小関三英、高野長英らと知り合い、交流を深めるとともに崋山は蘭学への関心を強めた。

天保四年、天保七年と大飢饉が日本じゅうを覆い、田原藩も崋山らの対策よろしきを得てなんとか乗り切った。その後、藩立て直しに疲労困憊《こんぱい》した崋山は、藩主に退職を願ったが聞き届けられなかった。

この天保七年にはオランダ商館長ニーマンとの問答を「鴃舌或問《げきぜつわくもん》」にまとめて海外事情を日本に紹介してもいる。そしてモリソン号事件で幕府の強硬姿勢を憂えて、未刊の書「慎機論《しんきろん》」を書き留め、幕府の無知と方針の無謀を批判していた。


五つ（午後八時）時分、影二郎は浅草三好町の市兵衛長屋に戻った。すると影二郎の長屋に明かりが点っていた。

若菜が二日も続いて訪ねてくるとは思えなかった。

「旦那、どこにいっていたんでえ」

棒振《ぼてふ》りの杉次が井戸端から声を上げた。

「なんぞあったか」

「旦那の長屋によ、小人目付と十手持ちの甚吉が入ってよ、引っかき回していったぜ」

鈴木田右内は影二郎の長屋に目を付けたらしい。

江川太郎左衛門英龍から預かった渡辺崋山の『西洋事情御答書』は、亡母のみつと若菜の姉がともに眠る上野山下の永晶寺に預けてあった。

（半日違いで間に合ったか）

「金目のものなどありはしないわ」

どこに隠れていたか、あかが尻尾を振って出てきた。

「あかさえ無事なら好きなようにするがいい。小人目付はなにか言い残していったか」

「いや、げじげじの甚三がよ、ぷんぷん怒ってちらかし放題で引き上げていきやがった」

油障子を引き開けた。

「おお、これは……」

するとそこに勘定奉行常磐豊後守秀信配下の監察方菱沼《ひしぬま》喜十郎《きじゆうろう》の姿があって、荒らされた部屋を片付けていた。

「客人に後片付けをさせてすまぬな」

「私が訪ねた直前に小人目付が立ち去った様子でしてな」

影二郎は喜十郎が父の命で来たなと推測した。

「ここではなんじゃ、外に出て一杯付き合わぬか」

影二郎は初老の監察方を誘った。

影二郎は喜十郎を蔵前通りに暖簾を上げる翁庵に連れていった。

独り者の影二郎が時折り立ち寄る翁庵の蕎麦は、色が黒くてこしがあった。それに酒は下《くだ》りものの灘《なだ》の生一本《きいっぽん》を出してくれた。

「へえっ、いらっしゃい」

台所から親父《おやじ》の照三が顔を覗かせた。そのかたわらから孫娘のはつも姿をみせて聞いた。

「夏目様、あかは連れてこないのですか」

時折り、残り物をはつからあかはもらっていた。

「今晩は客人があるでな。あかは長屋で留守番じゃ」

はつが話がしやすいようにと客のいない座敷に案内してくれた。

「今、酒をお持ちします」

てきぱきとはつが台所に戻っていった。

「もう呑んでおられるようですな」

喜十郎が笑って聞いた。

「鳥越のお頭の屋敷でご馳走になった」

二人の関係を知っている喜十郎が頷いた。

「菱沼、父上はそなたになんぞ命じられたか」

勘定奉行所には租税の徴収、米銭の出納《すいとう》、金銀銅山の管理、諸役人の知行割など財政面を担当する勝手方と関八州の公私領および日本じゅうの天領で起きた紛争訴訟を裁く公事方に分かれていた。

秀信は水野忠邦の命で公事方に戻っていた。

菱沼は公事方に所属する監察方だ。が、秀信と菱沼の関係は上司部下の関係を越えた信頼に結ばれ、影二郎の影仕事を菱沼喜十郎とおこま親子は助けていた。

「いえ」

と首を振り、

「お奉行が先頃影二郎様とお会いになった用件は承知しております」

と言葉を継いだ。

酒が運ばれてきた。

影二郎は喜十郎と自分の猪口に冷や酒を満たした。

「久し振りであった」

「おこまも影二郎様に会いたがっております」

おこまは水芸人や四竹節の門付け芸人に扮して、父親や影二郎の探索に協力してきた。

「影二郎様、本日、北町奉行大草安房《あわ》守様は三河田原藩江戸家老渡辺崋山様の召喚を命じられ、崋山様の身柄は呉服橋に移されました」

「大名家の家老を町奉行所が召喚したか」

影二郎は首を捻った。

『古事類苑』には町奉行の職責を、

「江戸府内の町民及び囚獄、養生所の役人、江戸町役人並びに江戸寺神領の町人などを支配し、兼ねて大火災の消防を指揮し、火付盗賊を吟味し、道路、橋梁、上水の事を掌《つかさど》る」

とあった。

渡辺崋山は三河田原藩一万二千石の江戸家老であった。

徳川幕府の直臣《じきしん》ではないが陪臣《ばいしん》の武家をなぜ町奉行所が召喚したか。

「正直申して差紙《さしがみ》にて町奉行職が召喚するには無理がございます。職域の広い御目付が聞き取り、必要ならば評定所に上げるのがふさわしいように思えます」

と喜十郎も言った。

ということは鳥居耀蔵がまだ正体を見せたくない曰くがあるということであろう。

「崋山様には幕臣の弟子が大勢おられます。おそらくその方々が師匠の身の潔白のために動かれましょう」

崋山は絵師としても著名な人物、その弟子たちには徳川直臣が多くいたという。

「ともあれ崋山様の召喚で事が終わるとは思えません」

影二郎は両国橋上で見た小関三英の書生捕縛を喜十郎に語り聞かせた。

「本日、影二郎様の長屋に羽織の手が入ったのはそのせいですか」

「いや、それだけではあるまい」

常磐邸からの帰路、同じ両国橋で刺客に襲われたことを告げた。

「羽織は鈴木田右内と申しましたな、影二郎様が勘定奉行のご子息ということに気がついておりますまい。こちらにて調べてみまする」

二人はゆっくりと酒をやり取りしながら語り合った。

「今回の取り締まりの背後には妖怪鳥居耀蔵が控えておる」

菱沼喜十郎が頷いた。

「鳥居も父上も江川太郎左衛門様も老中水野様の信頼が厚い。仲間内の争いになりそうじゃな。そのへんのことを呑みこんでおいてくれ」

「はっ」

と喜十郎が畏まったとき、翁庵名物の蕎麦が運ばれてきた。

四

蛮社の獄は予測されたことだが、渡辺崋山の召喚では終わらなかった。

崋山が召喚されて三日後、捕縛を予期した小関三英が自裁して果てた。

その翌日の夜には高野長英が北町奉行所に自首して出た。

長英は陸奥水沢藩の藩士の三子であった。が、叔父の医師高野玄斎の養子になって蘭学を学び、文政三年（一八二〇）に江戸に留学した。そして杉田伯元、吉田長淑に蘭方内科を学んで自らも医師になった人物だ。

その後、オランダ語に長じていた長英は長崎に留学してシーボルトに師事し、シーボルトに協力して種々の調査に参加した。シーボルトを通じて海外事情に詳しく、さらに天保四年（一八三三）頃より渡辺崋山、小関三英らとの親交を結ぶことになった。

天保の飢饉を救うために『救荒二物考《きゅうこうにぶっこう》』でジャガイモと蕎麦の栽培を勧めたり、『避《ひ》疫《えき》要《よう》法《ほう》』で悪疫防止を説いたこともあった。

この高野長英が自首したことで蛮社の同盟者の調べは本格的になった。

影二郎が浅草の嵐山に顔を見せた。

常磐豊後守秀信が城からの帰路、嵐山に立ち寄ると若菜が知らせてきたからだ。

屋敷に戻って公務が待っているという秀信と茶を喫しての話になった。

「鳥居が動いた」

と秀信は言った。

「英龍どのを老中水野様に告発しおった」

「告発の理由はなんでございますな」

「老中はおっしゃらぬ。じゃが、老中は鳥居とは別の者に告発の真偽を調べることを命じられた」

さすがの鳥居も幕臣の江川太郎左衛門英龍をいきなり目付屋敷に引っ張ることは適わなかったようだ。

その太郎左衛門は江戸を避けて伊豆韮山に引きこもっていた。

「英龍どののことは水野様の調べを待つしかない」

興奮を茶で鎮めた秀信は、

「鳥居は崋山どのを責めて英龍様との関わりを引き出し、英龍様を陥し入れようとしておる。妖怪のことじゃ、あることないことでっち上げぬともかぎらぬ」

秀信の顔は不安に満ちていた。

「明日にも菱沼喜十郎とおこま親子をそなたの長屋にいかせる。鳥居の身辺を探る手立てを話し合ってくれぬか」

秀信は鳥居との戦いに参戦する意志を示し、攻勢に出よと命じた。

その夜、影二郎は嵐山に泊まった。

翌日、昼めしを若菜の給仕で食した後、浅草寺領地西仲町から三好町の市兵衛長屋に戻ろうと蔵前通りに出た。

「大変《てえへん》だ大変《てえへん》だ！　大事件だよ」

瓦版屋が大声を張り上げて読売を売り、人が群がっていた。

「上州の侠客、博奕打ちの国定忠治一行が江戸に現われ、なんと押し込み強盗を働いていった。家族と奉公人を惨殺して大金を盗んでいったぜ！」

影二郎も瓦版屋から読売を一枚買うと輪の外に出た。

被害に遭ったのは芝宇田川町の升吉堂《しょうきちどう》尾張《おわり》屋六兵衛という漢方薬種問屋だという。

尾張屋六兵衛は龍勝湯《りゅうしょうとう》という婦人病の万能薬を売って人気の問屋だ。小売りもすれば江戸内外の薬屋に卸しもした、この程度の知識を影二郎ですら持つほどに有名な老舗の薬種問屋だ。

読売には推測して書いたらしい一家惨殺の模様が延々とつづられていた。

影二郎は芝宇田川町へと足を向け直した。

国定忠治は上州近辺では義賊と崇められ、その行動を支持する百姓衆もいた。火付強盗などをする人物ではない。それが江戸に現われて、強盗を働いたなどということがあろうか。

芝宇田川町は東海道筋に広がる町並みだ。

西には愛宕権現社、三縁山増上寺が広がり、東側には播磨赤穂藩の上屋敷など大名屋敷、さらには江戸湾につながっていた。

升吉堂尾張屋は東海道に面して間口十一間、堂々とした店構えだ。

まだ奉行所の取り調べが続いているのか、小者たちが警戒線を敷いて野次馬が店に近付くのを防いでいた。

そのために東海道が道幅半分しか使えなくて、あたりは行き交う馬や駕籠や通行人で混雑していた。

長身の影二郎は野次馬の頭越しに店を覗いた。

大戸が半間ほど開かれてそこから町方同心たちが緊迫を全身に漂わせて出入りしていた。

「影二郎様」

背中から声をかけられた。振り向くと菱沼喜十郎とおこま親子が立っていた。

喜十郎は黒紗の羽織に大小を閂《かんぬき》に差して、おこまは武家の娘らしく地味に装っていた。が、それでもおこまの全身から匂い立つ色気が漂ってきて、影二郎には眩しいほどだ。

「おこま、久し振りじゃな」

「影二郎様もお元気の様子」

元気だけが取り柄だと答えた影二郎は聞いた。

「国定忠治一味の仕業というのは確かか」

喜十郎が顔を傾げて、

「まだ判然とはしません。ですが月番の北町奉行所ではえらく自信を持っているように見受けられます。読売に洩らしたのも北町の同心……」

と答えた。

三人は人込みから離れた。

「影二郎様、尾張屋は南町奉行所定廻《じようまわり》同心牧野兵庫どのの出入りの店でしてね、牧野どのも調べに加わっております」

と喜十郎は、牧野の小者に会って聞いたと告げた。

牧野兵庫は南町の定廻同心で菱沼喜十郎とも影二郎とも旧知の仲であった。

「牧野どのと面会出来るか」

「われらもそれを待っていたところ」

「ならば待つとしようか」

喜十郎は露月町裏手の茶屋うめやにいるとおこまに言った。

おこまは心得顔に再び尾張屋の店へと戻っていった。

江戸方向に戻った露月町のうめやは東海道を旅する人たちが見送りの人たちと酒を酌み交わし、別れを惜しむ茶屋として知られていた。

影二郎は初めてだが喜十郎は馴染みのようだ。

店の間口は狭かった。が、堀割にそって奥が深かった。

堀の北側は隣町の源助町だ。

店の者は菱沼喜十郎を勘定奉行監察方と知っているらしく、二人を小座敷に案内した。そこからは堀の流れと柳の木が風になびくのが望めた。

「酒をもらおう」

普段昼間から酒など口に含むことがない律義者の喜十郎が酒を頼んだのをみて、影二郎は、おや、という表情をした。

「影二郎様とお付き合いするようになって昼酒の楽しみを覚えましてな」

喜十郎がにたりと笑った。

「それはなにより」

影二郎も笑い返し、秀信と昨夕会ったと告げた。

「われら親子もお奉行の命で影二郎様に面会をと町に出たところ、読売にて事件を知りましてございます」

菱沼親子は影二郎が国定忠治と交遊があることを承知していた。そこで予定を変えて現場に出向いたのだった。

「この一件、牧野どのが参られて話します」

喜十郎がいったとき、酒が運ばれてきた。

肴は涼しげにも青菜と戻り鰹のぬただ。

「これはうまそうな」

喜十郎が思わず言葉を洩らした。どうやら昼めし前のようだ。

二人は一献《こん》目をゆっくりと喉に落とした。

「鳥居が動いたそうな」

はい、と応じた喜十郎は、

「おこまを始め手下たちを鳥居の身辺に放ってございます。妖怪のこと、そうそう尻尾を出すとも思えません。こちらもじっくり腰をすえませんと」

「とはいえ伊豆の太郎左衛門様にいつ手が伸びんとも知れぬぞ」

喜十郎が猪口を嘗《な》めて頷き、

「影二郎様、いましばらく時間をくだされ」

と頼んだ。

「おれがやることがあるか」

さしあたってはないと喜十郎が答えたとき、おこまが牧野兵庫を伴い、姿を見せた。

「これは夏目様」

「ご苦労じゃな」

牧野兵庫が重々しく頷いた。

新しい酒と肴が運ばれ、影二郎が兵庫とおこまの杯に酒を満たした。

両手で受けたおこまはゆっくりと嘗めた。

兵庫はぐいっと一息に呑んだ。それは今まで接していた惨劇の光景を脳裏から振りはらいたい、そんな思いが影二郎らに推測された。

影二郎が新たな酒を注ぎ、兵庫が半分ほど呑んでようやく落ち着いた。

「不作法にございました」

「それほどまでに尾張屋の押し込みがひどいということかな」

「はい」

即答した兵庫は、

「それがしも定廻同心、数々の事件の現場に立ち会って参りましたが、これほどむごい現場は体験したことがございません」

と言うと残った酒を飲み干した。

「升吉堂尾張屋は天和年間（一六八一～四）の創業、城中に出入りの薬種問屋。名の通り尾張と縁が深い店にございます。それがし親父の代より昵懇《じっこん》の付き合いがございましてな、それだけに外道働きに憤りを感じます」

牧野兵庫の面には言い知れぬ哀しみがあった。

「夜明け前、神明社に朝参りを日課とする足袋屋の隠居九蔵が戸の開いているのを不思議に思って中を覗き、押し込み働きに気がつきました。九蔵は自身番に急を知らせると同時に八丁堀のそれがしの役宅にも店の小僧を走らせて知らせてくれました。それでそれがしもまだ夜が明けないうちに尾張屋に駆け付けることができましたので」

兵庫が尾張屋の店前に到着したとき、月番の北町奉行所の与力戸村神三郎《とのむらしんざぶろう》と定廻同心坂上義次《さかがみよしつぐ》がほとんど同時に走りこんできた。

「今月の月番はわれらじゃ。南の方《かた》はご遠慮頂きたい」

坂上義次が牽制した。

承知しておると兵庫は答えると、

「戸村様、尾張屋は代々親しく城中に出入りを許されてきた店にございます。探索の邪魔をする気はございません。内部の様子を一緒にみせてくだされ」

と戸村に願った。

「ということであれば仕方あるまい。くれぐれも北町の探索に口をはさむなよ」

と念を押した戸村が許しを与えた。

南町の定廻同心は北町の与力同心の後から尾張屋の薬の匂いに血の臭いが交じった店先に入った。すると三和土に番頭の敬蔵《けいぞう》が血塗れで倒れていた。

傷は喉と心臓を的確に刺して殺していた。さらに薬種棚が天井まで設けられた店の板の間に手代と小僧が二人突き殺されていた。

三人の与力同心は奥の間に向かった。

主の尾張屋儀平《ぎへい》の寝間では女房の千代《ちよ》が刺殺され、隣りの子供の寝室では十二歳の長男繁太《しげた》郎《ろう》、十歳の鶴二郎《つるじろう》、七歳の華《はな》の三人が無残に殺されていた。主の行方を探すと蔵の中で倒れていた。

それを見たとき、殺しには慣れた南北の町方役人も息を飲んだ。

儀平は蔵の錠を開けさせられた後、両眼を抉《えぐ》られていた。苦しみにのたうち回る儀平をなぶり殺すように刺傷が全身に数十箇所もあった。

蔵の中には一両の小判も残ってなかった。その代わりに儀平の血が床から壁、柱、天井にいたるまで飛び散って朱に染まっていた。

「ひでえな」

坂上の声が震えていた。それほどまでにひどい殺し方だ。

「坂上、生き残った者はおらぬか、探せ」

戸村の命に奉公人の部屋、店の二階に行った。

階段で一人の番頭が、奉公人部屋で手代二人と小僧が二人、女中部屋と台所で三人の女たちが殺されていた。

「尾張屋の住み込みはこれで全員か」

戸村が憤った声で坂上に聞いた。が、坂上には答えられない。

「隣り店に手先を聞きにいかせます」

「お待ちください」

牧野が北町の与力同心の会話に割って入った。

「戸村様、申し上げてよろしいですか」

「奉公人の人数を知っていると申すか」

兵庫は頷くと、まず家族の五人は全員が殺されていることを告げた。

「奉公人でございますが、それがしの知るかぎり住み込みの番頭は二人、手代三人小僧四人女中三人の十二人と記憶しております。それがしが見たところ、小僧の亀吉《かめきち》の姿が見当たりませぬ」

「よし、店じゅうを探せ」

戸村の命に坂上が店の前に待機していた手先、小者が捜索に入った。

四半刻（およそ三十分）後、亀吉は布団部屋の奥で震えているところを見つけ出された。十四歳ながら大柄の亀吉は、戸村ら北町の役人の前に連れ出されてぶるぶると震え続けていた。

「亀吉とはその方《ほう》か」

戸村が聞き、

「北町の与力戸村様直々の問いじゃ、答えよ」

と坂上が怒鳴りつけるように聞いた。が、亀吉は歯をがたがたと打ち鳴らして物をいうどころではない。

「亀吉、口を開け」

牧野兵庫は持参していた心鎮丸を水と一緒に差し出した。

亀吉は顔見知りの同心にようやくほっとしたように頷き、気を鎮める丸薬を水と一緒に飲んだ。

「亀吉、よう助かったな」

兵庫の声に亀吉は、わあっと泣き出した。

「亀吉、泣きたい気持ちはよう分る。がな、ここは気をしっかり持ってな、だれがこのようなことをしでかしたか、北町の方々にお話しするのじゃ」

「は、はい」

泣きじゃくりながらも拳で涙を拭った亀吉は、

「押し込み強盗は渡世人の格好をして、上州の国定忠治と名乗りました」

と言い出した。

「確かか」

「はい」

と答えた亀吉は、

「私は小便に行こうと階段口に下りかけました。すると番頭の敬蔵さんが臆病窓から顔を外して潜り戸を開けたところでございました。するといきなり渡世人の一団が押し入ってきて、番頭さんを殺し、国定忠治一家が義援金を貰いにきたって叫んだんです。私は恐ろしくなって、部屋に戻るともう一人の番頭の仁兵衛《じんべえ》さんを起こしました。仁兵衛さんがなにを寝ぼけたことを言うかと言いながら、階段に行かれますとすぐに、ぎゃっという叫び声が響きました。私は咄嗟《とっさ》に布団部屋に潜りこみ、布団の間に隠れていたのでございます」

「よう辛抱したな、亀吉」

そう慰めた牧野兵庫は、

「国定忠治一家というのは聞き間違いではないな」

「いえ、はっきりと……それに忠治一家の蝮《まむし》の幸助とか八寸才市《はちすさいち》とか、なんとかの長五郎とか名乗りを上げるのが布団部屋に聞こえてきました」

「なんと」

と答えた牧野が次の質問をしかけたとき、

「牧野と申したな、これ以上の詮索はわれら北町が行う。そこもとには遠慮してもらおうか」

と戸村神三郎が命じた。

「なれど先ほど申した通りに尾張屋は城中出入りの店……」

「月番はわれら北町、この場を外せ」

兵庫は尋問の場から追い出された。そこで兵庫は近くの北新網町に住む通いの番頭の鹿六《かろく》の住まいに走り、急を告げると事情を聞き取ることにした。

「……鹿六はそれがしの問いに答えた後、店に駆け付けました。それでそれがしも店に戻ったところばったりおこまさんに会ったのです」

「なんと、家族・奉公人の十七人ちゅう十六人を殺していきましたか」

菱沼喜十郎が嘆息していった。

「問題は国定忠治一家の仕業かどうかということですな」

「菱沼、断じて忠治の仕業ではない。あやつのことを知っているおれが断言できる」

「影二郎様は忠治を存じておられますか」

牧野が聞いた。

「幾度となく旅先で会ったものよ。あやつはお上に楯を突く渡世人かもしれぬ。がな、江戸に潜入して、縁もゆかりもない薬種問屋の家族・奉公人を惨殺して金を強奪していく極悪非道の悪人ではないわ」

兵庫が頷いた。

「それがしもちとおかしいとは思うておりました。まず押し込み夜盗が名乗りを上げながら、殺して回ることがおかしい。さらには十六人も殺しておきながら、一人の小僧を生き残らせたこともうさん臭い。亀吉には国定忠治の仕業と証言してもらう要があったのではないでしょうかな」

影二郎も頷き、

「とすると何者が国定忠治一家を装って犯行に及んだかじゃな」

と言った。が、それに即答できる者はいなかった。

「影二郎様、忠治親分がこのことを聞き及んだとしたら、どのような行動に出ましょうかな」

おこまが聞いた。

「あやつのことじゃ。草の根分けても偽忠治を探し回って仇を討つであろうな」

「影二郎様、菱沼どの、尾張屋の一件、北町の手で探索が進められます。それがし、釈然としないことばかり、隠密の探りをおこなう所存」

と探索の手を緩めることのないことを宣言した。

「忠治の名を騙《かた》ったとあらば、それがしも一枚加えてくれ」

「これは心強いお味方ですな」

牧野兵庫の顔にようやく笑みが戻った。

「ならばわれら同盟がなったということじゃ」

互いの杯に酒を注ぎ、飲み干した。


国定忠治一家が御用達《ごようたし》商人升吉堂尾張屋儀平一家と奉公人を惨殺して、蔵にあった千四百余両の小判を盗んでいった事件は江戸市中を震撼《しんかん》した。

関所破りの罪人国定忠治を追う勘定奉行支配下の八州廻りへの風当たりが強まり、

「手緩い探索と捕縛」

を責める声が城中でも上がった。

勘定奉行常磐豊後守秀信の使いがきて、嵐山で秀信と会ったのは尾張屋の事件発生から三日目の夕暮れだ。

「暎二郎、そなたに新たな任務を命じる」

秀信が疲れた顔で言い、五十両の路銀を影二郎の前に置いた。

「相手はだれにございますか」

「上州渡世人国定忠治、子分の蝮の幸助、日光の円蔵《えんぞう》、八寸才市、桐原長兵衛《きりはらちょうべえ》、山王民五郎《さんのうたみごろう》、鹿安《しかやす》の七名……」

「父上」

と言う影二郎に秀信が手を上げて遮った。

「菱沼喜十郎からそなたの考えは聞いた」

「ならばお分りでございましょう」

「暎二郎、今の幕閣にはな、冷静に事を分析される有為《ゆうい》の人材がいない。城中でも国定忠治を一刻も早く捕縛して、獄門台に首を晒《さら》せと叫ばれる方ばかりじゃ」

「なれど江戸に姿を見せてもおらぬ忠治を斬れとはおかしな話にございますぞ」

「尾張屋を襲撃した一味は板橋宿を小走りに通り抜け、戸田の渡しでは、『おわりなき務めと知れや　江戸の町　北も南も無能なれば』という戯《ざ》れ歌に義賊国定忠治という名まで書き残して上州に去ったそうな」

「それがすでに国定忠治でないことを証明致しております」

「暎二郎、そなたがそれほどまでに申すなら、国定忠治の犯行でないことを世間に証明してみせねばならぬわ」

影二郎は父の無体な命に嘆息した後、しばらく沈黙していたが重い口を開いた。

「本日、御目付鳥居耀蔵がそれがしの御用部屋を訪ねて参った」

「妖怪がでございますか」

「鳥居はな、それがしの耳元で『そなたは倅《せがれ》どのを影仕事に使っておられるそうな。国定忠治の始末にぜひとも夏目影二郎と申す者を差し向けられよ』と囁《ささや》いていったわ」

「鳥居がそのようなことを」

鳥居はすでに夏目影二郎の前歴、十手持ちを殺して流罪の裁きを受けた人間ということを承知しているとみた方がいい。むろん影二郎のことは老中水野忠邦も承知のこと、その部下の鳥居が一存で動くことは難しい。が、油断のならぬ相手が秀信と影二郎親子の弱みを握ったと理解したほうがいい。

「相分りました。ただしそれがしが忠治を斬るのは、尾張屋押し込みが忠治一統の仕業と分ったときのみ……」

「江戸に偽忠治をどう説明するか。そのことも忘れるでない」

「はっ」

「事は急を要する、伝馬を使え」

父は子の目を見つめ、子は黙って首肯《しゅこう》した。

第二話　南山御蔵入女旅《みなみやまおくらいりおんなたび》

一

馬上の夏目影二郎は南蛮外衣を翻しながら駅馬を乗り継ぎ乗り継ぎして、江戸から関八州を駆け抜けた。

緑影が目に染みる中、風雨と戦いながらの走行であった。

常磐豊後守秀信の命を受けた影二郎は三好町の長屋にとって返し、旅仕度を整えた。

仕度といっても着流しに法城寺佐常を落とし差し、一文字笠を被って南蛮外衣を肩に担げば終わる。

長屋の連中に飼犬のあかを嵐山に届けてくれと頼むとその足で板橋宿に向かった。

伝馬宿で馬の手配をした。

勘定奉行は東海道を始めとする五街道を監督する道中奉行も兼務する。秀信が与えた勘定奉行の書付けは各伝馬宿に替え馬の手配を命じたものだ。

わずかな時間、伝馬宿の板の間で仮眠した影二郎は七つ（午前四時）には、馬と一緒に荒川を越えた。

中山道をひたすら川口、鳩ヶ谷、岩槻、行田《ぎょうだ》、岡部、伊勢崎を走り抜け、伊勢崎宿から中山道を外れて上野《こうずけ》の佐位《さい》郡国定村までの二十五余里（百キロ）を夕暮れまでに駆け抜けた。

その間、替え馬は六頭を数えていた。

日没の国定村で訪ねたのは中農長岡友蔵の屋敷だ。

博徒国定忠治は、文化七年（一八一〇）、与五左衛門の長男として国定村に生まれ、忠治郎と名付けられた。

上州は空っ風とかかあ天下に仁侠の土地柄、忠治郎も若いころから一端《いっぱし》の博奕打ちとして名を売り、天保五年（一八三四）には、縄張り争いから島村の伊三郎を殺して悪名を上げると同時に、八州廻りに追跡される身になっていた。

夏目影二郎は秀信の命で腐敗し切った八州廻りを始末して歩いたとき、この国定村で忠治の実弟、長岡友蔵に出会った。そして、友蔵の口添えで赤城山の砦に立て籠る忠治とその一家に会っていた。

赤城山の砦は八州廻りの襲撃で落ち、忠治一家は流浪の旅に出た。その後、国定忠治ら一行と夏目影二郎は旅先でしばしば出会うようになる。

馬を引き、長屋門を潜ると庭先に小太りの男が立っていた。

忠治の実弟、長岡友蔵その人だった。

友蔵も着流しに一文字笠の影二郎を見て、

「夏目の旦那、三年ぶりかな」

と呟いたものだ。

「友蔵、そなたも堅固でなにより」

影二郎の挨拶に頷き返した友蔵は下男を呼ぶと馬の世話を命じた。そして影二郎にも井戸端で汗と埃を流せと言い置き、家に姿を消した。

その背はまるで影二郎が訪ねてくることを予測していたような風情すらあった。

忠治と友蔵の兄弟は兄が関東取締出役に追われる罪人となっても深い繋がりを保っていた。

井戸端で下帯一つになって汗を流しながら、改めて思ったものだ。

(芝宇田川町の升吉堂尾張屋の押し込み強盗は国定忠治の仕業ではない)

忠治は断じて商家に押し入るほど落ちぶれてはいない。となれば、忠治に会って直に確かめる、それが影二郎の最初の仕事だった。

(忠治の居場所は弟が知っている)

影二郎が国定村に友蔵を訪ねた理由だ。

「お侍、ここに着替えをおいておくよ」

女の声がして振り向くと、あだな女が浴衣に真新しい下帯などを井戸端の空樽の上においた。百姓女ではない。遊び人の情女といった艶っぽい雰囲気に、

「そなたは忠治の女か」

とずばり聞いた。

「夏目の旦那、野暮な詮索はなしだよ」

女は笑い声を上げ、埃と汗に塗れた影二郎の単衣を持って井戸端から姿を消した。

洗いざらしの浴衣を着た影二郎が勝手口から台所に入っていくと、友蔵が囲炉裏端に独り座っていた。

「おかげで生き返った」

主のかたわらに座した影二郎に友蔵が大徳利と茶碗を差して、

「兄《あに》さんが役人方に追われるようになって以来、酒は断った」

と言い、独酌するようにいった。

畳まれた南蛮外衣の上に法城寺佐常と一文字笠を載せてかたわらに置くと軽く頭を下げた。

「遠慮なく頂戴しよう」

影二郎は茶碗になみなみと濁り酒を注ぎ、一口飲んだ。

馬上で揺られてきた胃臓が驚いたように収縮したが、酒が収まるところにおさまると鎮まった。

「友蔵、来訪の理由は推測つくな」

「昨日も今日も八州廻りが訪ねてきたでな。江戸で国定忠治と名乗る夜盗が非道なことをしたらしい」

頷いた影二郎は、牧野兵庫から聞いた様子を告げた。

その話を黙って聞いていた友蔵は、

「兄さんの仕業と考えなさるか」

「どうしておれを囲炉裏端に招き、酒まで馳走してくれる」

影二郎の顔を見た友蔵の瞼が思わず潤み、

「夏目様、兄さんはここんところ上州にはおりませぬよ」

と答えたものだ。

「むろん江戸に入ったなんてありえませぬ」

「江戸では国定忠治の仕業と信じておる。その考えを覆すのは容易なことではない。おれが忠治に会わねばならん理由だ。友蔵、分るな」

「およそ」

とだけ友蔵は答えた。

影二郎もそれ以上の問いを発することはしなかった。

ふいに玄関口が騒がしくなり、どどっと物音が響いて囲炉裏端の部屋に草鞋を履いたままの役人たちが押し入ってきた。

影二郎が見回すと、土地の御用聞きを道案内に立てた八州廻りの役人だった。

捕物仕度の雇足軽、小者たちも土間に雪崩れこんできた。

「これは八州様で」

友蔵が畏まった。

若い役人は影二郎の風体《ふうてい》をじろじろと眺めた。

影二郎が見知らぬ顔だ。

八州廻りは勘定奉行の監督下にあった。が、実際に選ばれる者は勘定奉行所が支配する代官の手付《てつき》手代からの人選であった。その身分は三十俵三人扶持の下級武士だ。

中年の御用聞きが影二郎のかたわらに立つと、

「おまえさん、馬を乗り付けたようだが何者だえ」

と十手をちらつかせた。

「友蔵の古い友でな、そなたらが気にするほどの者ではない」

「それを決めなさるのは八州廻りの旦那冷水賢吾《ひやみずけんご》様だ」

「冷水どのと申されるか。役目ご苦労に存ずる」

影二郎は茶碗を手にした。

御用聞きの十手がいきなり影二郎の茶碗をはたき落とそうとした。

影二郎の手首が返り、茶碗に残っていた濁り酒が御用聞きの顔をぴしゃりと襲った。

「野郎、やりやがったな！」

いきり立つ御用聞きを睨み据えた影二郎は、

「冷水賢吾、小者に礼儀を教え込むのも旦那たるそなたの務め」

「なにを抜かしやがる」

いきり立つ御用聞きをじろりとみた影二郎が、

「そなた、夏目影二郎の名を聞いたことはないか」

と静かに言った。

「それがどうしたい！」

旦那の前で恥をかかされた御用聞きが態勢を立て直して影二郎に襲いかかろうとした。

それを老練な雇足軽が、

「島三！」

と制止した。そして若い八州廻りに寄り、その耳元に何事か囁いた。

冷水の顔が緊張して、畏怖の表情と変わり、

「夏目様、われらはお役目をはたしたまででござる」

と言い訳した。

「関東取締出役の務めがなんたるか、肝に銘じて忘れるな」

「はっ」

影二郎に畏まって頷いた八州廻りと一統は御用聞きを引きずるように友蔵の家から出ていった。

「おまえ様は一体全体《いったいぜんたい》何者ですねえ」

友蔵が不思議そうな目で影二郎を見た。

「そなたの兄はよう知っておる」

と苦笑いした影二郎に、

「兄さんも変わっておるが、そなた様もだいぶ変わり者とみゆるな」

と言い出したものだ。

翌朝、影二郎は大間々《おおまま》村から足尾銅山、さらには細尾峠を越えて日光に出た。

一夜の宿りを与えた影二郎に長岡の友蔵は、

「上州から奥州に抜ける南山御蔵入田島宿に名主の花村杢左衛門《もくざえもん》様を訪ねてみなせえ」

とだけ言った。

南山御蔵入とは影二郎が初めて耳にする街道だ。

「知らぬようじゃな。会津若松城下へ抜ける街道でな、会津西街道とも呼ばれている。日光から鬼怒川ぞいに今市《いまいち》、藤原《ふじはら》宿へと進みなせえよ、それが南山御蔵入の入り口だよ」

友蔵はそう説明を加えて、国定忠治が関八州の外に出ていることを示唆したのだ。

細尾峠は三年前に徒歩で越えたことがあった。

日光宿で働く叔母を訪ねる娘を伴っての旅であった。

影二郎は三年ぶりの峠を馬で通り抜け、昼過ぎに日光宿七里《しちり》の名主勢左衛門《せいざえもん》の屋敷を訪ねた。

勢左衛門は若き日の常磐秀信を知る人物、影二郎がだれのために働いているか承知していた。

また上州一帯の事情に通じていた。

「これはまためずらしき御仁が……」

と影二郎が屋敷前に馬を乗りつけたのをみた勢左衛門は、

「忠治を探しての御用旅ですな」

と早速言い当てたものだ。

江戸と日光は密接に結ばれ、情報も迅速に往来した。徳川幕府にとって、日光は神君家康の眠る地、格別な聖域であった。

「さすがに勢左衛門どの、立ち寄ったかいがあったというもの」

「年寄りは他人の噂が気になるものでな、役に立たぬ風聞ばかりが溜まってしまう」

苦笑いした勢左衛門は、家人を呼んで昼めしの仕度をさせた。

「どちらにいかれる」

「南山御蔵入田島宿」

頷いた勢左衛門が、

「なんぞ老人がものの役に立つかな」

と聞いた。

「まず一つ、近ごろ忠治一家がなんぞ悪さをした噂はありませぬか」

「江戸でどえらいことをしでかしたそうな」

と勢左衛門が聞いた。

すでに升吉堂尾張屋の惨劇は伝わっていた。

影二郎は事件の経緯を伝えた。

「江戸まで出向いて忠治がわざわざ幕府をたきつける必要もありませぬよ」

と応じた勢左衛門が驚くべきことを告げた。

「影二郎様、一昨日の未明、鹿沼《かぬま》新田の豪農矢三郎一家が襲われ、一家六人が殺されたそうな。確かに矢三郎は金貸しをして、嫌われてはいた。じゃがな、国定忠治が襲うほどの人物ではございませんよ」

「どうして国定忠治の仕業と分ったな」

「小作人が一人生き残ってな、国定忠治と名乗りを上げたのを耳にしたそうです」

勢左衛門が首を傾げた。

「勢左衛門様、偽忠治が馬脚を現わしたということですよ。江戸でも鹿沼でもわざわざ忠治の仕業と名乗っている。だれが押し込み強盗を働いて名乗るものですかな」

「忠治が非道を働けば、もはや匿《かくま》う人もいなくなる。そのことを承知しているのは忠治親分自身です」

「偽忠治一派を暗躍させる理由がそこに隠されている」

「だれがそのような」

まだ影二郎にも見当もつかない。

「忠治にあってそのことを確かめたい」

「それで田島宿に名主の花村杢左衛門様に会いにいきなさるか」

勢左衛門は影二郎が告げぬことまで口にした。

田島宿の杢左衛門と忠治がつながっているということだ。

「勢左衛門様、なぜ忠治は田島宿におるのですな」

「影二郎様、関八州と奥州を結ぶ会津西街道をなぜ南山御蔵入と呼ぶかご存じか」

知らぬ、と影二郎は無知を正直に告げた。

「南会津一帯は古くから奥州南山と呼ばれていた山岳地帯でしてな、関八州と奥州を結ぶ交通の要衝、交易路です。南山御蔵入は元々会津藩の預かり支配地、それが宝永二年から天保八年までの間に四度も幕府直轄支配を受けて天領になりました。それで御蔵入になったわけでございますよ」

御蔵入とは幕府の米蔵に直接年貢米を納めるの意だった。

「天領のことでしたか」

「さよう、最後に会津の預かり支配から幕府直支配になったのは二年前のことです。御蔵入とは天領のことです。代官陣屋は田島宿にございます。杢左衛門様は代々の田島宿の名主の一人……」

勢左衛門は瞑目すると、語を継いだ。

「この南山御蔵入には多数の犠牲者が血を流した歴史がございましてな、享保五年(一七二〇)秋のことです……」

田島陣屋の代官山田八郎左衛門は、翌年の年貢を金納を減らして米納にすると通達を出した。年々厳しくなる年貢に困窮していた下郷《しもごう》の百姓衆は密かに岩山に集まり、相談をした。

会津御蔵入騒動といわれる発端である。

元々南会津一帯は米作ができない山岳地帯であった。

この年の十一月二十六日未明、下郷の八百余人が集まり、年貢軽減を代官陣屋に訴えた。

代官陣屋では百姓衆の差し出した書面の手続き不備を理由に訴状の受け取りを拒んだ。そこで各村では訴状を整え直し、再び陣屋に届けた。

すると今度は、米納決定は代官陣屋の権限をこえた幕府勘定所の命令ということで押し返した。

そこで享保六年正月、江戸直訴《じきそ》に百姓十五人が極秘に出向くことになった。

この訴え十三カ条は二月に月番の勘定奉行所に提出された。

勘定奉行所では訴えと合わせ、南山代官山田八郎左衛門の事情聴取をするという理由で馬喰《ばくろ》町《ちょう》の公事宿に百姓衆を待機させて、時を稼いだ。

勘定奉行所の役人たちは百姓たちの訴えを聞き届けるという姿勢を見せながら、代官陣屋、つまりは幕府に有利な裁定を導き、江戸に上がった訴人たちには、

「口留番所《くちどめばんしょ》抜けの科」

で公事宿に軟禁押し込めにした。同時に武装した会津藩士二百余名を南山御蔵入に入れて、嘆願を計画した首謀者を次々に捕縛していった。

南会津の百姓衆の訴えを幕府は強権で答えた。

会津御蔵入騒動は獄中で八人が牢死し、さらに数人が打首獄門の沙汰を受けた。

享保七年七月、騒ぎは斬首六人、処罰三百余人という大きな犠牲を経て、決着した。


影二郎がふうっと重い溜め息をついた。

「影二郎様、会津御蔵入騒ぎの後な、江戸廻米中止、米納強制をなくされ、租税もわずかながら軽くなりました。南山御蔵入の百姓衆は大きな犠牲の上に新たな年貢の制度を得たのです」

勢左衛門は南山御蔵入は百姓衆の血で築かれた街道だと影二郎に説明した。

「今も南山御蔵入では騒ぎで命を失った百姓衆の霊を弔う義民祭を催して、感謝しています。それは同時に南山御蔵入の百姓衆、杣人《そまびと》、猟師、木地職人たちの強い絆の証しでもあるのです」

南山御蔵入の領民たちは会津藩からも見放され、幕府からも虐げられた人間たちという棄民の意識、あるいは独立の考えが強く残って、他の天領とは一風異なった土地柄だと勢左衛門は付け加えた。

「会津御蔵入騒動の後、一帯をまとめてこられたのが田島宿の花村杢左衛門様でな」

そんな風土に国定忠治が共感を抱き、また南山御蔵入の人々が幕府にたて突いてきた忠治を受け入れるのはむべなるかなと影二郎は思った。

なにより南山御蔵入は、八州廻りの管轄外、奥州の入り口であった。

「老人、南山御蔵入に忠治は身を隠しているのであろうか」

「さてそれは……」

と首を捻り、

「忠治は上州に新しい隠れ家を造っているとか。一家が関八州の外に逃れているのはそれができるまでという噂が流れてますよ」

「だれが隠れ家の建設の指揮をとっておる」

「忠治の愛妾の徳……という噂ですがね」

徳は忠治より六歳年下で忠治の子分の千代松の女房だった女だ。千代松の死後、忠治と深い仲になり、忠治の最後まで見取った美貌の女《ひと》だ。

勢左衛門は文机に向かうと田島宿の名主花村杢左衛門への紹介状を認《したた》めてくれた。

「南山御蔵入には口留番所がありましてな、往来の規制をしております。手紙は通行手形の役をはたしましょうよ」

勢左衛門が影二郎に書状を渡したとき、昼めしの膳が運ばれてきた。

「急ぎ旅はな、しっかりと食べるのが肝心じゃ」

「馳走になる」

握りめしと大根の味噌汁に菜漬けの載せられた膳に影二郎は手を出した。


今市の伝馬宿で乗り換えた馬が鬼怒川を越え、竜王峡ぞいの山道で喘ぎ始めた。

路傍に馬を休めてみたが馬は異様な発汗を示していた。

「よしよし、休ませてやろうな」

影二郎は街道を馬を引いてゆっくりと進み、最初に見かけた百姓屋を訪ねた。

「今市宿から馬方をよこすまで馬を預かってもらえぬか」

影二郎の説明を聞きながら、馬の様子を見た老野夫は、

「梅雨どきはな、馬も疲れがたまりやんす。二、三日、馬小屋で休ませれば元気になりましょうな」

と快く引き受けてくれた。

影二郎はなにがしかの世話料を与えた。

「へえっ、確かに預かりやした」

竜王峡から影二郎は徒歩になった。

曇天の空から今にも雨が落ちてきそうな気配だ。

谷川ぞいにうねうねと山道が続く。

ついに雨が降り出した。

一文字笠を被った影二郎は肩にかけていた南蛮外衣を身に纏《まと》った。

じっとりと重い雨に濡れそぼって、半刻余りひたすら街道を進んだ。

緑の重なり合う向こうに白い湯煙が立っていた。

鬼怒川と男鹿川が水音を高く合流する所にわき出た湯煙は川治の温泉郷だ。

享保八年に土地の猟師によって発見された温泉は百余年の歳月を経て、山家の古い湯治場の風情を漂わせていた。

日も暮れてきた。

どうやら川治泊まりになりそうだ。

影二郎はどこからともなく監視する目を感じた。

南山御蔵入に向かう旅人をだれが待ちうけているのか。

影二郎は監視の目に囲まれながら、川治の湯治場に入っていった。

薬師の湯と看板に書かれた湯治宿が最初に目についた。

雨の中、異国の合羽《かっぱ》を身に着けて下ってきた影二郎を迎えたのは老女だ。

「おばば、泊めてくれぬか」

「梅雨時分に旅けえ」

一文字笠の下の影二郎の顔をとっくりとみた老女が、

「江戸の人だねえ」

と言った。

「浅草三好町の裏長屋住いの浪人だ」

「相部屋だけど」

「かまわぬ」

「酒と湯だけは宿の自慢、悪くねえ」

という老女の言葉に誘われて三和土に通った。

囲炉裏端から七、八人余りの男女が影二郎を黙って迎えた。旅の行商人、流れ芸人、巡礼者、公事にでも出た百姓夫婦など雑多な者たちだ。

二

「世話になる」

影二郎は囲炉裏端に声をかけた。が、だれからも応答はなかった。なにかに遠慮したような、堅い空気だ。

「浪人さん、まずは濡れた体を湯で温めてきなせえよ。濡れた合羽は干しておくでよ」

南蛮外衣を三和土に干してくれた老女が裏口を差した。

影二郎は三和土から裏口に回った。すると河原に湯壺が見えた。

着流しに一文字笠そのままに河原に降りた。

板屋根葺きの脱衣小屋で裸になった影二郎は、法城寺佐常を手に一文字笠は被ったまま、湯のそばまでいった。

「今、お着きかえ」

無人の湯壺と思ったが、湯煙に白い女の顔が一つ浮かんで言葉をかけてきた。

髪を五体付けに粋に巻上げた女の言葉は江戸訛りだ。

五体付けとは頭頂で束ねた髪を折り返して毛先を根元に丸め、前に倒して簪《かんざし》で止めた梳き髪の一種だ。あだっぽい髪型で遊女や茶屋女などに多い。

「すまぬが一緒させてくれ」

「田舎の湯は遠慮なしだよ」

女は影二郎の行動を最初から見ていたらしい。

「生憎の雨ですねえ」

と天から落ちてくる雨粒を見上げた。

影二郎は手近な岩場に先反佐常を置いた。

「湯まで物騒な刀《もの》を持ちこむとは、だれぞに追われてなさるか」

「そんなところだ」

「江戸よりなんぼか安心ですよ」

影二郎が江戸からきたと女もまた言い当てた。

「姉さん、夏目影二郎だ、よろしくな」

「私はさ、下谷稲荷の水茶屋に務めていたんだがねえ、天保の改革とかで老中水野様に水茶屋を閉められて、泣く泣く故郷の会津若松に戻るところさ」

年の頃は二十七、八か。出が奥州というだけあって色白の美形だった。

「名はなんという」

「下谷稲荷の吉祥天《きつしようてん》のおたき、と呼ばれていたっけ」

雨は小止みになった。すると流れの音が大きく響いた。

湯壺から鬼怒川と男鹿川の流れがぶつかり合うのが見えた。

「おおっ、さぶいぜ」

若い男が三人、湯に飛びこんできた。

やくざ者の風体の男たちは部屋から下帯一つになって走ってきたようだ。

派手に湯音を立て、飛沫を飛ばして湯壺に浸かった。

飛沫が影二郎とおたきの顔にかかった。

「もう少しおとなしく湯に浸かってくださいな」

おたきが無精髭のむさい面に言い放った。

「姉ご、いい度胸だねえ。おれたちがどこのだれだか承知の上かい」

「代官様って面じゃないねえ、どこのどぶ鼠だえ」

「この女《あま》、抜かしやがったな」

三人のうちでも一番若い三下が湯壺に立った。

腕から胸に裸の男女が絡み合う春画まがいの彫り物が見えた。が、それは線彫りだけでまだ完成をみていなかった。

彫り物は我慢ともいう。痛さに我慢をしかねて、線彫りで終わったようだ。

三下の一物も湯の上に覗いた。

「半端者だねえ、おまえの汚いものなんぞみたくないよ」

「許せねえ！」

三下が湯壺を走っておたきに突進した。湯の下に隠れていたおたきの両手が現われた。

その瞬間、しごかれた手拭いが一本の棒になって、走りくる三下の一物を弾いた。

「ああっ！」

湯壺に転がった。

仲間の一人が下帯の背に隠し持っていた匕首《あいくち》を抜くとおたきに飛び掛かっていった。

影二郎の手が一文字笠の骨の間に差し込まれた珊瑚玉《さんごだま》をつかむと、虚空に手首を捻り打った。

珊瑚玉は両刃に研がれた唐かんざしの飾りだ。

影二郎が惚れ合った女郎の萌が自分の身を守るために喉を突いて死んだ形見の品が小雨を裂いて飛び、匕首をかざした手首に突き立った。

「わあっ！」

腕を抱えた男が派手な悲鳴を上げた。

残った一人が立ち上がった。大男は兄貴株のようだ。

影二郎もゆっくりと立った。かつて鏡新明智流桃井春蔵の若鬼と呼ばれて鍛え上げられた六尺の偉丈夫だ。

「やめておけ」

静かな声が残った大男の動きを封じた。

影二郎は唐かんざしが手首に突き立った三下に近付くと、男は後退りして湯壺から外に転がり出た。

「じっとしておれ」

影二郎は珊瑚玉を抜き取った。すると若い三下やくざの傷口から血がぼたぼたと垂れ落ちた。

「お、おぼえてやがれ」

三人が湯から宿へと走って消えた。

「旦那に助けられたねえ。あとで酒など馳走させてくださいな」

どこに隠し持っていたか、おたきの口には吹矢が銜《くわ》えられていた。

「お節介をしたようだな」

艶然《えんぜん》と笑ったおたきが影二郎に背を向けて湯壺から立ち上がった。すると白い背に吉祥天が鮮やかに浮かんでいた。

影二郎が囲炉裏端に姿を見せたとき、憎しみのまなざしと好奇の視線が入り交じって出迎えた。

おたきが大徳利と杯を載せた盆を前に座っていた。

「旦那、こちらに」

囲炉裏端の向こうから、小太りの中年男が影二郎を睨みつけるようにみた。

派手な夏羽織を着て、貫禄を見せていた。どうやら同宿の者たちが黙りこんでいるのはこの男のせいらしい。

影二郎はやくざと十手持ち、二足の草鞋を履く人間の腐臭を男から嗅いだ。

「おまえさん、うちの若い奴らを痛めつけてくれたようだが、どこのだれだえ」

影二郎はおたきのかたわらに腰を落ち着け、一文字笠と法城寺佐常を置いた。

「親分さん、懐の十手がうずうずしているようだねえ。だがな、旅の方々を怖がらせる前に子分どもに礼儀を教えるのが先だぜ」

「言いやがったな、何の目的で川治にきた」

「湯治だ」

おたきが杯を影二郎の手に持たせると大徳利からなみなみと酒を注いだ。

影二郎はゆっくりと酒を喉に落とした。

湯治宿の老女が湯と酒は宿の自慢といっただけのことはある。

「会津の酒ですよ」

「下り物とはまた風合いが違うな、旨い」

おたきに感想を述べた影二郎が、

「親分さんの名を聞いておこうか」

と囲炉裏越しに睨んだ。

「上州の大悪党国定忠治が南山御蔵入に潜《ひそ》んでいるってんでな、出張《でば》ってきた鬼怒川の伝三だ」

と十手持ちが喚《わめ》いた。

（忠治の南山御蔵入潜伏ははや洩れていたか）

「おめえもうさん臭げな浪人だ。忠治の仲間じゃあるめえな」

伝三が影二郎の豪剣法城寺佐常二尺五寸三分に目をやりながら聞いた。

「おれかい、街道のごみを掃除する旅鳥とでも覚えておいてもらおう」

「街道のごみたあなんだ」

「おまえみたいな半端者のことだ」

「会津の五街道には隈《くま》無くこの鬼怒川の伝三様が目を光らせているんだ。おめえの出る番なんぞありはしねえ」

会津には南山御蔵入会津西街道の他、若松から白河領への白河街道、若松より新発田《しばた》領への越後街道、若松から米沢領への米沢街道、猪苗代より二本松領への二本松街道の五つが走り、これを会津五街道と称した。

伝三はなんとも大法螺を吹いた。

「おめえの面はとっくと見たぜ」

鬼怒川の伝三は影二郎に一人立ち向かう勇気がなかったか、捨て台詞を残して囲炉裏端から立っていった。

座が急に賑やかになった。

「お侍、助かりました。あいつがいると囲炉裏端が息苦しくて」

薬売りの伊吉と名乗った三十男が小声で礼を述べた。

「そんな礼を言われると気恥ずかしい」

頭をかく影二郎に宇都宮に公事に出たという喜多方《きたかた》の老夫婦、巡礼姿の中年男、渡世人の若い男たちが名乗り、親愛の笑みを送ってきた。

急にあたりが明るくなった感じだ。

膳部が運ばれ、思い思いの場所で夕飯が始まった。

「明日から伝三に付きまとわれるよ」

「どうせ付きまとわれるなら、吉祥天のおたきさんの方がいい」

「ほんとにしますよ」

影二郎にも脚なし膳が運ばれてきた。

酒を飲む二人には岩魚《いわな》の塩焼きと菜漬けが肴に出た。

「南山御蔵入筋は米がさほど採れぬそうじゃな」

「その代わり名物の蕎麦がありますよ」

とおたきが客たちが啜る山菜蕎麦を眺めて答えた。

「蕎麦は七十五日といってねえ、冷害なんぞで稲の実りが悪いと分れば、夏の初めに蕎麦を蒔くんですよ」

「秋口には収穫できるというわけか」

「私も貧乏百姓の娘、蕎麦で育ちました」

おたきは南山御蔵入一帯では、蕎麦会《そばえ》という風習があるといった。

「蕎麦会か」

「親戚やら知り合いを呼んで蕎麦を打ち、振る舞う。そのときねえ、庭にかがり火を焚いて、主が朗々と謡曲や舞を披露するのが習わしなんです」

「そなたも知っていよう、江戸では二八蕎麦といって、大工左官ら職人が啜りこむ安直な食べ物だ」

「ところ変われば、品が変わります」

そう言ったおたきが聞いた。

「旦那の行き先はどちらです」

「田島宿まで野暮用だ」

「ならば明日はご一緒させてくださいな」

「うれしいが鬼怒川の伝三が付きまとう旅だ」

「だからお願いしてるんですよ」

「吹矢なんぞを隠し持った吉祥天のおたきが伝三風情を恐れるとも思えないね」

おたきと二人五合ばかりの酒を飲んで陶然と酔った。

二人の夕めしも山菜をふんだんに炊き込んだ蕎麦であった。

二階の相部屋の相手はおたきと公事に出向いた老夫婦の四人であった。江戸から馬を乗り継いできた疲れが溜まっていたのであろうか、影二郎は法城寺佐常を抱くとぐっすりと眠りこんだ。

深夜、揺り起こされた。

「旦那、起きてくださいな」

おたきの声に影二郎は目を覚ました。

「どうした」

「鬼怒川の伝三が助人《すけっと》を呼んだらしく、そやつらが到着したところなんですよ。今にこの部屋に押しかけてきますよ」

「放っておけ」

影二郎を襲うために助人をわざわざ呼んだとも思えない。

「えらい騒ぎですよ」

「用があればあちらからこよう」

間近におたきの香りを嗅ぎながら、影二郎は再び眠りに落ちた。

影二郎が次に目を覚ましたとき、湯治宿は森閑としていた。

同宿の老夫婦はとっくに出立していた。

がらんとした部屋から急な傾斜の階段を下りて階下にいくと、囲炉裏端にぽつねんとおたきだけがいた。

「旅人がえらくのんびりしたもんですねえ」

「先に出立すればいいものを」

「同行《どうぎょう》二人《ににん》、夕べ約束しましたよ」

老女が朝めしの膳を整える間に影二郎は、旅籠の主に道中で預けてきた馬を今市宿まで連れていく手配をした。囲炉裏端に戻ってみると朝めしの用意ができていた。

猪肉と牛蒡《ごぼう》の煮付け、山菜が具の味噌汁に漬物が菜、めしは麦めしだった。

影二郎がめしを食し終えたとき、五つ（午前八時）近くになっていた。

客は旅の常道どおりに七つ（午前四時）時分、二刻（四時間）も前に出立していた。

「旦那、途中まで馬でこられたようだが今日はどうしたね」

めずらしく晴れ上がった街道に踏み出したとき、おたきが言い出した。帳場で馬の返却の手配をしていたのを聞いていたらしい。

「ここまでくれば、先を急いでもしようがないのさ」

川治の里に降りてくるときに感じた監視の目を気にして答えた。

「おかしなお人だよ」

おたきが言い、

「伝三はさ、鬼怒川に子分でも迎えを出したのかと思ったら、江戸から来たお武家さんの道案内でしたよ」

と階下を覗き見た光景を報告した。

「江戸から武士がきたとな、何人か」

「旅籠に顔を出したのは道中合羽の若い二人でしたけど。街道に大勢の仲間が待っていたみたい。伝三を案内に立てて田島宿へ夜道を進んでいきましたよ」

「山道を夜旅か」

「旦那も田島宿にいかれるという。一体田島宿になにがあるんです」

「おれかえ、おれは国定忠治に会いにいくのさ」

「忠治親分に会いにいかれるって、旦那は知り合いですか」

おたきが両眼を見開いて影二郎をみた。

「さあて相手がどう考えているか」

「旦那は一体何者ですね」

「野暮な問いだ」

「街道のあちこちに忠治親分の噂が流れてますけど、おめえさんは親分になんの用事ですねえ」

「斬れと命じられておる」

おたきの足が止まり、かたちのいい顎が影二郎の一文字笠の下を見た。

影二郎は道端の田圃を見た。

街道ぞいに作られた細い田圃は田植えを終えたばかりのようだ。

雨の合間の陽光に水面がまぶしく光っていた。田圃があるのは街道のわずかな平地だけ、あとは街道におおいかぶさるように山並みが迫っていた。

「南山御蔵入のここいらではねえ、米よりも煙草、繭《まゆ》、赤綿が主な産物でねえ」

影二郎の視線に目を止めたおたきが、

「天保四年から、七年、八年、九年と東風《やませ》が吹く凶作が続きましてねえ、今年こそはとなんとか豊作をお百姓衆が願っているのですよ」

と説明してくれた。

南山御蔵入は貧しきゆえに会津藩預かりと幕府直轄支配を繰り返した地なのだ。

笑いかけたおたきが話を戻した。

「忠治親分には大勢の子分衆がついてますよ。それを旦那一人で斬って回られるんですか」

「おたき、江戸を発ったのはいつのことだ」

「十三、四日前のことですよ。宇都宮宿に傍輩《ほうばい》がおりましてねえ、そこで何日か遊んでいたもんで長旅になっちゃって。会津に戻れば、会うこともできませんからね」

「そなたが江戸を発った後、芝宇田川町の薬種問屋に押し込み強盗が入り、家族・奉公人の十六人を惨殺して金を奪って江戸から戸田の渡しを渡って逃げた」

「……………」

おたきが不思議そうな顔で影二郎を見た。

「生き残った一人の小僧が国定忠治と名乗ったのを聞いておる」

「どこの阿呆が強盗にいって名を名乗りますかえ」

「吉祥天のおたき姉さんもそう思うかえ」

「偽者ですって」

「そいつを忠治に聞きにいくとこさ」

「旦那の話はほんとうなんだか冗談だか」

おたき姉さんが首を傾げた。

菅笠の下のうなじに汗が光っている。

街道は男鹿川の川底へと下っていた。

濃い緑影の間から男鹿川の濁流に丸太が何本か架かって橋の代わりをしていた。

そこいらに何人かの旅人が立って濁流を眺めていた。

「なんぞありましたかねえ」

二人が石ころだらけの河原に降りて梅雨の雨を飲み込んだ濁流を向こう側に渡った。

土地の杣人だろう、二人の男が流れの縁に男の死体を引き上げていた。

「旦那、伊吉といった薬売りの男ですよ」

遠目に見たおたきが同宿した薬売りの死体だと断言した。言葉がわずかに震えていた。

「流れに足をとられたか」

影二郎が丸太橋を渡りながら、水死かと杣人に聞いた。

「うんにゃ、斬られてなさる」

その言葉に影二郎が死体に歩み寄り、首筋を見ると見事に一太刀で刎ね斬られていた。間違いなく谷間に転落する前に絶命していたろう。それほど手際のよい斬撃だった。

「持ち物は流れにもまれ落ちてなにもねえ」

影二郎が薬売りの白く変わった手を見た。

竹刀だこがあった。薬売りに化けた二本差しだ。おそらく江戸から忠治を追跡してきた役人の一人ではあるまいか。

影二郎が秀信に命じられたように極秘に忠治を追っていかされた八州廻りの密偵の一人と判断された。

「陣屋に知らせべえ」

杣人が相談しているのを聞いて影二郎とおたきはその場を離れた。

男鹿川ぞいにうねって続く南山御蔵入の道は右岸から左岸へと変わって、さらに山深くなった。

「どうやら江戸の騒ぎがこの街道筋で繰り返されることになりそうだな」

「どういうことです」

「忠治一家を追って八州廻り、町方、目付などの密偵が入りこんだということさ」

「旦那はどちらなんです」

「おれは主なしだ」

「そんな酔興者はこの世にいませんよ」

「吉祥天のおたきこそ、だれぞ紐がついているようだな」

「冗談じゃありませんって。わたしゃねえ、生粋の水茶屋女、故郷に戻るおたきですよ」

「背に立派な彫り物しょって、会津若松で生きていくのは大変だぜ。おっと、これは余計なことか」

「背中出して暮らすわけじゃなし、江戸で溜めた小銭で一杯飲屋でも開きますよ」

「そんときゃ知らせてくれ。袖すり合った仲だ、駆けつけよう」

「嘘でもうれしいねえ」

二人は互いの腹の内を探り合いながら山道を上っていった。

三

男鹿川にそった街道は一歩ごとに険しさを増した。

刻々と変容する風景を眺める余裕もなく笠の下の顔に汗を流しながらひたすら足を運んでいく。

男鹿川の川幅が急に膨らんだ。

天和三年（一六八三）九月一日、日光、藤原一帯を大地震が襲った。

その激震で戸板山の斜面が崩れて五十里《いかり》川をせき止めて、湖を生んだ。それが五十里湖だ。

五十里湖へ下る坂道でおたきの足に肉刺《まめ》ができ、足を引きずるようになった。

「今少し辛抱せえ、里に下りたら治療をいたそう」

木間《このま》隠れに五十里の集落が見えた。

川治から中三依《なかみより》宿の間でただ一つの集落だ。山仕事に生きる数軒の家が集まっている小さな集落に過ぎなかった。

地蔵堂の朽ちかけた階段におたきを座らせ、草鞋の紐を解いて脱がせた。

老爺と孫娘がこちらの様子を家の軒下から眺めていた。

その軒には草鞋や干し柿などがぶら下がって売られていた。

山中の街道とはいえ、上州と奥州をむすぶ南山御蔵入だ。それだけ往来する旅人がいて、草鞋や食べ物が売れるということだろう。

「お侍に肉刺の手当てなんぞさせて罰が当たりますねえ」

おたきが恥ずかしそうに着物の裾を押さえて足を隠した。

「旅は相身互いじゃ」

影二郎は小柄《こづか》の先で肉刺をつぶし、水疱を絞り出すと腰の印籠から塗り薬を出して塗った。その上に手拭いを裂いて包帯をした。

「だいぶ楽になりました」

「待っておれ」

影二郎は二人の様子を眺める老爺と孫娘のところにいき、草鞋を一足抜き取り、縄につるされた干し柿を一束もらって銭を払った。

「下の丸木橋に男の死体が流れついておる。上流で旅人が斬られたようだが、なんぞ騒ぎはなかったか」

老爺が顔を激しく横に振った。

「上州の国定忠治がここを通ったことはないか」

さらに顔が怯えたように振られた。そのことが忠治の南山御蔵入の潜入を確かなものにしていると影二郎は思った。

「驚かしてすまぬな」

影二郎はおたきのところに戻ると新しい草鞋を履かせた。

「旦那、助かりました」

おたきが立ち上がって頭を下げ、治療した足で何度か地面をついて、

「これなら歩けますよ」

と喜色を見せた。

「中三依宿までどれほどと考えればよい」

「地蔵岩、鬼怒木《きぬぎ》、独鈷沢《とっこざわ》と難所を抜けて山中二里」

影二郎はおたきの足では日が落ちるのと競走だなと野宿も覚悟した。

二人は干し柿の甘みを舌に感じながら道を進む。残った柿は影二郎が懐にしまった。

「旦那、足手まといになってすまないね」

「余計な遠慮はせぬことだ」

二人は五十里の集落を後にして再び谷川ぞいに伸びる街道を歩き出した。

南山御蔵入の道、あるいは会津西街道と称しても深山幽谷を抜ける街道だ。平地で幅一間、山中ともなれば人ひとりがようやく歩ける道幅しかない。

先人が踏み均《なら》した跡をたよりに影二郎が先で進んだ。

塩沢山から流れこむ男鹿川の大塩沢の渡渉にいったん男鹿川から離れた。しばらくいくと、

丸太が一本大塩沢の渓流に架かっていた。

「おたき、足を踏み外すでないぞ」

影二郎は丸太に足をかけた。すると谷底が十数間下に見えた。岩場を、はげしく梅雨で増水した流れが暴れるように下っていた。

影二郎の足が止まった。

「みよ、おたき。伊吉と名乗った薬売りの幟《のぼり》が落ちているぜ」

四尺の竹に幟を立て、越中富山反魂丹《はんごんたん》と染め出してあるのが見えた。

「薬売りはこの丸太橋で襲われたとみえるな」

「旦那、懐のものを狙う街道の胡麻の蝿にしちゃあ、間抜けじゃないかえ。懐中物ごと谷底に斬り落としたというのかえ」

「胡麻の蝿なんぞの仕業じゃないということさ。伊吉が二本差しだと知った上の襲撃よ」

影二郎は丸太橋を渡っておたきを振り返った。

「薬売りは変装なんで」

「八州廻りの密偵か、町奉行所の密偵か。いずれにしても国定忠治を追跡していく連中の一人さ」

頷いたおたきが丸太橋の上に足を踏み出し、ゆっくりゆっくりと渡ってきた。

「旦那、幕府の役人が南山御蔵入まで入りこむのですか」

「町奉行所の管轄は江戸の御朱引地内《ごしゅびき》が縄張りだ。芝宇田川町で起こった事件の追跡なら、八州廻りの役目だろう」

「八州様はその名のとおりに関東八州、相模、武蔵、上総《かずさ》、下総《しもうさ》、上野《こうずけ》、下野、常陸、安房が縄張りと聞いているけどねえ」

「だがな、国定忠治が関八州を越えて天領の南山御蔵入に入ったとなれば、追っていかぬともかぎらぬさ」

「ならば薬売りは八州様……」

影二郎にも伊吉が八州廻りのお手先かどうか判然としなかった。

「どうやら吉祥天のおたき様を加えて南山御蔵入に得体の知れない連中が山ほど入りこんだということさ」

「それをいうなら旦那、おまえ様が一番怪しいよ」

「違いない」

五十里の里と中三依の中間、鬼怒木あたりで日が山の端に消えた。

すると霧雨が降り出した。

「旦那、先にいってくださいな」

おたきが鈍い歩みを気にして言い出した。

「吉祥天の姉ごをこんな山中に一人残していけるものか。野宿をするにも二人が心強いぜ」

肩から南蛮外衣を外して身に纏った影二郎はおたきを励ましながら道を進んだ。

道中合羽を着たおたきも歯を食いしばって頑張った。

中三依宿までの最大の難所独鈷沢に差し掛かった。

街道は男鹿川を十余間下に見ながら、人ひとりがようやく歩ける崖道と変わっていた。

「うまくいけば中三依宿に辿りつけるぞ」

影二郎がおたきを励ましたとき、頭上でなにかが軋む音がした。

咄嗟に切り立った足下の流れを見た。

夕闇に白い激流がおぼろに見えた。

頭上を振り見た。

雨空に白い光がきらめいた。

刃物の光だ。

なだらかな斜面に切り出した御用材が積んであって、それが崩れて崖を転がり落ち始めた。

鉈を振るって縄を切った鬼怒川の伝三の小太りの姿もはっきりと見えた。

(くそっ)

雪崩れ落ちる材木を避ける場所はどこにもなかった。

「ああっ!」

おたきが悲鳴を上げた。

影二郎はおたきの身を両腕に抱えると流れに飛んだ。

二人の男女はひらひらと舞いながら、増水した男鹿川の薄暮の流れに落下していった。

激流の中、二人は揉み砕かれながら深みに引きずりこまれ、下流へ下流へと流された。それが材木の襲撃からかろうじて避けさせた。

二人の着た合羽が水中で広がり、浮力を得た。

白く岩をはむ流れに顔が浮かんだ。

影二郎は息を継ぐ暇もなく、おたきの腕を必死で摑みながら泳いだ。岩場の内側へ内側へと回りこみ、必死で岸辺に片手をかけた。

手が尖った岩場を摑んだ。

這々《ほうほう》の体《てい》で二人が岩場に半身を寄せたとき、材木がぶつかり合いながら下流へといつまでもいつまでも流れていった。

「大丈夫か」

荒い息の下から、

「吉祥天のおたきは水練はからっきしなんですよ」

と言い出した。

「伝三にえらいしっぺ返しを食ったぜ」

影二郎とおたきは崖下をよろよろと伝って下り、ようやく安全な岩場に這い上がった。

「怪我はないか」

おたきが身にまとわりついた道中合羽を脱いだ。かすり傷はあっても、大きな怪我はなさそうだ。だが、足首を捻挫していた。

影二郎も南蛮外衣を脱いだ。

法城寺佐常も腰にあったし、油紙に包んで腹帯にしまいこんだ路銀も濡れた干し柿も残っていた。

影二郎は岩場の上空を眺め上げた。

鬼怒川の伝三が材木を切り落とした崖は木々に覆われて見えなかった。

「この崖を暗闇の中に上がるのは危険だな」

伝三が待ち受けているかも知れなかった。なにより挫《くじ》いたおたきの足で登りきれるとも思えない。

影二郎は切り立った崖の切れ目に雨露を防ぐ洞窟を見つけ、おたきを抱えるようにして移した。二畳ほどの広さの岩場はうまい具合に平らであった。

「おたき、風邪をひくといけねえ。濡れたものを脱ぎな」

そう言うと影二郎も下帯一つになった。

おたきは迷っていたが岩場の隅にいくと影二郎に背を向けて、着物を脱ぎ始めた。

影二郎は油紙をそっと開いた。

がまの穂綿と火打石と付け木が出てきた。幾重にも油紙で包んでいたせいで濡れてなかった。

それを確かめた影二郎は岩場に流れついた枯れ枝を探して、小柄で細く裂いた。

苦労して穂綿に火口《ほぐち》を移すと硫黄を塗った付木に移して燃え上がらせ、枯れ枝にさらに移した。この作業に影二郎はおよそ半刻（一時間）余り費やした。

炎が燃え上がって岩場の洞窟が明るくなった。

「待たせたな」

おたきは岩場の隅で肌になまめかしく張り付かせた長襦袢一枚でへたりこんでいた。

「火のそばにこい。背の吉祥天が風邪を引くぜ」

影二郎は洞窟の岩場に二人の合羽や衣類を広げて干した。

おたきが覚悟を決めたように火のそばにきて、

「知り合ったばかりの旦那と裸で過ごすなんて夢にも思わなかったよ」

と声もなく笑った。

「男鹿川の濁流に飲みこまれていたら、冗談も言えなかったことさ」

影二郎が真面目な声で応じたものだ。

細々とした焚き火でなんとか寒さを凌いだ。

腹は残った干し柿を二人で分けて食べた。

「待っておれよ」

心配げなおたきを残して影二郎は未明の薄明かりの中、崖に生えた蔦にしがみつき、落下した崖を登り始めた。

急崖と格闘すること半刻余り、ようやく街道に戻った。

鬼怒川の伝三が材木を落とした崖道の立ち木に二、三本の檜《ひのき》が引っ掛かっていた。

それを確かめた影二郎は南山御蔵入を北に進み、中三依宿に急行しようとした。運のよいことに途中で山仕事に向かう様子の杣二人に出会った。

杣人は未明の山道を下りてきた影二郎にびっくりして足を止めた。

「驚かせてすまぬ。連れが沢に落ちてな、助けがいる。手伝ってはくれぬか」

杣の一人が黙って頷いた。

「名はなんという」

それぞれ虎太郎と井吉と名乗った。

影二郎に二人は山道を引き返した。

樵《きこり》たちが悲鳴を上げたのは、材木が落下させられた現場に差し掛かったときだ。

「虎、切り出した木はしっかりと杭で止め、縄で縛ったぞ」

「おお、井吉、たしかだともよ」

言い合う二人に、

「縄を切って落とした奴がいるのさ」

「悪さはしたのはだれだ」

杣の言葉に怒りがあった。

「鬼怒川の伝三って、二足の草鞋だ」

「伝三……」

杣の一人がなにか思いあたることがあるのか、伝三の名をつぶやいた。

おたきが待つ岩場の上の山道に戻った影二郎は、

「おたき、今助けにいくぞ！」

と叫んで励まし、

「この下にな、連れが足首を捻挫して待っておる」

と説明した。

会津の南山一帯を知り尽くした二人は、

「虎、下から回りこむべえ」

「おお、それが楽だっぺ」

と相談すると腰に下げた縄をほどくと街道のかたわらに立つ杉の幹に縛りつけた。

「お侍、ここで待ってなせえよ」

二人は野猿《ましら》のように鉈で崖に生えた雑木を切り払いながら、流れの縁に姿を消した。

しばらくしておたきの声が下から伝わってきた。

「お侍、縄を引っ張り上げてくんろ！」

影二郎が縄に手をかけると重みが加わったのが分った。

「それ、引っ張れ！」

影二郎は足場を固めて縄を引き上げた。しばらくすると虎太郎の背におぶわれたおたきの、引きつった顔が藪の間から見え隠れした。なおも縄を引くと二人の後方からもう一人の井吉がおたきの尻を押し上げているのが見えて、山道に三人が上がってきた。

「助かった」

影二郎は正直な感想を述べた。

杣たちは流れに落ちた材木が心配らしく、下流へ確かめにいくという。

影二郎が礼を述べようとしたときには、虎太郎も井吉も山道を脱兎のごとく走り出していた。

「助かったぞ、礼を言う」

影二郎はその背に向かって感謝の言葉を投げた。

おたきの足首は夕べよりもさらにふっくらと赤紫に腫れていた。崖から落ちたとき、岩場にぶつけたのかもしれない。

「これでは山道は歩けぬな」

「旦那」

おたきが泣きそうな声でそれでも、

「先に行ってくださいよ。私はゆっくり行きますからさ」

と気丈にも言った。

「中三依宿までそう遠くはあるまい」

影二郎は半乾きの南蛮外衣とおたきの道中合羽を一緒に畳んで、

「おたき、そなたが背負え」

と背にくくり付けた。

足拵えを確かめた影二郎はおたきにおれの背中におぶされと後ろを向いた。

「そんな……」

「旅の難儀は相身互いといったぞ」

影二郎は強引におたきの体をおぶった。

「しばらく辛抱せえ」

影二郎は独鈷沢の南山御蔵入の道をゆっくりと歩み出した。

「足手まといになりましたねえ」

「吉祥天のおたきらしくないな」

生乾きの衣類を通しておたきの肌の温もりが伝わってきた。

影二郎は一歩一歩慎重に山道を下っていった。

中三依宿は、西会津の山々から流れて落ちてくる流れが何本も合流するところに開けた集落だ。

おたきをおぶった影二郎は南山御蔵入を鬼怒川へと下る旅人の目を意識しながら、里に降りていく。

「どこぞに旅籠はないか」

竹籠を背負った若い村女に影二郎が聞いた。

「怪我を負いなさったか」

娘がおたきの足を見て、親切にも案内に立ち、

「三依《みより》屋のおばばは薬草を使わせたら治療の名人ですよ」

と二人に説明した。

三依屋は三差路の角にあった。軒に吊された講中の木札や宿の看板が古い旅籠であることを示している。

「ばあさま、旅の人が捻挫しただよ」

三和土から奥へ娘が呼びかけると奥からおばばと嫁らしい二人が出てきて、

「難儀でやんしたな」

「奥の座敷に寝かせてくんろ」

と影二郎らに言いかけた。

影二郎はおたきをおぶったまま、奥座敷に通った。そこは六畳間で板戸で広座敷と仕切られていた。

旅人はすでに出立してだれもいなかった。

急いで敷かれた藍木綿の布団の上におたきを下ろした。

おたきは熱を出したようで赤い顔をして、荒い息をついていた。

「もう大丈夫だ」

影二郎はおたきの背から荷を下ろした。

影二郎は旅籠まで案内してきた娘に礼を述べようと玄関に戻ったが、もうその姿はなかった。

座敷ではおばばが薬箱から練薬を出して、腫れ上がったおたきの足首に湿布をしていた。

「お上《かみ》さん、煎じ薬を飲んで眠りなせえ。起きたときには楽になっているでよ」

おばばはおたきを影二郎の女房と勘違いしたようでそう言いかけた。

おたきが小さく頷く。

嫁が台所で熱覚ましの煎じ薬を煮出す匂いが座敷まで漂い流れてきた。

「どうしなすったかや」

おばばが聞いた。

「独鈷沢に転落した」

「足を踏み外しなさったかえ」

影二郎が事情を説明すると、鬼怒川の伝三がねえ、と納得したように言い、

「夕べ、顔を赤らめて子分たちと戻ってきただよ」

「この旅籠に立ち寄ったか」

「昨日の昼過ぎ、江戸のお役人方と一緒に着いただねえ」

「江戸からの役人は何人だ」

「国定忠治親分を捕縛するだのなんだと息巻く役人方は総勢十六、七人といったところかね。荷駄が二頭だ」

国定忠治を捕縛するのは関東取締出役の仕事だ。が、八州廻りとは様子が違っていた。ともあれ国定忠治一統が南山御蔵入に入りこんでいることをだれもが承知していた。

「でもよ、まともな役人は二、三人だべ。あとはうさん臭い浪人者だ」

「今朝、そやつらは発ったか」

いや、と答えたおばばは、

「泊まったのは伝三親分と手下だけだ。役人方は待ち受けていた会津藩の侍を案内に立てて、昨日のうちに先に進まれただよ。おそらくよ、上三依宿泊まりだべ」

上三依村は中三依より小さい。が、会津街道と塩原からの街道が合流する南山御蔵入の交通の要衝だとおばばは言った。

おたきがうつらうつらしながら、二人の会話を聞いていた。

「ばあ様、薬が煎じ上がっただ」

嫁が茶碗に入れてきた煎じ薬をおばばと二人しておたきに飲ませた。

「これでよし」

おばばが言い、おたきが安心したように眠りに就いた。

「あとは時間が薬だ」

「ちと宿場を歩いてきたい」

「好きにしなせえよ」

二人におたきの世話を任せた影二郎は、着流しに法城寺佐常を落とし差しにしながら立ち上がった。

四

南山御蔵入領中三依村は、戸数四十余軒村人百七十余人の里だ。

影二郎は孤影を引いて街道に立った。

時折り荷馬を引いた馬方やら旅人が通るばかり、宿場は閑散としていた。

影二郎はどこからか影二郎を監視する眼を意識した。川治宿に下っていく坂道で感じて以来、二度目のことだ。

通りの向こうによし床《どこ》の看板を見た。

無精髭の顎を撫でた影二郎は髪結い床に向かった。

村人相手では商売も成り立つまい。旅人が立ち寄るということか。

薄暗い三和土の奥に板の間があってそこで客の髪の結い直しや髭をあたるようだ。

「ごめん」

奥から声がして、髪結い女が姿を見せた。

「髷と髭をあたってくれぬか」

女が影二郎の風体をみて頷くといった。

「湯を沸かすまで待ってくれますか」

女は奥へ入った。

影二郎は往来を見ながら待った。

荷車や馬の背で運ばれていくのは木地が多い。やはり南山御蔵入は山の里、奥山から切り出した木地で鉢や器や農具を作って暮らす人が多いということであろう。

「待たせしましたな」

女が湯を張った木盥《きだらい》を抱えて出てきた。

「旦那は江戸の役人じゃありませんね」

「追われるほうが似合いだな」

　女が高笑いした。

　影二郎が板の間に座ると、髪結いの女は手際よく髷を解かし始めた。

「江戸から入ってきたのは役人だけではなさそうだな」

「国定の親分が入りこんでいるというので、ここんとこうさん臭い男女が次から次へと街道の奥へ入っていきますよ」

「忠治が潜入しているというのは確かな話か」

「だったら旦那はどうしようってんで」

　髪結いが聞いた。

「聞いただけさ」

「旦那もただの鼠じゃなさそうだ」

「鬼怒川の伝三が忠治一統の捕縛に向かったそうだな」

「伝三なんかに捕まるもんかねえ」

　女の言葉に怒りが籠っていた。

「伝三が嫌いか」

「夕べ、伝三の子分たちがうちに顔を出してねえ、髭を当たらせ、さんざん髷を結い直させておいて一文もおいていかないのさ。こっちは商売だ、十手を笠にしたい放題だ」

髪結いは街道が被る伝三の悪さへの恨みつらみを延々と語った。

「旦那がどうかしてくれませんかね」

女が冗談まぎれに言う。

「おれも遺恨があってな」

影二郎は川治温泉以来の伝三との経緯を話した。

「なんと独鈷沢で男鹿川の流れに落とされなさったか」

おたきを引き上げてくれた杣人の名を聞いた女は大きく頷いた。

「連れの女は三依屋の奥座敷で寝ておる。あの者たちの助けがなければ、おれもここにこうしてはおられなかった」

「谷底から連れを引き上げた虎太郎はうちの亭主ですよ」

影二郎は背の女の顔を振り見た。

「これは奇遇、そなたの亭主どのとはな」

「伝三め、ひどいことを」

と髪結い女が呟いた。

髪をきれいに結い直した女は、手際よく髭をあたってくれた。

「さっぱりした」

影二郎は小判を一枚、髪梳きの道具箱の上に置いた。

「小判なんて釣りがねえだよ」

「亭主どのと仲間に礼を言っておらぬ。釣りは二人にやってくれ」

髪結い女がにっこり笑った。

「それにちと頼みがある」

影二郎の申し出を聞いた女は、

「なんだ、そんなことか」

と胸を叩いた。

中三依宿から上三依宿に向かう旅人や馬方に髪結い女が何事か話しかけ始めたのは、影二郎が宿に戻ったあとのことだ。会津の山中を走る南山御蔵入の道を、

「独鈷沢から落ちて怪我をした浪人者と女連れが助けられ、中三依宿に運ばれてきた」

「浪人者は忠治の身内らしい」

といった噂が流れていった。

影二郎が旅籠に戻ると、客もいない囲炉裏端で、おばばと嫁が蕎麦を啜っていた。

「おばば、昨夜から干し柿をかじっただけだ。おれにもなんぞ馳走をしてくれぬか。酒があるとなおよい」

「蕎麦しかねえよ」

嫁が台所に立った。

影二郎は奥座敷におたきの様子を見にいった。おたきは寝息を立てながら、赤い顔で眠りこんでいた。それでも朝方よりだいぶ具合がよさそうだ。

影二郎は囲炉裏端に戻った。

徳利と茶碗が置かれ、菜漬けがどんぶりに盛られていた。

「おかげでな、熟睡しておる」

影二郎は一両をおばばに差し出し、

「治療代と旅籠代だ。とっておいてくれ」

おばばに礼を述べた影二郎は徳利から酒を茶碗に注いだ。

「小判とは豪儀なこった。酒くらい好きなだけ飲みなせえ」

懐に一両をしまったおばばは影二郎の頭を見た。

「頭をきれいにしてもらったか」

「よし床の上さんにな」

影二郎は茶碗酒を喉に落とした。

酒が五臓六腑に染み渡った。

「おばば、連れが旅できるようになるには何日かかるな」

「南山御蔵入は平地ではねえからな。山道行くまでには四、五日はかかるべえ。ゆっくりしていけ」

「そうもしておられぬ。馬の背ならどうじゃな」

「馬を雇う気なら明後日にもなんとかなろうよ」

「安心いたした」

嫁が大どんぶりに味噌仕立ての蕎麦を作って運んできた。

二合の酒と蕎麦を食した影二郎は、少し眠ると言いおいて、囲炉裏端を立った。するとおばばが、

「着ているものを脱ぎなせえ。手入れをしておくで」

影二郎は古浴衣に着替えさせられた。

「おばば、刀の手入れがしたい。この里で打粉、丁子油などもっておられる方は知らぬか」

「名主様の屋敷には旅のお武家も泊まられる。用意してあろう。あとで借りてこようか」

「頼む」

部屋に戻るとおたきのかたわらに横になり、手枕で眠りに就いた。

話し声に影二郎が眼を覚ました。すると影二郎の体の上には夜具がかけられ、おたきが覗きこんでいた。

「むさい顔をみても仕方あるまい」

「さっぱりなさいましたよ。それにしても夏目影二郎は並みの生き方をしてないね」

「気分はどうだ」

「旦那に助けられました」

吉祥天のおたきが殊勝にも礼を言った。

「おばば様が何度も塗り薬を付け替えてくれましてね。おかげで足首の痛みも軽くなりましたよ」

「それはなにより。馬でいくなら明後日にも旅ができようとおばばも言うておった」

「旦那は先を急ぐ旅ではありませぬのか」

「袖振り合うも他生《たしょう》の縁というでな、そう毛嫌いいたすな」

「そんな……」

怪我したせいで気が弱くなったか、おたきの瞼が潤んだ。

「それに暇つぶしも悪くもない」

影二郎はそういうと起き上がった。枕元に火のしがきれいにあてられた影二郎の単衣が届けられていた。

「おたき、腹は減ってないか」

「先ほど粥を馳走になりましたよ」

影二郎は囲炉裏端に戻った。すでに今晩の旅人たちが思い思いの場所に座っていた。

「田島宿に会津の侍がぎょうさんいやはってな、お調べうるさいことや。なんやかなわんわ」

上方から会津に漆器の買い付けに行ったという商人が泊まり合わせた巡礼にぼやいた。

「国定忠治親分と子分の方々をつかまえるというのでしょうよ。江戸からもたくさん捕り方が入ってござる」

「忠治いうたら博奕打ちの渡世人やろ。そんなもん、よう捕まえしませんのか」

「旅の方、滅多なことというもんでねえ」

「そうだっか」

上方の商人はぷうっと膨れて黙りこんだ。

「忠治が南山御蔵入一帯に隠れているというのはほんとうか」

影二郎が商人に代わって聞いた。

「お侍、わしは知りません。でもな、忠治親分がここいらにいられるんなら、会津や江戸から来た武家に探すことはかないません。それほど南山御蔵入の山並みは深いし、地形は複雑でございます」

「彼らには土地の道案内がついておろう」

「鬼怒川くんだりの十手持ちの親分でも会津の山の恐さはご存じない。迷ってしまうのが落ちですよ」

「自在に歩けるのは杣人だけか」

「それも西会津のね」

享保一揆の際、血の犠牲を出した南山御蔵入の人たちが忠治を助けているのだと影二郎は確信した。

　夕食はおたきと一緒に部屋で食べた。

　麦めしに菜はもろこのなます、牛蒡、豆腐の煮物、大根汁だった。おたきにだけ生卵がつけられていた。

「江戸育ちの旦那にしてはめずらしいねえ」

　無心に食べる影二郎を呆れた顔でおたきはみた。

「旅はなんでもうまい」

　おたきは熱のせいか、おかずも生卵をかけた麦めしも半分ほど残した。

　影二郎はおたきが残した分もしっかりと食べた。

「旦那の食欲をみていたらお腹が一杯になっちゃった」

「おばばがな、明日には熱も引くといっておる。腹もすくようになるさ」

「ならば最初に髪を結い直してもらいたいよ」

「おれがな、案内しよう」

「お粗末でしたな」

　嫁が膳を下げにきた。手には刀の手入れ道具が入った道具箱を抱えていた。

「おお、あったか」

　影二郎は水に浸かった法城寺佐常を持ち出し、目貫を抜いて鍔、柄を外した。

鍔は京の名工埋忠明寿《うめただみょうじゅ》が鍛造した逸品、秋蜻蛉《あきかげろう》飛翔の図柄に金銀・素銅などで線刻象眼されたものだ。圧政に苦しむ信濃領中野代官支配地の住人たちを影二郎が助けたとき、その一人が感謝の気持ちに贈ってくれたものだ。

おたきは布団の上に横になって、影二郎の作業を見入っていた。

二尺五寸三分の先反の刀身の汚れを拭き取った。

道具箱に砥石を見た影二郎は寝刃《ねたば》を丁寧に合わせる。

額にうっすらと汗が浮かんだ。

南北朝の刀鍛冶によって鍛えられた大薙刀を反りの強い剣に拵え直した佐常は、虚空から落ちてくる月光さえも両断するほどに研ぎ澄まされた。

打粉をうち、拭紙で刃区《はまち》から切っ先まで丁寧に拭い終わると、奉書に丁子油を浸して刀身に塗った。

柄巻の内外を手入れすると、中心《なかご》を柄に入れて目釘で締めた。

「旦那、戦《いくさ》にでもいく気かい」

額を伝い流れる影二郎の汗に気付いたおたきが不安な声を上げた。

「戦とは大仰だが、ちと出かけてくる。おたき、必ず戻ってくるで心配いたすな」

道具箱を片付けた影二郎は一文字笠と南蛮外衣を手に立ち上がった。

「待ってますよ」

影二郎は吉祥天のおたきに頷き返すと部屋を出た。

囲炉裏端から三和土に降りながら旅籠のおばばに、

「明かりを貸してくれぬか」

と頼んだ。

「こんな時刻にお出かけかね。狐狸《こり》に化かされるでねえよ」

と三依屋の屋号の入ったぶら提灯に明かりを入れて差し出した。

「戸口の心張棒はかけねえでおこう」

影二郎は黙って頷いた。

刻限は五つ（午後八時）過ぎか。

梅雨の夜空に星はない。だが、雨が落ちてくる気配もまたなかった。

影二郎は明かりを頼りに上三依宿の方に足を向けた。

戸数四十余軒の通りは短く、すぐに漆黒の闇の街道と変わった。すると明かりが強さを増した。

川の流れを聞きながら数丁ほど進んだ。

道端に屋根の傾きかけた地蔵堂があった。

影二郎はぶら提灯を提げる棒を地蔵堂の扉にはさみこみ、自らは明かりの届かぬ闇に身を移すと小さな岩に腰を据えた。

蚊がぶーんと飛んで来た。

影二郎は一文字笠を目深に被り、南蛮外衣を身に纏うと石の地蔵と化した。

時がゆるゆると流れていく。

南山御蔵入の郷の物音は男鹿川の流れだけだ。

一刻（二時間）が過ぎ、さらに半刻が流れた。

そのとき、闇ににじむ明かりを見た。それはゆっくりと中三依宿に近付いてきた。

一つに溶け込んでいた明かりが前後二つと分ったとき、一丁先へ迫っていた。そしてふいに明かりが止まり、前後に揺れた。

影二郎が地蔵堂に提げたぶら提灯に気づいたらしい。

明かりが再び動き出し、

「まさか野郎じゃあるめえ」

「旅の者が野宿してるだよ、親分」

「旅籠賃もねえ旅人が提灯を点けているものか」

そんな会話が影二郎のところまで伝わってきた。

男鹿川に転落させて殺したはずの浪人と女が中三依宿の旅籠に担ぎ込まれたという風聞に誘い出された鬼怒川の伝三と子分たちだ。

ばたばたと草履の音がして子分の一人が地蔵堂の前に走ってきた。

「親分、ぶら提灯だ」

「地蔵堂の中はどうだ」

そういいながら長羽織の下に長脇差をぶち込み、十手を手にした鬼怒川の伝三が姿を見せた。その背後には二本差しが三人と提灯持ちの子分が二人従っていた。

明かりに浮かんだ二人は幕府の役人とも思えない。剣の腕を身過ぎ世過ぎにしてきた浪人剣客だ。道中袴に草鞋がけ、夜中に連れ出されてうんざりしている顔が三つ並んでいた。

中年の剣客の相貌には荒《すさ》んだ暮らしと血生臭い仕事が身に染みていた。残る二人はまだ二十三、四と若く、青臭かった。

伝三が道案内を務める江戸の役人は一団の頭分だけだという。あとは寄せ集めの剣客集団のようだ。

子分が影二郎のぶら提灯を抜き、地蔵堂の扉を開けた。

「親分、人が寝泊まりする広さはねえでよ」

ぶら提灯を持った子分が振り返った。その明かりが一瞬影二郎が石の上に座した姿を浮かび上がらせた。

「お、親分」

影二郎の姿は再び闇に沈んでいた。

「なんでえ、猪《いの》」

「野郎がいやがる」

猪と呼ばれた子分の明かりが影二郎に向けられた。

一文字笠に南蛮外衣を纏った影二郎の顔がゆっくりと上がった。

「あっ！」

鬼怒川の伝三の驚きの声が上がり、

「旦那方、こやつが忠治の仲間だぜ」

と背後の剣客たちに叫んだ。

三人が刀の柄に手をかけて、伝三を押し退けるように前に出た。

「てめえ、生きてやがったか」

伝三は材木を落下させて影二郎を殺そうとしたことを自ら認めた。

「借りは返さねばならぬ」

影二郎の口からこの言葉が洩れた。

「江戸者か」

中年の剣客が影二郎に聞いた。

「そなたらも江戸のだれぞに操られておるようだな」

「名を申せ」

「夏目影二郎」

「何用あって会津入りした」

「忠治親分に会いたくてな」

中年の剣客が刀を抜くと、仲間の二人も従った。

道案内の子分は、ぶら提灯を提げて地蔵堂の階段上に突っ立ったままだ。

その明かりが三人の剣客の位置を見せてくれた。後詰めの二人に緊張はない。それだけ修羅場の経験がないということだ。

「血祭りにしてくれる」

下段に構えた中年の剣客の両足が開き、腰が沈んだ。

じりじりと間合いを詰めた中年の剣客に呼応して、二人の若い剣士も後方から二の手を送る陣形を見せた。

石に座る影二郎と中年の剣客の間合いが一間半に縮まった。

五体に殺気を漲《みなぎ》らせた剣客は、不動の姿勢の影二郎にじれたように叫んだ。

「抜け！」

その瞬間、五体の緊張がわずかに緩んだ。

影二郎の右手が動いたのはまさにその瞬間だ。南蛮外衣の襟が横手に引き抜かれた。すると身に纏っていた異国の合羽が生を得たように広がって旋回した。

長衣の両裾には二十匁（七十五グラム）の銀玉が縫い込まれて、それが遠心力になって長く広がり伸びたのだ。

表は黒羅紗《ラシャ》、裏は猩々緋《しょうじょうひ》の長衣は、下段の剣を擦り上げながら突進してきた剣客の剣を絡めとった。さらに横鬢を銀玉が襲って、叫ぶ暇も与えることなく横倒しに昏倒させた。

「あっ！」

「手妻を使うぞ！」

と若い二人は叫び合いながら、左右から影二郎に向かって突進してきた。

影二郎は南蛮外衣を投げ捨てると立ち上がりざまに石から飛び下りた。左手から突進してきた長身の剣客の懐に抜き打った法城寺佐常二尺五寸三分を峰に返して送りこんだ。

影二郎の動きは二人の攻撃者の予測を越えて素早かった。脇腹を鋭く叩かれた若い剣客は翻筋斗《もんどり》を打って転がった。

影二郎は第三の剣客の攻撃を無視して鬼怒川の伝三に走り寄ろうとした。

伝三は提灯持ちの子分の背を突くと、影二郎の前にたたらを踏ませ、その隙に自分は街道の闇へと逃れこんでいた。噂どおりに卑怯狡猾《こうかつ》、油断のならない相手が鬼怒川の伝三だった。

影二郎がたたらを踏んできた子分の胸を突いて躱すと、伝三の後を追おうとした。

横合いから第三の剣客が上段の剣を振り下ろしてきた。

隙だらけの斬撃だ。

影二郎は懐に飛びこみざま、先反佐常の峰で相手の脇腹を抉るように叩いた。

あたりに脇腹の骨が折れる音が響いた。

一瞬の早技に驚いた提灯持ちの子分二人が明かりを捨てて親分の後を追った。

ただ一人、猪と呼ばれた子分が三依屋の屋号入りのぶら提灯を提げて残された。

「猪、どうするな」

われに返った猪の体がおこりがついたように慄え出した。

「命が惜しいか」

「死にたくねえよ」

猪が正直に答えると明かりが大きく揺れた。

「ならばちと話などいたそうか」

影二郎が血ぶりをくれて先反佐常を鞘に納め、猪を見た。

「そなたの名は」

「猪吉」

腰を抜かしたように猪吉はぺたりと階段の上にへたりこんだ。

影二郎は摑まえた鬼怒川の伝三の三下《さんした》、猪吉に知っていることを吐き出させようと試みた。

だが、猪吉が知っていたのは江戸から出張ってきた役人らの狙いは国定忠治一味の捕縛であること、総勢は三人の幕府役人と浪人の剣客団が十四、五人、荷馬二頭ということぐらいで、すでに影二郎が承知していることばかりだった。

「浪人の頭格はだれか」

「宮本武蔵の二天一流の達人という中西小邪太《こやた》様だ。お相撲みてえにでけえ体に二本の大刀を差してなさる。中西様の下に槍の二階堂平八郎と居合抜きの楠段右衛門がぴったり従ってなさってね、剣客団の別格だ」

剣客団でも骨っぽいのは二天一流を標榜する中西小邪太と数人の幹部だけと影二郎は頭に記憶した。

「幕府の役人はだれか」

「陣笠の下の顔をちらりと見ただけだ。身分なんぞ下っ端に教えてくれるものか」

「会津藩から応援がきておらぬか」

「田島宿には出張っておられるちゅう話だが、おりゃ知らねえ」

地蔵堂に意識を失って倒れる三人の剣客に目をやった猪吉が答えた。

「こいつらはどうなる」

「もはや中西の許《もと》には戻れまい。身の振り方くらい自分で考えよう」

「おれは」

「おまえも好きにせえ」

小物の猪吉をうんぬんしてもしようがない。

猪吉はぽかんとした顔で立っていたが、怖々《おずおず》と聞いた。

「……いいんで」

「おれの気が変わらぬうちにいけ」

後退った猪吉はくるりと影二郎に背を向け、河原から土手へと這い上がって姿を消した。

第三話　山王峠槍試合

一

南山御蔵入一帯に梅雨の豪雨が戻ってきた。

旅人は各宿場の旅籠で足止めを食っていた。

中三依宿の三依屋にも三日続きで逗留を余儀なくされた旅人たちが囲炉裏端でくすぶっている。

足首を痛めたおたきにとって雨は恵み、休養になって気分もよくなったという。

その日の昼下がり、影二郎は旅籠の番傘を借りて、よし床を訪ねた。

おたきのためによし床の上さんを迎えにいったのだ。するとおたきを川底から助け上げてくれた虎太郎が不景気な面を見せて、

「旦那、かかあはちょいと用足しに出てるだよ。あとで行かせよう」

と言った。

「そなたら夫婦に世話になったな」

「なあに大した働きをしたわけでねえ。それより旦那、伝三をとっちめてくれまいか。おれの溜飲も下がろうというもんだ」


「材木は回収できなかったか」

影二郎は虎太郎に聞いた。

「あの流れだ。二割も見つけられなかっただ」

そのせいで山主の旦那にこっぴどく叱られたという。それに材木の損料を日雇い賃から引くと言われたそうだ。それもこれも伝三が材木を男鹿川に流したせいだ。

「待っておれ、敵を討ってやるでな」

「お侍、馬鹿なことを考えるでねえよ。長いものには巻かれろだよ」

前言を翻した虎太郎が慌てて影二郎に注意した。

頷いた影二郎が通りに出ると、鬼怒川方面から小者も連れずに一人の武家がやってきた。

濡れそぼった陣笠に道中合羽、一見して江戸からきた武家と分った。

雨の中、無理を押しての道中だ、御用旅ということだろう。

影二郎が通りの端に身をおくと陣笠の武家がわき目も振らずに通り過ぎていく。

その横顔はまだ若かった。

雨中の宿場を一回りした影二郎が三依屋に戻ると肩脱ぎになったおたきが旅籠の嫁の助けを借りて、髪を洗っていた。

影二郎は廊下に立ったまま、

「よし床の上さんは他出しておってな、戻ったらすぐにくるそうだ」

と声をかけ、囲炉裏端に戻った。

三日も同じ旅籠に足止めを食っていた。だれもがうんざりとした顔をして所在なげだ。旅籠の逗留が長引けばそれだけ路銀もかさむ。

影二郎は勝手にいくとおばばに酒をくれと頼んでみた。

「することもなく昼酒か」

「晴れごいの酒だ。皆で飲む、大徳利にくれ」

影二郎は大徳利と茶碗を載せた盆を抱え、囲炉裏端に戻った。

男たちの視線が徳利にいった。

「相手をしてくれぬか」

「浪人さん、酒をわしらに馳走してくれるので」

会津に火縄を売りにいくという百姓が影二郎に念を押した。

「魂胆はない。退屈しのぎの酒だ。無理強いはせぬ」

「酒なんぞは婚礼でもねえと飲めねえ」

うれしそうに言う男に茶碗を持たせ、なみなみと会津で造られた酒を注いだ。

「お侍、わっしにも馳走してくれ」

「われもいいかねえ」

おばばが菜漬けをどんぶりに盛って運んできた。

「古漬けじゃが酒の肴にはなろう」

囲炉裏端にいた男たちの茶碗が酒で満たされ、昼酒が始まった。

「世の中、そう悪いことばかりでねえな」

「んだんだ」

茶碗酒も二巡目になると囲炉裏端がようやく賑やかになり、口も滑らかになった。

「おれ、忠治親分に会ったことがあるだ」

会津から下ってきた繭玉買いの男が言い出した。

「いつのことだ」

「十三日も前かねえ。木賊《とくさ》の湯に足を伸ばしたときよ、小太りの渡世人が独り湯に浸かっておられただ。宿の主はなにもいわなかったがよ、湯治の客は、あれが忠治親分だって噂していた。会津の湯から湯を渡り歩いていなさるとか、顔がつやつやして肌がすべすべしていたね」

「まだ木賊にいると思うか」

「いねえべえ。山の中の湯とはいえ、長居はあぶねえだ。どこぞに移っていられよう」

男が話す忠治の年齢も容貌も影二郎が知るものだ。

(まず忠治とみて間違いあるまい)

となると江戸の外道働きは当然のことながら偽忠治の仕事、本物の忠治の仕業ではないことになる。だが、江戸のだれかは本物の忠治の仕事に仕立てあげたいらしい。

雨が上がったらともかく田島宿に急行しよう、影二郎は酒の酔いの中で考えていた。

「あれまあ、まだ夕暮れ前ちゅうに酒盛りかえ」

よし床の上さんが髪結いの道具箱を提げ、傘をすぼめながら戸口から入ってきた。

雨はさらに激しさを増して降り続いていた。

「男鹿川の水嵩《みずかさ》がだいぶ上がっただよ。うちのが見にいってら」

上さんは影二郎に言い残すと奥座敷に消えた。

「お侍はお上さんと湯治かねえ」

火縄売りが聞いた。

「おたきは川治温泉で一緒になった連れだ。それにな、湯治なんてのんびり旅ではないわ」

「御用旅とも思えねえ」

繭玉買いが聞いた。

「ちょいとした曰くがあってな、忠治に会いにいくのさ」

「そんでさっきは親分の行方を熱心に聞いただか」

「そういうことだ」

「ほんとうに上州の親分が会津なんぞに潜りこんでおられるのかねえ」

今市の娘のところを訪ねるという爺様が聞いた。

「そういわれると木賊の男も忠治親分と本人が認めたわけではねえ。客が噂していただけのことだ」

国定忠治潜入が真実かどうか、南山御蔵入一帯にいろいろな憶測を呼んでいた。

「忠治親分は江戸でどえらいことをしでかしたって、宇都宮宿で聞いただよ」

喜多方に戻るという中年女が言い出した。

「どえらいたあ、なんのことだ」

火縄売りが聞いた。

「なんでも商家を襲って十何人を殺し、何千両も奪って逃げたって話だ」

「忠治親分が人殺しをして金を盗むだと、そんなことがあるものか」

繭玉売りが口から泡を飛ばして反論した。

「ほんとかどうか知らねえだよ。宇都宮でもっぱらの噂でよ」

女が困惑の顔をした。

「お侍、忠治親分が強盗なんて馬鹿げたことをするものかねえ」

影二郎に同意を求めてきた。

「今から十数日前、江戸は芝宇田川町の薬種問屋に押し込みが入り、家族・奉公人の十六人を惨殺して、千四百余両の金を奪っていったのは確かなことだ」

「ほら、みなせえ」

と女が胸を張った。

「お侍、忠治親分が強盗をしたっていいなさるか」

繭玉買いが息巻いた。

「まあ、待て」

影二郎は囲炉裏端の皆を制すると、小僧が一人だけ生き残り、国定忠治と名乗りを上げたのを耳にしたことなどを話して聞かせた。

「そんなことがあってたまるか」

繭玉買いの声が小さくなった。

「そなたは木賊の湯で忠治に会ったというではないか。その忠治がほんものなら江戸の押し込み強盗は偽の忠治ということになる」

「ああ、合点《がてん》がいった」

と火縄売りが叫んだ。

「そんでよ、鬼怒川の伝三が江戸から来た役人の道案内で忠治親分を捕まえに行ったちゅうわけだ」

影二郎が頷いた。

「うんにゃ、忠治親分は押し込みなんぞ働かねえ」

繭玉買いがいうとごろりと囲炉裏端に酔いつぶれて寝込んでしまった。それをきっかけに次々に男たちが倒れこみ、あちらでもこちらでも鼾が上がった。

独りになった影二郎は奥座敷に戻ってみた。

きれいに髪を結い直されたおたきがよし床の上さんと話していた。

「宴会は終わりましたか」

「みなが酔いつぶれてな、まるで魚河岸の魚だ」

「昼酒は利きますからね」

「気分はどうか、おたき」

「足の腫れも引きましたし、お上さんのおかげで気分もさっぱりしました」

「雨さえ上がれば旅ができるか」

「できますって」

おたきが晴れやかに叫んだ。

影二郎がよしを送って玄関先にいくと、ずぶ濡れになった旅人《たびにん》が三依屋に入ってきた。急ぎ旅らしく増水した男鹿川を見ながらひたすら下ってきたという。

菅笠と蓑を脱いだ男の腰には長脇差がぶち込まれていた。

「道中難儀でなかったか」

影二郎がねぎらうと、

「田島宿で役人にうるさく付きまとわれるより雨中の旅のほうがまだましだぜ」

渡世人は江戸の訛りだ。

「国定忠治狩りの役人が田島宿には入りこんでいるというからな」

「入りこんでいるなんてもんじゃねえや。江戸の御目付に指揮されたごろつき剣客とさ、会津の藩士を合わせれば五、六十人は下らねえぜ、まるで戦だねえ」

「忠治が田島宿にいるわけでもあるまい。なにをしようというのだ」

「なんでも垂れ込みがあったとか、雨が上がり次第《しだい》山に入るって話だぜ」

渡世人は裏口の井戸端に回った。

よし床の上さんは少しは小降りになった雨の中、自分の家へと戻っていった。

影二郎は奥座敷に戻ると、

「明日は雨でも立つことになりそうだ」

と旅人に聞いた田島宿の話をおたきに伝えた。

「旦那、長い間、足止めさせて悪かったねえ」

吉祥天のおたきが謝り、

「私も一緒させてもらうよ」

ときっぱりと言った。


足止めされた旅人たちの願いが通じたか、雨は夜半に上がった。

早立ちする人で三依屋も急に忙しくなった。

影二郎はおたきのために馬の手配をしようとしたがおたきは、

「もう自分の足で歩けます」

と固辞した。

影二郎は道中で具合が悪くなるようならそのときはそのとき、通りがかりの馬を雇うと覚悟を決めて旅仕度を急いだ。

「川が増水してるでよ、流されねえようにしなせえよ」

「崖崩れにも気をつけてな」

旅籠のおばばと嫁に見送られて、影二郎とおたきは五日ぶりの道中を再開した。

上三依宿までおたきの足慣らしにゆっくりと歩いた。

夜が白んでくると男鹿川が茶褐色に濁って滔々《とうとう》と流れているのが見えた。塩原温泉から尾《お》頭《かしら》峠を越えてきた往還と合流する辻で、

「おたき、無理はするな。馬が必要ならば、雇うぞ」

「大丈夫ですって」

「ならば横川の口留番所まで歩いてみるか」

影二郎の胸のうちに一つ心配があった。

どこも女と巣鷹《すだか》に対して番所の詮議がきびしい。

巣鷹とは鷹の雛のことだ。

江戸時代、鷹狩りをする巣鷹を飼育するための御巣鷹山が天領の各地にあり、それを持ち出すことを幕府は禁じていた。

この南山御蔵入にも御巣鷹山があった。

影二郎の懸念はおたきの正体だった。

吉祥天のおたきなどと背に彫り物まで背負っていたが、なんぞ曰くのある女ではないかという疑いが拭いきれなかった。

上三依より横川までおよそ半里の道程だ。ゆったりした歩みでも半刻（一時間）もあれば到着する。

「おたき、裏関所を抜けるかえ」

「旦那は手形をお持ちじゃないんで」

「持っておる」

「ならば私のことは案じなさるな」

影二郎は余計な心配だったかと苦笑いした。

「横川口留番所は上番《かみばん》と下番《しもばん》の二つがございましてねえ。代々下番は糸沢村、横川村、上三依村より百姓衆二人が交替にでる仕来《しきた》りなんでございますよ」

「上番も百姓衆か」

「いえ、会津預かりのときは会津の藩士が、天領のただ今は田島代官所のお役人が出張っておいでです」

南山御蔵入の道と男鹿川の流れに挟まれた岩場に口留番所が見えてきた。

「番所では男と女の調べは別々の場所でおこなわれます」

おたきが言い、番所役人がおたきを見ると、

「これ、女、そなたはこちらじゃ」

と別の入り口を差した。

影二郎は二本差しの役人と百姓衆の番人の前に連れていかれた。

「どちらに参られるな」

役人が聞いた。

「田島宿場まで」

「なんぞ用事があってのことか」

「田島宿の名主どの、花村杢左衛門様を訪ねていく道中でな」

影二郎は日光七里の勢左衛門が認めてくれた書状を見せた。

裏を返した役人が、

「七里の名主どのの知り合いか」

「いかにもさよう」

影二郎の懐には勘定奉行常磐豊後守秀信が発行した手形があった。が、できることなら身分を知られることなく田島宿入りしたい。そこで勢左衛門の書状を指し示したのだ。

「田島宿は国定忠治捕縛の役人衆が出張っておられるでな。十分に気をつけていかれよ」

頷いた影二郎は口留番所を越えた。

影二郎はおたきの姿を探したがあたりには見えない。番所から一丁ばかりのところにめしの暖簾が風に靡《なび》いて見えた。

影二郎はめし屋へ足を向けた。

日差しは一転して、かんかん照りの様相を見せていた。

一文字笠を脱ぐと肩から外した南蛮外衣の上に載せ、縁台のかたわらに置いた。

昼時には幾分早い。番所を通過した旅人が茶を飲んでいた。

「酒をくれぬか」

「冷やでいいかね」

「よい」

百姓女か、顔も手も浅黒い女が頷くと、奥へ引っ込んだ。

影二郎はおたきがくるまでめしは待とうと思った。

「冷や一合」

女が茶碗酒を運んできた。

影二郎は往来する旅人をみながら、ゆるゆると酒を飲んだ。

何日も各宿場で足留めされていた人たちが影二郎の前を忙しそうに通過していく。だが、おたきが出てくる気配はなかった。

茶碗酒がなくなり、どうしたものかと思案する影二郎の視界にようやくおたきのあだな姿が映じた。

おたきはめし屋を目指して早足で歩いてきた。

「いやらしいたらありゃしない」

「どうした」

「こっちが江戸にいたといったら、襦袢一つにしていろいろとなめ回すように調べるんですよ」

「それだけ吉祥天のおたきが美しいってことさ」

「むしゃくしゃするよ。旦那、もう一杯私と付き合ってくださいな」

おたきは自ら酒を注文した。

二

横川口留番所から田島宿まで難所は、太郎岳（四千七百余尺）と男鹿山（五千三百余尺）の間を抜ける山王峠だ。

南山御蔵入の年貢米が通過して江戸へ運ばれる峠でもあったが、下野と奥羽の国境はこの山王峠をもってする。

おたきが足を引きずるようになったのは山王峠に登りきったところでだ。

おたきの顔が引きつり、冷や汗をかいて足の患部が再び熱をもっていた。

「無理をするな、峠にいけば空馬もいよう」

二人は励まし励まされつつ、峠を登りきった。

路傍の石にどたりと腰を沈めたおたきが荒い息をついた。

峠には馬か山駕籠が待っていようと期待してきたが、茶店すらない。ただ切り立った山肌の一角から清水が湧き出しているばかりだ。

影二郎は手拭いを清水で冷やしておたきに渡した。

「無理であったか」

影二郎は宿場で馬を雇うべきであったと悔やんでいた。

吉祥天のおたきはしばらく手拭いを顔にあてでじっとしていたが、

「ごめんね」

と小さな声で謝った。

「待てば海路《かいろ》の日和ありというからな、しばらく待とう」

二人は峠道で休んだ。

おたきが影二郎の顔を見て、なにか言いかけ黙りこんだ。

四半刻(三十分)も過ぎた頃、糸沢宿から横川口留番所へ向かう飛脚が通りかかった。

「足を止めてすまぬ」

影二郎は走り来る飛脚の前に立ち塞がった。

「浪人さん、会津藩の使いだ。どいてくんな」

「連れが足を痛めた。横川宿で馬子に声をかけてくれまいか」

影二郎は一分金を手に素早く握らした。使い賃としては過分だった。

「馬を峠まで寄越せばいいのかね」

「そういうことだ」

「間違いなく手配するぜ」

そう答えたときには飛脚は六、七間先を走っていた。

「道中の馬方、駕籠かき、定飛脚ってねえ、あまりあてになりませんよ。私のために一分も損をさせたねえ」

おたきが力なく苦笑いした。

「そう悲観したものでもないさ」

ちらほらと峠を通過する旅人が往来する。

人が絶えると峠に鳥の鳴き声が戻ってきて、深山の頂にいることを意識させてくれた。

「江戸でこのような静寂を味わうことはできぬぞ」

「夏目の旦那もおかしな人ですね」

「そうかね」

悠久を感じさせる一刻（二時間）が流れ、横川宿から、

（しゃんしゃんしゃん）

と鈴の音が響いてきた。

「おたき、おまえの負けだ」

二人がゆるく谷にそって曲がる峠道を見ていると、手拭いで頬被りした上に菅笠をかぶった
馬子が空馬を引いてやってきた。

「待たせたかねえ」

馬子はおたきが座った岩場の前で足を止め、のんびりした声をかけた。

影二郎はその声に聞き覚えがあった。すると馬子が、

「南蛮の旦那、板橋宿以来だねえ」

と言い出し、菅笠の縁を上げた。

手拭いに頬被りされた顔は、国定忠治の子分の一人、蝮の幸助だった。

「おまえにはあちらこちらで助けられるな」

影二郎は父である勘定奉行常磐秀信から命じられた始末旅の最中、蝮の幸助とは思わぬところで邂逅《かいこう》して幾度か助けられていた。それは忠治と影二郎の興味と関心がどこかで重なり合っていることを意味していた。

「旦那とは気が合うってことさ」

影二郎と幸助はおたきを馬の背に乗せた。

南蛮外衣をおたきの尻の後ろに引っ掛けた影二郎は一文字笠に着流しの軽装になった。

「姉さん、これでよ、峠で野宿をすることはなくなったぜ」

「ありがたいけど……」

おたきは影二郎と知り合いらしい馬子にどう答えていいか分らぬ様子だ。

蝮の幸助が手綱を引いて峠を下り始めた。

影二郎とおたきが山王峠に二刻（四時間）余りいる間に陽光は山の端に沈もうとしていた。

「幸助、川治の里を下るおれを見張っていたのはおまえだな」

「旦那を見張っていたわけではないさ。狙いはほかの者さ。ところがよ、一文字笠に南蛮の合羽、懐かしい人が山道を下ってくるじゃねえか。思わず声をかけたくなったぜ」

「そいつは残念、一献傾けたかったな」

「野暮はしねえがおれの流儀だ」

幸助はおたきを振り見て笑った。

「二人は知り合いなんですか」

馬に乗って余裕が出たおたきが聞いた。

「腐れ縁かねえ、旦那」

そんなところだと笑った影二郎は、

「国定忠治の一の子分、蝮の幸助だ」

「冗談を……」

と言いかけたおたきが息を飲んだ。そしてしばらく沈黙していたが、

「夏目影二郎って一体全体《いったいぜんたい》何者なんです」

「姉さん、それも知らずに同じ屋根の下に寝泊まりしてなさるか」

幸助が高笑いした。

「幸助」

と名を呼んだのは影二郎だ。

「おまえはおれが南山御蔵入に入った理由を知っていような」

「へえ、旦那は忠治親分を始末にきなすった」

「忠治ばかりではない」

影二郎は一文字笠の縁を上げて、裏に書かれた七人の名を幸助に見せた。

「あれまあ、日光の円蔵兄いらと一緒におれの名もあるぜ」

秀信が影二郎に始末を命じた七人は、国定忠治の他に日光の円蔵、八寸才市、桐原長兵衛、山王民五郎、鹿安に蝮の幸助だ。

「斬るかえ」

「さあてなあ」

「江戸の一件だね」

「同じ時節に木賊温泉に湯治をしている忠治を見掛けたという者もいる。会津の山ん中にいる忠治が六十余里も離れた江戸で押し込み働きはできまい」

「ということだ」

幸助が笑った。

「江戸でな、さるお方が江戸の一件をなにがなんでも忠治の仕業にしたがっておる。どうするな」

「そこさ、親分はなんで忠治が押し込み強盗に仕立てられなきゃあならねえか、不思議がっておられますぜ」

「忠治には覚えはねえか」

蝮の幸助は首を横に振った。

「わしらは十分あるけどよ、忠治親分が江戸に立ち寄ったことは、これまで一度たりともありませんぜ」

「とするとなんぞ隠された秘密がなきゃならねえ。今度の一件に御目付の鳥居耀蔵が動いているところが気になるといえば気になる」

「妖怪耀蔵がねえ、八州廻りとは風体が違うはずだ」

ふいを打たれたように幸助は呟き、考え込んだ。

「忠治はどういっておるな」

「江戸の馬鹿どもが小細工しおってと笑っていなさるわ。だがねえ、南蛮の旦那の話のように鳥居耀蔵が糸を引いているとなると笑ってばかりもいられまい」

「そういうことだ。すでに南山御蔵入に御目付やうさん臭い浪人者が入り込み、さらには会津藩士の助勢まである」

幸助が反論した。

「忠治親分が八州廻りに追われて何年になると思うね。民百姓が忠治親分を慕っているかぎり、幕府の御目付がこようと会津藩士がこようと変わりはねえよ」

「困ったな」

「そう、旦那は困ったな。江戸の命も守らねばならぬ。といって忠治に自慢の先反を向けるわけにもいくまい」

「そういうことだ」

のんびりと会話を交わす男たちをおたきが呆れた顔で馬の背から見下ろしていた。

峠道は五丁下りと呼ばれる急峻な坂から尾根に差し掛かっていた。

山並みは重畳とつながり、緑は濃く深かった。

峠道に吹く風は里にはないもので爽やかだ。

「姉さん、この先でな、猿が馬場といわれる難所に差しかかるぜ。しっかりしがみついてなせえよ、馬の鞍から転がり落ちると千尋《せんじん》の谷底まで一気だ」

「おどかしっこなしにしてくださいな。独鈷沢でえらい目に遭ったんですからね」

「そうだってねえ、あとで知ったぜ。もっともこの旦那と一緒なら、どうとでも切り抜けられようさ」

尾根に夕闇が迫ってきた。

「猿が馬場さえ越えれば、目をつぶっていても糸沢宿におりるでな。姉さん、もう少し辛抱しなせえよ」

猿が馬場とは北行する者にとって左の崖が大きく崩落している場所だ。それでなくとも狭い山道がさらに狭まっていた。

「幸助、簡単に猿が馬場は通れそうにもないぞ」

影二郎が行く手に待ち受ける殺気を察していった。

「となれば南蛮の旦那の出番だねえ」

蝮の幸助は驚いたふうもなく腰の煙草入れから煙管を出して、火口《ほくち》に刻みを詰めた。

「客に働かせて馬子は高みの見物か」

「そんなところだ」

影二郎は馬の背にかけていた南蛮外衣を手にすると馬の前方へ歩を進めた。

猿が馬場の崖崩れは南山御蔵入の道を完全に崩落させて長さ十余間にわたって丸太橋が通っていた。

幅は四尺とない。上り下りする通行人が擦れ違うのがやっとだ。

幸助は馬を丸太橋の手前で止めた。

行く手に槍を構えた浪人が姿を見せた。さらに仲間の浪人が五人、道案内の手先が一人の七人連れが丸太橋の向こう、猿が馬場の難所に立ち塞がった。

「槍の二階堂平八郎とはそなたのことか」

「夏目影二郎、そなたの墓所は猿が馬場じゃ」

黒柄の長槍の革鞘を抜いた二階堂平八郎はりゅうりゅうとしごいてみせた。

中三依外れの地蔵堂の三人の剣客よりはるかに腕が立つ、一見して分った。

丸太橋の前後左右に障害物はなく広々としていた。

それだけに縦横自在に長槍を振り回せる猿が馬場は二階堂平八郎に有利であった。だからこそここを待ち伏せの場に選んだのだろう。

丸太橋に一歩踏み入れた影二郎の右手は南蛮外衣の片裾を摑んでいた。

「今日は鬼怒川の伝三はおらぬな」

「親分は本隊に従ってなさるぜ」

手先が正直にも叫んだ。

本隊とは忠治を捕縛するために組まれた御目付と会津藩士の連合部隊のことだろう。

二階堂が丸太橋に一歩二歩と踏み出してきた。

槍の柄は二間半（四・五メートル）と影二郎はみた。

さらに二階堂は足下を確かめるように間合いを縮めた。

その背後に老練な仲間二人が抜刀して控えた。

柄に手をかけただけの剣客が居合いを得意とする楠段右衛門だろう。

二階堂を楔《くさび》の頂点にして、一、二、三の陣形ができていた。

二階堂と二陣目の二人は真剣勝負の心得を知っていた。後詰めの若い三人の剣士たちは場慣れしてないと影二郎はみた。

ともあれ影二郎らはこの楔陣形を打ち破らないかぎり先へは進めない。

影二郎と二階堂の間合いはすでに四間はきっていた。

「それがしに手妻は利かぬ」

鬼怒川の伝三から聞いたか、二階堂が影二郎の手にした南蛮外衣をちらりと見た。

「参る」

西日を穂先に映してするすると伸びてきた槍が影二郎の胸前半間でかき消えるように引かれた。

二階堂の落ち着き払った構えと迅速な動きはなかなかの達者な腕前を想像させた。

さらに半歩前進した二階堂が手元に引いて槍の柄を突き出した瞬間、影二郎の後方で見物していた蝮の幸助が煙草を吸う煙管の火口《ほくち》を、

(ひょい！)

と宙に振った。

するとまだ火がついていた刻みが大きな弧を描いて影二郎の頭上を大きく越え、槍を突き出そうとした二階堂平八郎の顔を直撃した。

「あ、熱い！」

槍先がぶれた。

が、勢いで穂先を突き出した。慌てた二階堂は手前に槍を引き戻そうとした。

影二郎の右手に握られた南蛮外衣に命が吹き込まれた。

手首が返り、両の裾に縫い込まれた二十匁の銀玉が虚空に舞った。

穂の千段巻きに南蛮外衣が絡みつき、ぐいっと旋回させた。

二階堂平八郎の腰が砕けて橋の中央へとたたらを踏んできた。

さらに影二郎の手首が捻られると、二階堂の槍が手から離れ飛び、千尋の谷底に落ちていった。

「ああっ!」

南蛮外衣に捻りをいれて引き戻した影二郎が丸太橋に投げ捨てて走ったのは、まさにその瞬間であった。

走りながら先反佐常が鞘走った。

二尺五寸三分の豪刀が光になって円弧を描いた。

丸太橋上に踏みとどまり、腰の剣の柄に慌てふためいて手をかけた二階堂平八郎の脇腹を先反佐常の豪刀が深々となぎ斬った。

血しぶきが振り撒かれた。

「げえっ!」

すさまじい叫びがあたりを圧し、二階堂は丸太橋から谷底へ転落して消えた。

「わあっ」

と驚きの声を発したのは鬼怒川の伝三の三下だ。恐怖にかられた手下は糸沢宿を目指して脱兎のごとく逃げ出した。

後詰めの二人が影二郎に向かって突進してきた。さすがに二階堂が後詰めにおいただけの機敏さと勇気を持っていた。

「死ねえ！」

谷側の襲撃者は八双から袈裟に振り下ろしてきた。

山側の遣い手楠段右衛門は得意の居合いを使い、抜き上げた剣を巻き上げるように伸ばしてきた。

影二郎は腰を沈めると山側から襲いくる楠の頭上へ飛んだ。

先反を虚空に刎ね上げて、変転させると眉間に円弧を描いて落とした。

「ぐえっ！」

下段から襲いきた楠の剣先が虚空に流れた。

影二郎はふわりと襲撃者たちの背後に飛び下りた。

後陣の三人を切っ先で牽制すると二人の襲撃者を振りみた。

眉間を割られた楠は丸太橋に突っ伏して倒れこんでいた。

おたきは見ていた。

額の傷口から流れ出て丸太橋の隙間を伝い、谷底へと糸を引くように流れていく。それが夕日に映えて美しくも光った。

(なんという腕前……)

「なにをしておる!」

生き残った一人が立ち竦《すく》んだ仲間三人に非難の叫びを上げた。が、修羅場を目のあたりにした若い剣士たちは金縛りにあって動けない。

「おのれ、役立たずが!」

憤激に顔を朱に染めた襲撃者は態勢を素早く立て直した。

「無駄に命を捨てることもあるまい」

「抜かせ!」

脇構えに変えた剣を虚空に回しつつ、影二郎を再び襲いきた。

太刀筋はだれよりも鋭い。

影二郎は後《ご》の先《せん》、法城寺佐常二尺五寸三分を相手の右腕に振り下ろした。

大薙刀を剣に鍛ち変えた先反佐常の遠心力は凄まじい早さを見せた。

それは影二郎の並外れた握力、腕力、膂力から生み出されたものだ。

刀身が白い光になって突進してくる相手の右腕だけを裁ち斬った。

丸太橋の上に剣が転がり落ちた。

襲撃者は虚空に飛ぶ自分の腕を信じられない表情で追い、

「うっ!」

という呻きを発すると左手でなくなった右腕を抱えた。

猿が馬場にまた血が流れた。

おたきは息をしていることさえ忘れていた。

影二郎の先反佐常の切っ先が街道に呆然と立つ三人に向けられた。

剣を抜いてはいたがもはや闘争心は失せ、恐怖心が全身を覆っている。

「どうするな」

だれも答えない。

「江戸で雇われた者じゃな」

なかの一人ががくがくと頷いた。

「目付の首領はだれか」

「か、徒目付満田《みつだ》左内様……」

影二郎が血ぶりをくれて佐常を鞘に納めた。

丸太橋を影二郎は糸沢宿の方角へ渡った。

三人が後退りをした。

「そなたらも武士の端くれ、止血の法くらい知っていよう。怪我人の手当てをしてやれ」

しゃんしゃんしゃんと鈴の音が響いて、蝮の幸助が丸太橋を馬を引いて渡ってきた。

それと擦れ違うように三人が丸太橋に倒れた仲間に走り寄り、影二郎らが立つ場所へ運んでこようとした。

「おまえさん方よ、方角が違うぜ」

幸助が三人にのんびりと声をかけた。

「もはや満田の許《もと》に戻れまいぜ。夏目の旦那を前にでくの棒のように立っていただけだからな、命あっての物種だ。仲間の止血をしたらさ、急いで山王峠を越えるこった。急がねえと怪我人どころかおめえ方も山神にとり殺されるぞ」

三人は怪我した仲間を抱えると丸太橋の向こうに運んでいった。

「南蛮の旦那、余計のことをしちまったねえ。まさか煙草の火があやつの面に飛んでいくとはねえ」

「思案に余っていたところをまた蝮に助けられたな」

「これだ。立場がねえや」

「さていくか」

「今晩は糸沢泊まりだ」

「知り合いがありそうな口ぶりだな」

「南蛮の旦那と酒を酌み交わすのも悪くねえ」

「悪くはないな」

何事もなかったように平然とした二人の会話を馬上のおたきが唖然として聞いていた。

三

蝮の幸助に案内されて泊まったのは糸沢宿の外れにある百姓屋だ。

その家の女房におたきは足の治療をしてもらい、夕餉《ゆうげ》を馳走になってぐっすりと眠った。

おたきの足は一晩休ませたら、腫れも引いていた。無理して歩いたのがたたって腫れが出たのだろう。

朝、蝮の幸助の姿はすでになく、影二郎もそのことに言及することもしなかった。

おたきが眠ったあと、影二郎と幸助は何事か話しこんでいた。二人には二人の付き合い方があるのだとおたきは自分を納得させて、幸助がどこに行ったか、影二郎に聞こうとはしなかった。

この日、おたきは女房が用意してくれた竹杖を手に大地を踏み締めてゆっくりと歩いた。痛みははるかに薄らぎ、糸沢宿から田島宿までなんとか歩き通すことができた。

夕暮れの刻、夏目影二郎とおたきの姿が南山御蔵入の要衝の地、田島堰を渡って宿場に近付こうとしていた。

田島宿は『新編会津風土記』によれば、

「府城（若松）の南に当り行程十里十二町余、家数二百二十二軒、（宿場の）長二十町余幅八間両頬に住し……」

とある。

二人が木戸口を潜って足を踏み入れた天保期、三百余軒に大きく膨らんでいた。

田島宿の上町、中町、下町と道幅八間の表通りの真ん中を町堀が流れて、用水路の役目を果たしていた。だが、水路は表通りばかりではない。宿場の西外れに田島堰、東に大門川が南北に流れ、その間をいくつもの水路が張り巡らされて、町じゅうにせせらぎの音を響かせ、田島宿のしっとりした水の風景を造り上げていた。

表通りに面した家並みの大半は旅籠でその数、二百三十軒余を数えた。その旅籠の間には陣屋、問屋、名主の家が堂々とした構えを見せていた。

二人の耳に祇園囃子が流れてきた。

「六月十五日が田島祇園祭、牛頭《ごず》天王祭礼なんですよ、それの稽古ですねえ」

祭りの稽古にしても哀愁が重く漂っていた。が、それはふいに止まった。止められたという感じだ。

「どうしたんだろう」

おたきも頭を傾げた。

宿場全体がどことなく緊迫していた。

影二郎は旅籠の番頭に田島宿の名主の花村杢左衛門の屋敷を聞いた。

番頭はぎょっとした顔で影二郎を振り見たが、女連れと知ると少し安心したように、

「一丁も行くと左手に検断屋敷や問屋があるだよ。そのあたりで聞きなせえ」

と差し示して教えてくれた。

「検断とはなんだな」

「ああ、検断屋敷かねえ、承応三年（一六五四）から黒川様が代々務められる役職だ。南山御蔵入のもろもろを差配なさるのが仕事だ」

「代官陣屋があるではないか」

「だからよ、陣屋と村役人の仲介をなさる役だ」

田島宿独特の役職らしい。が、番頭の話だけでは影二郎は納得できなかった。

「なにやら宿場全体がおののいているように感じられるがなあ」

「浪人さんは杢左衛門様の屋敷を訪ねられるのかねえ」

「日光七里の名主様の紹介でな」

「ならば屋敷に行ったら分るべえよ」

番頭はそそくさと旅籠の内に姿を消した。

二人は水路を右側から左側に渡った。

郷頭の星家、名主の猪股家、その猪股家が差配する伝馬駅問屋、黒川検断屋敷などが軒を並べる一角に田島宿の筆頭名主、花村杢左衛門の屋敷があった。

長屋門の門にはすでに明かりの点された提灯が提げられ、屋敷の内外は重く沈んでいた。

「おたき、どうするな」

影二郎がおたきに尋ねた。

「どうするって」

虚を突かれたようにおたきが問い返す。

「そなたは若松城下に戻る途次であったな」

「意地悪、田島宿に着いたからってそう邪険にすることもないじゃないか」

影二郎もおたきが川治の湯で話した言葉を信じていたわけではない。

「旦那と旅をしていたらさ、次から次と危難が降りかかってきた。わたしゃ、その行く末を見ないことには心配だよ」

「吉祥天のおたきが危難を払ってくれるか」

「ああ、そうしなければ帰る先にも帰れない」

「おれと一緒だと死ぬ目に遭うぜ」

「蝮の兄さんが言ったよ、南蛮の旦那と一緒なら、なんとでもなろうってねえ。今晩は田島宿泊まり、旦那の行く末を知ってから私の身の振り方は決めるよ」

「ならば同道せえ」

影二郎とおたきは長屋門を潜った。

暮色に沈む広い庭に百合の匂いが漂っていた。

影二郎が花のありかを探すと、小高く盛り上がった庭の一角に山百合の一群れが白く浮き上がっていた。

「梅雨には山百合が似合いますねえ」

おたきが影二郎の視線の先を知って言った。

「おれには匂いがきつい」

「たまにはきつい匂いもいいものですよ」

茅葺きの曲がり屋が見えて、式台のついた玄関先で代官所の役人らしい若侍と壮年の男が何事か話していた。

「すまぬ。花村杢左衛門どのは在宅か」

影二郎のかけた声に二人がぎょっと振り返った。

一文字笠を被り、南蛮外衣を左の肩にかけた着流しの夏目影二郎は、

「驚かしたようじゃな」

と謝ると笠を脱いだ。

「どちら様にございますかな」

顔に重い憂いを刷いた壮年の男が聞いた。

「そなたが花村杢左衛門どのか」

「いえ、花村家の使用人、家頭《かとう》の嶺蔵《みねぞう》にございます」

「これを主どのに」

影二郎は懐から日光七里の名主勢左衛門の紹介状を差し出した。

受け取った嶺蔵は裏を返して、

「おお、七里の名主様の知り合いにございますか」

と困った顔をした。

「なんぞ取り込みか」

影二郎は聞くと、嶺蔵が迷ったように役人を見た。

「それがし、これにて失礼致す」

「麦塚様、なんぞありましたらすぐに代官所に」

うん、と頷いた侍は影二郎に会釈すると長屋門を出ていった。

「杢左衛門どのに異変があったか」

影二郎の再三な問いに嶺蔵が、

「名主の杢左衛門は拘引《かどわ》かされてございます」

と答えた。

「なんと……」

「本来なれば七里の名主様のご紹介、すぐにも濯《すす》ぎ水を差し上げて屋敷の内に上がっていただくのですがこんな騒ぎの最中、もてなしもできかねますし、二人に迷惑がかかってもいけませぬ。うちで近くの旅籠に部屋を用意させますで、それでご勘弁をしてくだされ」

嶺蔵が事態を説明した。

「家頭とは武家では用人にあたる役目かな」

「はい、ここでは家頭と呼ばれております。花村の使用人、小作人の差配など主に代わって家頭の私が仕切っております」

「ならばその書状を読まれよ」

「主宛ての手紙をですか」

影二郎が頷くと嶺蔵は提灯の明かりの下に行き、封を開いた。

おたきが影二郎に囁いた。

「名主様が拘引かしにあったとは一体どういうことでございましょうか」

「分らぬ」

書状を読む嶺蔵が書面から視線を離して、影二郎をちらりと見た。そして再び書面に戻した。

大きな息を吐いた嶺蔵が書状を折り畳みながら言った。

「夏目影二郎様、ようこそお出でになりましたな。今、濯ぎ水を運ばせますでな」

おたきは名主の家頭のまなざしが明らかに先ほどとは違っていることに気づいた。

（夏目影二郎とは何者なのか）

おたきは何日も同じ屋根の下に寝泊まりしてきた男の正体に再び関心を寄せた。

「家頭どの、井戸端を教えてくれぬか、そのほうが早い」

「ならば私が案内を……」

嶺蔵は二人を母屋の横手の井戸に案内すると、釣瓶で冷たい水を汲んで木盥二つに満々と張ってくれた。そうしておいて嶺蔵は勝手口から屋内に姿を消した。

影二郎はもろ肌脱ぎになると旅の汗と埃を清らかな水で拭った。

「夏目の旦那、正体を教えてくださいな」

おたきが顔の汗を拭いながら言った。

「いいとも、吉祥天のおたきが正体を晒したらな、おれも明かそうか」

「親がくれた体に彫り物を入れた馬鹿な女、それだけですよ」

「惚れた女の仇をとるために十手持ちを殺した凶状持ち、それがおれの正体さ」

「まさか」

「嘘をいって何になる」

「十手持ちを殺しておいてお沙汰もなしですか」

おたきが聞いたとき、小女が乾いた手拭いを何枚も運んできて、

「お客人、部屋に案内しますまで手足を拭いてくださいな」

と差し出した。

小女は脇玄関から二人を奥の離れ屋に連れていった。

すでにそこには嶺蔵が待っていた。

小女が三人に茶と火種の入った煙草盆を運んできた。

「夏目様、七里の名主様のお言葉を信じてようございますか」

「それがし、勢左衛門様がなんと書かれたか知らぬ。だがな、家頭どの、勢左衛門様とは父の代からの付き合い、勢左衛門様の信を裏切ることだけは、この夏目影二郎、肝に銘じて致さぬ所存……」

はい、嶺蔵は畏まった。

「今ひとつお尋ねいたします。夏目様は国定忠治親分に会いに来られたのでございますな」

影二郎は頷くと江戸で国定忠治と名乗った一団が押し込み強盗を働いた経緯を簡単に話し、

「忠治当人に確かめに参った」

と言った。

「勢左衛門様の手紙によりますと、夏目様と忠治親分はご昵懇の間柄とか」

「さあてな、相手がどう考えているか」

山王峠から忠治の子分の蝮の幸助と同行してきたことを告げた。

大きく頷いた嶺蔵が、

「夏目様にお縋《すが》りしたほうがよさそうじゃ」

と独語するように言った。

「家頭どのの、杢左衛門どのの拘引かしは、田島宿に幕府の役人や会津藩士が入り込んだ忠治捕縛事件と関連があるのか」

「さてそこが……」

「杢左衛門様はいつ拘引かしに遭ったな」

「昨日のことにございます」

「一人だけか」

「いえ、代官陣屋の手代村田猶太郎様と江戸から見えられたお役人様と同道されて、駒止峠《こまど》を視察に行かれた道中に奇禍に遭いましてございます。先ほど、私がお話ししていた麦塚三八様は村田様の同僚にございます」

「駒止峠は田島近くか」

「五里ほど離れた南郷村《なんごう》にございます」

「どうして拘引かしと分ったな」

「三人の身柄を預かったという手紙が参りましてございます」

「だれのしわざか」

「国定忠治とございました」

「待て。それがし、忠治は杢左衛門ら南山御蔵入の衆に匿われているものとばかり思ってきたが間違いか」

　嶺蔵が頷き、

「その通りにございます」

「理屈が通らぬな」

「夏目様、天保に入って南山御蔵入が冷夏により何度も飢饉に遭っておること、ご存じにございますな」

「天保四年、そして七年、八年、九年とこのところ三年続きの凶作であったな」

「はい、ようやく今年は平年並みの作柄かとほっとしておりました」

　そう前置きした嶺蔵は、

「飢饉の最中の天保八年九月、家慶《いえよし》様が十二代将軍にお就きになり、翌九年、将軍代替わりの諸国巡見使と御料巡見使を南山御蔵入街道もお迎えすることになりました……」

と影二郎が想像もしなかったことを語り出した。

　徳川幕府の最後の諸国巡見使となる奥羽・松前巡見使は、御使番黒田五左衛門、小姓組中根伝七郎、書院番岡田左近の三人が任ぜられた。

　巡見使一行の総勢百二十七人は、天保九年四月二十二日、会津藩領の火玉《ひだま》峠から南山御蔵入に入った。

　一行の巡見経路は大内、倉谷《くらだに》、長野、田島、糸沢宿と廻り、糸沢からいったん田島に引き返した。ここから針生、駒戸峠を経て、山口、古町、梁取、小林、布沢を巡回し、吉尾峠を越えて野尻、さらに美女《びじょ》峠、大谷、銀山峠で再び会津藩領に戻るものであった。

四月二十二日から二十八日まで奥羽・松前巡見使は何事もなく調べが終わった。

さらに天領である南山御蔵入は御料巡見使の視察を重ねて受け入れねばならなかった。

「四月一日に江戸を出立された御料巡見使は、勘定奉行配下の松野熊之助様、柴田岩三郎様、御目付支配下、徒目付満田左内様を頭にする二十三名にございました……」

嶺蔵の言葉に初めて影二郎のなにかが反応した。

「御料巡見使一行が会津藩領から銀山峠越えで南山御蔵入に入られ、諸国巡見使とはほぼ反対廻りに南山御蔵入を周回巡察なされました。ここで御料巡見使の任務を説明しておきます。一言で言えば代官領の民政がうまくいっているかどうかの調べにございます……」

御料巡見使を迎えるにあたって南山御蔵入の各村では、打ち続く天保飢饉が与えた被害を盛りこんだ『御手鑑《てかがみ》』を作成し、さらには夫銭《ぶせん》帳、人別《にんべつ》帳、名寄《なよせ》帳、御検地帳、村絵図などを用意して待ったという。

「御料巡見使はこれら村が用意したものだけで巡見を終わられるわけではありませぬ。巡見街道のあちこちに点在する家々にふいに立ち寄られて、代官陣屋の御仕置がちゃんとおこなわれているか、庄屋や名主の年貢のはからいについて、不埒がないかなど直接に尋ねられたりいたします。ですからどこもが御料巡見使には殊《こと》の外《ほか》緊張して待ち受けることになり、通り過ぎていかれるとほっとしたりいたします」

嶺蔵は茶を飲んで口を湿した。

「田島宿に御料巡見使の一行が姿を見せられたのは五月十八日の夕暮れのことでございました。ご一行の頭分の三人は松野様と柴田様はこの家に、満田様は郷頭の猪股家に分かれて宿泊されましてな、まったく口を利かれなかったのが記憶に残っております」

「口を利かないとはどういうことか」

「どうやら巡見のやり方で勘定奉行のお二人と御目付の満田様がぶつかったようで、ここでの調べも別々で行われました」

「御料巡見使の任務は天領の民政がうまくいっておるかどうかを調べることだとそなたは言われたな。現在ただ今の田島陣屋の代官はだれかな」

「はい、南山御用蔵入は天保八年五月、会津預かりから四度目の幕府直轄に代わりましてございます。そのとき、越後国水原代官平岡文次郎様が田島代官所の出張陣屋を、つまりは南山御用蔵入領五万五千余石を支配されることになりました」

平岡代官は天保八年六月南山御蔵入全域を廻村して土地の事情を視察したという。

「ですが平岡文次郎様は江戸本所入江町に屋敷があって江戸詰めにございます」

幕府直轄領を監督する代官には支配地に赴任するのと江戸詰めで職務を果たす者との二つのやり方があった。

田島代官陣屋は代官が江戸から遠隔支配する領地であった。

「ゆえに普段は手付筆頭の皆川甚平様、武井正三郎様、大島理三次様、中西仙次郎様と四人の手付が代官所の実務に当たっておられます。杢左衛門様に同行なされて拘引かしに遭われた手代の村田猶太郎様も麦塚三八様も筆頭手付の皆川甚平様のご配下の方々にございます」

「三人の御料巡見使が仲違いした背景に田島陣屋の不正がかかわっておるのではないか」

「江戸詰めの平岡様は厳正な代官にございまして、田島陣屋の手付・手代の四人の方々も私どもと強い信頼に結ばれております」

「そなたは杢左衛門様が拘引かしに遭ったとき、今一人の同行者がいたと申したな」

「はい」

「江戸はどちらの役所から出張ってこられたか」

「勘定奉行遠山左衛門尉《さえもんのじよう》景元《かげもと》様ご支配下の常田真吾様にございます」

おたきの体がぴくりと緊張したのを影二郎は感じながら呟いた。

「なんと遠山様のお手先か」

勘定奉行職は四人制、二人ずつで勝手方と公事方を分担していた。

遠山は常磐豊後守秀信の同輩にあたり、勝手方を担当していた。

「昨年の御料巡見使の松野様も柴田様も遠山様のご支配下の方々にございました」

「嶺蔵どの、常田様のこの度の南山御蔵入出張の理由はなにかな。そして、なぜ代官所の村田猶太郎どのと杢左衛門様が駒止峠《こまど》の視察に同行なされたな」

「そこが皆目見当もつきませぬ。常田様は三日前の夕刻、杢左衛門様を名指しで訪ねてこられ、杢左衛門様はすぐに村田猶太郎様を代官陣屋から呼ばれて密談されたのち、駒止峠の視察が決まったのでございます。旦那様が家頭の私に理由も告げずに視察に出られるなど、これまでなかったことにございます」

「だが、そなたは昨年の御料巡見使の諍《いさか》いが今回の事件にかかわっていると考えておる」

「はい」

「理由はなにか」

「旦那様は駒止峠に視察に出向かれる前、私めに松野様は御料巡見使の帰路、宇都宮宿で殉職なされ、さらには柴田様も江戸に帰任後、辻斬りに遭われて亡くなられたと話されました」

「なんともおかしな話よ」

「夏目様、御料巡見使の二人が相次いで亡くなったことと常田様の田島出張は関わりがございましょう。となれば旦那様が拘引かしに遭ったこともつながっているとみるべきでは」

影二郎は大きく頷いた。

そのときそれまで黙っていたおたきが口を開いた。

「夏目様、国定忠治親分を捕縛する頭分の名に記憶がございませんか」

「名前とな、だれであったか」

「満田左内」

「うーむ」

影二郎は首を傾げた。

「昨年の御料巡見使の一人、徒目付の名が満田左内」

「なんと……」

影二郎は迂闊にも聞き逃していた。

「さようにございます。忠治親分捕縛の指揮を取っておられるのが昨年の御料巡見使の満田様」

嶺蔵も言い、影二郎はおたきの指摘に今回の騒ぎの背景を垣間見た気がした。

「昨年の御料巡見使の二人は死に、残った一人が忠治捕縛の頭として南山御蔵入に戻ってきた。どうやらこの辺に謎の答えが隠されているな」

はい、と嶺蔵が答えた。

「ところで家頭どの、国定忠治の名を使って三人を拘引かした者に覚えはないか」

嶺蔵は迷ったように考えていたが、

「いえ、ございません」

と否定した。

「満田左内らの一行はどこに泊まったな」

嶺蔵の目がきらりと光り、

「会津藩士は慈恩寺に、満田様らお役人は郷頭猪股唯右衛門様方、そして連れの浪人と道案内の者たちは名主の栗田善三郎様方に分宿にございます」

と答えた。

「御料巡見使の際も満田は猪股家に泊まっていたな」

「はい」

とだけ嶺蔵は答えた。

「慈恩寺にも猪股家にも栗田家にも忠治捕縛の者は残っておらぬか」

はい、といったん返答した嶺蔵が、

「いえ、なんでも栗田様の納屋に鬼怒川の若い子分が一人、繋がれておるそうにございますよ」

「繋がれてじゃと」

「なんでも失敗《しくじり》をやらかして、えらい仕置に遭ったそうにございます」

影二郎は頷いたあと、聞いた。

「先ほど麦塚三八とそなたが密談していたは、杢左衛門様らの捜索についてか」

「はい。陣屋ではなんとしても三人を救出せよと麦塚様らを極秘に駒止峠に向かわせようとなさっておられます」

「しばらく待ってもらえぬか」

「それはまたなぜにございますな」

「それがしが駒止峠に参る。嶺蔵どの、陣屋と話し、それがしに任せるように計ってくれ」

と影二郎は言い出した。

四

その夜半、影二郎は隣室の床に寝ていたおたきが離れを出ていく気配を感じていながらも、ただじっと見送っていた。

川治温泉で偶然に出会ったおたきが、江戸のいずれかの役所の密偵であることははっきりしていた。

(来る者拒まず、去る者追わず)

それが街道を流れる者の鉄則だ。

(いずれ何者か正体は分ろう)

影二郎は枕元に置いた法城寺佐常を手にすると一文字笠を被り、離れ屋を出た。

おたきを尾行するためではない。

栗田家の蔵に繋がれているという鬼怒川の伝三の手先に会いたいと思っただけだ。

長屋門を出ると雲間から淡い月明かりが落ちていた。

おたきがどっちへ消えたかすでにその姿はなかった。

影二郎はひょいと水堀を飛んだ。

栗田家は花村の屋敷とは通りを挟んでほぼ正面にあった。こちらの長屋門は扉が閉じられていた。

影二郎は細い路地を伝って裏口に回った。すると裏戸が風にがたがたと鳴って開いているのが分った。

敷地の広さは花村家より一回り小さかった。それでも七、八百坪はあろうか。

竹藪がざわざわと音を立てていた。

明かりが洩れる蔵はその竹藪の前に母屋から離れてあった。

影二郎はゆっくりと歩いていった。すると中から哀訴の声が流れてきた。

「兄い、許してくれえ。おれがなにをしたっていうんだ」

影二郎が予測したとおり、猪吉の声だ。

「親分はおめえがぺらぺら喋ったと思ってなさる」

「そんなことあるけえ」

「おれに泣きついたってどうにもならねえよ」

「親分が戻ってきなさったら、殺されかねねえ。頼まあ、縄、解いてくんな」

影二郎は先反佐常を鞘ごと帯から抜き、網の張られた戸に顔をつけて中を覗いた。

猪吉が三和土の中央の柱に結わえつけられ、二人の仲間が見張りをしていた。

敷地を伝ってきた風が納屋の戸に吹きつけた。

影二郎は戸を開けた。すると風が納屋に吹きこみ、行灯の明かりを消してあたりを真っ暗にした。

「だれが戸を開けやがった」

「明かりをつけろ!」

影二郎は頭に記憶した闇を走り、立ち上がる気配に向かって先反佐常の鐺《こじり》を突き出した。

「うっ!」

という悲鳴が二度上がり、どさりと倒れこんだ。

「だ、だれでえ!」

「猪吉、おれがだれか分るか」

沈黙の後、

「て、手妻遣いの浪人か」

と聞いてきた。

影二郎は返事代わりに先反の鞘を払い、猪吉の縄を切った。

「どうする気だ」

「おまえを伝三に殺させたのでは寝覚めが悪いでな、助けてやる」

影二郎は猪吉の手を引くと納屋を出た。猪吉は庭に出ると長々と小便をした。

「猪吉、伝三たちはどこの山に入ったか知らぬか」

猪吉は腰を振ってしずくを切った。

「兄いたちが喋っているのを聞いた。石ぼろ山の山麓だ」

「石ぼろ山？　駒止峠は離れているか」

「石ぼろ山の西山麓に駒止の湿地が広がって、それが峠につながっているのよ。浪人、そいつを聞いてなにをしようという気だ」

「訪ねていく」

「浪人もずいぶんと変わってなさるねえ」

二人は裏口から路地に出た。

「どこなと好きにいくがいい。だがな、今度は捕まるなよ」

影二郎は水路を越えて、花村家の長屋門を潜った。


「おはようございます」

影二郎が井戸端で顔を洗っていると嶺蔵が朝の挨拶をなして、

「おたき様はどこぞに出かけられたようですな」

と聞いてきた。

「あの者はもはや戻らぬ」

「戻らぬとは」

「江戸の諜者さ。どこぞに任務に向かったってことだ」

「なんとなあ、夏目様の同輩とばかり思っておりました」

嶺蔵はそういって、

「夏目様も夜遊びに出かけられましたな」

「ちと悪戯をして参った」

「栗田屋敷がなにやら騒がしうございますぞ」

嶺蔵がにやりと笑った。

「そのおかげで朝寝をしてしまった」

そう答えた影二郎は聞いた。

「嶺蔵どの、石ぼろ山から駒止峠にはなにがあるな」

「御用林に湿地がございます」

嶺蔵の声に警戒の響きが籠ったように影二郎には思えた。

「御用林に湿地な。行ってみるしかあるまい」

「朝飯を食べたら出かけられますか」

「そういたそうか」

「ならばまず朝飯を」

影二郎は嶺蔵と一緒に囲炉裏端で朝餉を食べた。

「昨夕はおたきがおったで尋ねもらしたことがある。花村杢左衛門様と国定忠治が関わりじゃ」

嶺蔵が顔を振って頷いた。

「長岡の忠治郎さんが初めて南山御蔵入に姿を見せられたのは天保の最初の飢饉の年、四年のことでした。忠治郎さんは二十三、長脇差を差しての独り旅、まだ国定忠治として売り出されてはいませんでしたよ」

国定忠治が博徒として売り出すのは翌年の天保五年七月、上州のやくざ島村伊三郎を殺したあとのことだ。さらに天保八年、忠治は国定村の隣村田部井村の名主の宇右衛門と申し合わせ、同村の磯沼の浚渫工事に際して、人足小屋を建てて盛大にサイコロ賭博を開いた。

忠治は人足の賃金を博奕で吸い上げるという阿漕さで、大儲けした。その賭場の上がりの内、十七両を宇右衛門に賄賂として送って、八州廻りの知るところになった。

当時、忠治が悪名を上げたのは賭場荒らしだ。縄張り内に賭博を開帳する博徒がいると長脇差を持って踏み込んで力で制圧し、その賭場の監督権を子分に与えて勢力圏を広げていく。

かかあ天下と空っ風の上州で腕一本で伸し上がった忠治は、民衆の英雄であった。同時に、八州廻りが血眼になって探す大物になっていく。

「忠治はなにしにきたのです」

「偶然、西会津に入りこまれた様子でしたな」

上州と会津は南山御蔵入を始め、沼田街道を峠越えしても会津領内檜枝岐《ひのえまた》村に辿り着く。

若き忠治はあちらこちら放浪したという、その時代のことか。

「李左衛門様と私が長雨、冷夏に穂もつけない田圃を見回りにいきますとな、道中合羽に三度笠の小太りの若者が畔から田を呆然とみておられました。旦那様が旅の方かと尋ねたのが付き合いの始まりでございますよ」

その夜、長岡忠治郎は花村家に泊まり、李左衛門と徹夜で飢饉のことや百姓衆の苦しみを話し合ったという。忠治郎は中農の家の生まれだ。百姓の苦しみも庄屋や名主たちの悩みも理解できた。

その折り、忠治郎は三日ほど花村の家に滞在して田島宿から姿を消した。その忠治郎が国定忠治として再び南山御蔵入に戻ってきたのは、天保の飢饉が頂点に達した七年のことであった。

「忠治親分は一晩だけこの家に泊まっていかれました。後々、旦那様から聞かされたのでございますが、忠治親分は二百両の金子を李左衛門様に渡して、飢えを凌ぐ民百姓衆の救米の足しにしてくれとおいていかれたそうにございます。李左衛門様はその金に私財を足されて、毎日炊き出しをされました。田島宿付近からは一人も餓死者が出なかったのは、忠治親分の志にございますよ」

国定忠治が売り出すにはこの天保の飢饉が背景にあったことが否めない。

忠治はこの資金を上州一円の分限者《ぶげんしゃ》たちから強引に募っていた。忠治の名代でしばしば浄財集めに大店や金持ちを訪ねた忠治の子分たちの口上はこうだ。

「主どの、そなたも存じておろう。近年稀な長雨と冷夏のために凶作続き、民百姓衆は年貢どころか自分たちが飢えを凌ぐ雑穀すらない有様。ついては近郷分限の助けを借りて、救米を施してやりたい。突然の申し出ながら忠治の名において金五十両を借用したい」

忠治の申し出に快く金を差し出した者は少なかった。八州廻りに通報して忠治の捕縛を願う者が大半であった。

「天保七年の飢饉は、八年、九年と続きました。その間にも忠治親分は田島を訪ねてこられて三十両、五十両とおいていかれたのでございます。杢左衛門様は忠治親分との約束を守られ、炊き出しの金がどこから出ているのか、内緒にしてこられました。しかしなあ、だれともなく忠治親分の義侠は南山御蔵入全域に知れ渡り、ここいら一帯と忠治親分は深い縁が結ばれていったのでございますよ」

そう言った嶺蔵は、

「そんな忠治親分が旦那様を拘引かして何の得があるというのです。これは明らかにだれぞが忠治親分を陥しいれようとする企みにございます」

と怒りを顔に漂わせた。

影二郎も頷いた。

「忠治はこの度、いつ南山御蔵入に入ってきたな」

「二月以上も前のことにございますよ。なんでも八州様に大きな編成替えが行われる間、八州外からその推移を見守りたいということでございましてな、親分は初めて子分衆を伴って山王峠を越えてこられました」

「どこに潜んでおるな」

影二郎は蝮の幸助にもしつこく尋ねたが、言《げん》を左右にしてその隠れ家を口にすることはなかったのだ。

「こればかりは旦那様のお許しがなければ話せませぬ」

「ならば問う。この二月の間、忠治が南山御蔵入を離れたことがあるか」

「一統うちそろって江戸に行かれたという意味なら、それはございませぬよ」

嶺蔵は明言した。

「忠治捕縛の者たちが山に入って何日になるな」

「今日で五日目にございますよ」

「忠治一統と遭遇した様子はあるか」

「猪股様の立てた道案内に鬼怒川の伝三では無理でございますよ」

嶺蔵が笑った。

どうやら郷頭の猪股家と筆頭名主の花村家とは敵対する関係にあるようだ。

「馳走になったな」

「お粗末にございました」

影二郎は囲炉裏端から立った。

「ほんとに道案内は必要ございませぬか」

「独り旅は慣れておる」

「ならばこれを」

嶺蔵は手書きの地図を渡してくれた。そこには西会津の山並みがかかれ、困ったときに助けを求める百姓家まで書き込まれてあった。

「これは大いに助けになる」

「握りめしにございます」

嶺蔵はさらに風呂敷包の食べ物まで用意してくれた。

「夏目様、なんとしても旦那様ら三人を連れ戻してくだされ」

影二郎は頷くと法城寺佐常を腰に落とし、南蛮外衣を肩に掛けると一文字笠を手にした。それが影二郎の旅仕度だ。

「お帰りをお待ちしています」

そのとき、馬蹄の音が庭先に響いて駆け込んできたものがあった。

影二郎と嶺蔵は玄関に飛び出した。

興奮した馬の全身は汗まみれであった。

陣笠を被った男がひらりと飛び下りた。

「菱沼喜十郎ではないか」

無精髭の顔に重い疲労を止《とど》めた菱沼が、

「影二郎様、夜道を駆けてきた甲斐がございました」

と叫んでいた。

「江戸に異変が生じたか」

影二郎はまず妖怪鳥居耀蔵と敵対する父の秀信の身を、ついで江川太郎左衛門のことを案じた。

「江戸には動きがありませぬ」

「ならば早馬を飛ばしてきた理由はなんじゃ」

喜十郎は嶺蔵のことをちらりと見た。

「嶺蔵どの、この者は勘定奉行監察方の菱沼喜十郎だ」

喜十郎には嶺蔵の身分を紹介した。

「庭先での話もなんでございます。夏目様も今一度屋敷にお戻りくだされ」

嶺蔵の申し出は至極もっともであった。

「喜十郎、井戸端を借りて、汗を流せ」

影二郎は馬の手綱を喜十郎から取った。

「夏目様、一足違いで山に入られるところでしたな」

奥深い会津の山に入った者を江戸の人間が探すなど不可能なことであった。

「朝寝をしたおかげで幸運であった。が、駒止峠行きが遅くなったな」

誘拐された杢左衛門らのことを気にして影二郎が言った。

「いえ、私には菱沼様と夏目様がこの場で幸運にも会われたことが、主の救出に役に立つ気が致します」

「それがしもそれを願っておる」

嶺蔵が姿を見せた下男に馬の世話をせよと命じた。

影二郎と喜十郎は離れ屋で対面した。

喜十郎は水を浴びて花村家から貸し与えられた単衣を着て、一息ついていた。

「父の命だな」

と喜十郎の南山御蔵入りを問うた。

「はい、さようにございます」

影二郎は日光七里の勢左衛門経由で秀信に上州から会津入りすると知らせていた。

「そなたが急使された理由は江川太郎左衛門様のことか」

「いえ、未だ太郎左衛門様は伊豆に滞在して、さすがの妖怪鳥居も牢に繋ぐことは適いませぬ」

喜十郎は蚕社の獄事件進展で田島宿に駆けつけたのではないと言った。

「勘定奉行支配下の八州廻り十三人と火付盗賊改五人が一気に罷免されてございます」

影二郎は喜十郎を黙ってみた。

喜十郎は語を継いだ。

「理由は取り締まりをかさにきて不正ありということでございます。八州廻りの主犯格と目された堀江与四郎、泰助親子は重追放、遠島の重い沙汰を即刻受けましてございます」

影二郎が秀信から影始末の任務を受けたのは、強い権限を利して不正を働く八州廻りの処断であった。

この度、幕府が動いたとあれば、遅きに失したがようやくその気になった、歓迎すべき事態であった。

「影二郎様、堀江親子の摘発は商荷物引負、手踊興行の許認可にからんで、職権を悪用して賄《まい》賂《ない》を得たとのことにございます」

「結構な沙汰ではないか」

喜十郎は小さく顔を横に振った。

「それがそうばかりとは言い切れませぬ。堀江親子の他に国定忠治を追跡していた吉田左五郎、太田平助、小池三助、須藤保次郎、内藤賢一郎ら関東取締出役全員が罷免の上に中追放から江戸払いの沙汰を受けましてございます」

「なんと」

喜十郎が急派された理由をようやく影二郎は知った。この五名の中には秀信が新たに登用した八州廻り二人も混じっていた。

国定忠治と名乗った者が江戸で悪辣な押し込み強盗を働き、江戸の外に逃走した最中、八州廻りは血眼で忠治の行方を追っていた。その折りに追跡をしていた全員が罷免、追放されたとは……。

「なんぞ意図があってのことか」

「幕閣では江戸を騒がした博徒一人捕縛できぬ八州廻りは、忠治一味とつるんで追跡の手を緩めておると議論が百出したとか」

「馬鹿げたことを抜かしおって」

影二郎は忠治探索の八州廻りが日夜必死で追跡していることを知っていた。だが、忠治はただの夜盗ではない。天保の飢饉を背景にして、民百姓に施しをする義賊の一面を持っていた。それがゆえに百姓衆の強い庇護の下で逃げ回っているのだ。

わずか五人の八州廻りで捕縛ができるはずもない。

そのことを影二郎はよく承知していた。

「影二郎様、今回の思い切った沙汰の背後に間違いなく妖怪鳥居耀蔵様の暗い意図が感じられるとお奉行も申しておられます。江戸での蛮社の獄と言い、当地での忠治捕縛の騒ぎといい、妖怪の狙いは老中水野忠邦様が信頼を寄せられる常磐豊後守秀信様にございます。信頼を失墜させ、力を一挙に削減する狙いかと考えられておられます」

喜十郎は今回の一連の事件の首謀者は御目付鳥居耀蔵であり、御目付が勘定奉行の常磐秀信に仕掛けた戦だといっていた。

「会津は関八州ではない。じゃが南山御蔵入は天領じゃ、それを監督するは勘定奉行の職務である。にもかかわらず、御目付の手先が傍若無人に入りこんでおる」

「それはまさに鳥居様の意を飲んでのこと」

廊下に咳払いがして足音がした。

「夏目様、菱沼様に朝めしと茶を差し上げたく用意させてございます。お運びしてようございますか」

嶺蔵の声がした。

「造作をかけるな」

嶺蔵が自ら膳を運んできた。

「痛み入ります」

嶺蔵は喜十郎の前に粥、川魚の甘露煮、味噌汁、香の物などが並べられた膳を置いた。

「茶はここに置いておきますでな」

手早く配膳すると離れ屋から姿を消した。

「喜十郎、心尽くしの粥だ、温かいうちに食せ。そなたが食べる間、おれが話をする」

「はっ」

箸を取った喜十郎に影二郎は江戸を出て以来、見聞した出来事を話した。喜十郎が箸を止めたのは、昨年の御料巡見使の一件だ。

「なんとあの事件がこちらに絡んでおりましたか」

勘定奉行監察方なら、当然同僚が殺された事件は関心をもつはずだ。

「それがしが二つの事件ともに関わりを持ったわけではありませぬ。松野熊之助は宇都宮の陣屋の馬小屋で倒れている所を発見された。眉間から鬢に馬に蹴られたような痕跡があったということで、松野がなぜか深夜に謬《あやま》って馬に蹴られたとして、殉職扱いになった。一方、柴田岩三郎は江戸に帰着後、役所から役宅に戻る途次、深川六間堀で辻斬りに遭って、堀に蹴落とされ浮かんでいるところを見つけられた。こちらも新刀の試し斬りの災難に遭ったとして処理されております。御料巡見使の任務の最中に目付の満田左内と諍いがあったとするならば、二つの事件とも考え直さねばなりませぬな」

「その満田が忠治討伐隊の頭だぞ。間違いなく昨年の一件は尾を引いておるわ」

影二郎は、

「喜十郎、そればかりでない。この屋敷の主の花村杢左衛門どのらが忠治の名で誘拐されておるのじゃ」

「な、なんと」

さすが老練な監察方も絶句した。

「喜十郎、鳥居耀蔵がなんとしても国定忠治を押し込み強盗として処断したい理由はなにか」

「鳥居様の野心は一に自在に権力を振るうこと、鳥居様には強権を楽しまれる性癖がございます。二には幕閣への昇進にございましょう。そのために江戸の内外で明白な手柄を上げること、となれば常磐豊後守様の存在は目の上の瘤《こぶ》……」

秀信は期待されて勘定奉行の要職に就いたわけではない。それどころか利用しやすい人物と考えられて抜擢された人事だ。ところが就任後、秀信は大鉈を振るって、老中水野忠邦の信頼を得た。それを快く鳥居は思っておらぬと喜十郎は言った。

「影二郎様、蛮社の獄での強引な捕縛といい、偽忠治を仕立てて、本物の忠治を抹殺しようとしていることといい、ちと鳥居様は度が過ぎますな」

「渡辺崋山どのや高野長英どのの取り締まりは論外じゃ、これが日本の国のためによいことではない。いずれ徳川幕府の屋台骨を揺るがすことになる。だがな、国定忠治は、崋山どのや太郎左衛門どのとは違う。義賊とはいえ、忠治が幕府にたて突く博徒であることに違いはない。忠治は己の行く末を、獄門に首を晒す己を知っておるわ。喜十郎、だからこそ、おれは鳥居耀蔵の汚い罠に忠治を落としたくない」

影二郎は言い切った。

粥を啜り終えた喜十郎が、

「どうなされますな」

と今後の行動を聞いた。

「そなたは江戸から替え馬で走ってきた。一晩休ませたい」

「影二郎様、それがしを年寄り扱いになさらんでくだされ。それにこちらの主どのの身も心配、ここは一つ、迅速に行動を起こす秋《とき》にございますぞ」

喜十郎が力強く言い切った。

「そなたがそう申すなら鬼が出るか蛇《じゃ》が出るか、二人で駒止峠を目指すか」

「はい、久し振りに影二郎様のお供をさせていただきます」

江戸から馬を乗り継いできた菱沼喜十郎がかたわらの剣を引き寄せた。

第四話　駒止《こまど》峠隠れ里潜入

一

夏目影二郎と菱沼喜十郎の二人は、改めて山に入る仕度をし直すと花村家の家頭嶺蔵に見送られて、田島宿の表通りに出た。

喜十郎の背には花村家の伝来の強弓と矢が背負われていた。

喜十郎は弓術道雪《どうせつ》派の名人だ。そこで花村家の飛び道具を借り受けたのだ。

着流しの影二郎は一文字笠を被り、肩に南蛮外衣をかけただけの、いつもの姿だ。

正面に栗田屋敷の長屋門がみえた。

昼間というのに扉が閉ざされていた。それが屋敷の緊張を表していた。

昨夜、影二郎が起こした猪吉救出の余波だろう。

今日も梅雨の気配は消えて強い日差しが照り付け、じっとりと重い空気が二人の体を包みこんだ。

「さらばじゃ」

「お帰りをお待ちしておりますぞ」

二人は田島宿の外れ、福米沢《ふくめざわ》から険しい山道に分け入った。

それでも田島宿から南郷村に抜ける道は二人が肩を並べて歩ける道幅があった。

「おこまはどうしておるな」

影二郎は娘のことを聞いた。

「なぜ父上だけが影二郎様の許へ、とえらく嫌みを言われました」

喜十郎は江戸を出立するにあたって江川屋敷の見張りや鳥居耀蔵の動静に注意せよと命じて江戸に残らせた。旅に出たくて腕がうずいているだろうことは想像に難くなかった。

「あれの母は物静かな女でしたがだれに似たものやら」

喜十郎が苦笑いした。

「この事件、南山御蔵入だけでは終わらぬ。おこまの腕を借りるときがそのうちくる」

「嫁にでも行ってくれるとそれがしは安心なのですがな」

勘定奉行監察方の御用を務める父親がちらりと本音を吐いた。

「それもまた寂しいというぞ」

「そうでしょうかな」

山道がさらに険しくなった。

道のかたわらを流れる川の音が高く低く響いてくる。

額から汗が流れ続ける。

道が平らになり、視界が開けた。

田島宿から一刻（二時間）ばかり歩いていた。

「少し休んでいこう」

影二郎は徹夜で山王峠を越えてきた喜十郎の体を気遣って、路傍の岩に腰を下ろした。

二人は笠を脱いだ。

谷川から吹き上げる風が気持ちよい。

影二郎は腰に提げた竹筒の水を飲んで、喜十郎に渡しながら聞いた。

「林述斎様は裕福な方か」

影二郎は幕府に仕える儒官林家の中興の祖について聞いた。

『寛政重修諸家譜《かんせいちょうしゅうしょかふ》』、『徳川実紀』の編纂に関わった述斎は、鳥居耀蔵の実父である。

「学者でございますれば、弟子筋から付け届けもございましょう。といって述斎様が格別に裕福とは聞いたことがございませぬ」

「となれば耀蔵が養子に入った鳥居家はどうか」

「清和源氏の出という鳥居家は二千石、耀蔵様を養子に迎えられて無役をようやく脱せられたほど、借金はあっても内証が豊かとは思いませぬ」

喜十郎は問いの真意がどこにあるのかという顔で影二郎を見た。

「妖怪耀蔵はこの度の南山御蔵入に徒目付を派遣した上に十数人の浪人剣客団を編成させて同行させておる。その金がどこから出たか、また江戸でも数多くの密偵を動かしておる様子、その金も半端ではあるまい」

「鳥居様には江戸の札差が何人かついておるとの噂でございます。それにしても確かに潤沢な活動資金をお持ちでございますな」

鳥居耀蔵は御目付とはいえ、一介の役人に過ぎない。窮乏する幕府から豊かな活動資金が与えられているわけではない。

「どこぞに謎のからくりがあろう」

影二郎は江戸に戻ってのことだと考えた。

喜十郎が竹筒の水を飲んだ。

「汲んでおこうか」

影二郎が谷川の水を汲みにいこうかと考えたとき、

「旦那、夕《ゆん》べはありがとうございました」

と言いながら、猪吉が叢《くさむら》から姿を見せた。

鬼怒川の伝三に折檻された傷跡を顔に生々しく残していた。だが、猪吉にそれを気にする様子はない。

「会津から逃げださぬとまた伝三に捕まるぞ」

「へえ、そのことでさあ」

猪吉は影二郎らが腰を下ろす岩場にのこのこと上がってきた。

「おれのばあ様が常々言っていた言葉を思い出してねえ、恩を忘れた人間は畜生外道だって。旦那、おれを道案内に雇ってくんな、助けられた礼だ」

「道案内だと。南山御蔵入の山は土地の人間でもよう歩かぬというぞ。鬼怒川の者がどうやって道案内に立つ」

「そこだ、伝三も知らねえこったが、おれはこの先の南郷村の生まれだ。親父が杣でさ、餓鬼のときから山歩きに連れていかれた。お父《とっ》つぁんが倒木の下敷きになって亡くなったあとよ、おっ母さんの実家の鬼怒川に移ったんだ」

猪吉が言い、

「それによ、おれの言うことも聞かずに殴る蹴るをした伝三にさ、旦那の手を借りて仕返しがしたいや」

と正直に付け足した。

「どうしたものかな」

影二郎が喜十郎に猪吉との出会いを説明した。

「これも縁にございますな」

「猪吉、案内料はいくらじゃな」

「命の恩人から金がとれるものか」

「めしは食ったか」

「めし？　山ん中にめし屋なんぞねえや。それに銭もねえ」

影二郎は腰に付けていた握りめしを包みごと投げた。

「連れていってもらえるんで」

両手で受けた猪吉が聞いた。

「腹が減っては戦ができまい。まず腹を満たせ」

「ありがてえ」

猪吉は包みを広げて握りめしにむさぼりついた。

喜十郎は煙草入れから煙管を出して一服点けた。

「猪吉、伝三らは石ぼろ山に向かったと申したな。忠治一味を追ってのことか」

握りめしを食べ終えた猪吉を先頭に歩き出したとき、道案内人に聞いた。

「だってよ、江戸の役人は忠治親分を捕まえにきたんだろ。ならば石ぼろ山に忠治親分がいなさる算段だ」

「田島宿の名主、花村杢左衛門様、代官所の村田猶太郎様らも駒止峠に向かわれたが峠になにがあるか」

「湿原に花畑があらあ。あとは巣鷹かねえ」

お鷹の営巣地があると猪吉は言った。

「巣鷹か」

今一つぴんと来なかった。

やはり杢左衛門らが徒目付満田左近に指揮されて一団を追ったのは、忠治に関わりがあることだ、と影二郎は思った。

「旦那、この先の静川の里で吊橋を渡るだよ」

静川集落は数軒の貧しい家が三差路の辻にへばりついて寄せ合っていた。

人影もない里には監視する目があった。

こちらの出現を戸を閉めた家から覗いていると影二郎も喜十郎も感じ取っていた。

が、猪吉は気にする様子もなく集落を抜けた。

里から四、五丁ばかり行くと木の葉隠れに蔦葛《つたかずら》で編んだ吊橋が流れにかかっているのが見えてきた。

「影二郎様、ちとあとから参ります」

喜十郎がそういうと二人のそばから姿を消した。

「旦那、仲間はどうしたね」

「猪吉が信用ならねえとさ」

「そんな……」

猪吉は憤然とした顔をした。が、生来、長く気にかけていられる性分ではないのか、

「道案内もなくて南山御蔵入が歩けるもんけえ」

と言い捨て、

「旦那は信用してくれますよね」

と影二郎に念を押した。

「迷っておる」

「旦那までそんな」

「猪吉、なぜ鬼怒川の伝三の手先になった」

「鬼怒川でまともな仕事なんてねえや。そんでしかたなしによ、親分のところに出入りするようになったのさ」

「何年になるな」

「二年と四月だ」

猪吉は月数まで答えた。

「そなた、いくつか」

「十九になったばかりだ」

流れにかかる吊橋に到着した。

人ひとりがようやく渡れる吊橋の下には白く岩場にぶつかる激流が遠くに見えた。

「おれが手本を見せらあ」

猪吉は単衣の裾を尻の帯にたくしあげると擦り切れた草履を懐に入れ、身軽に吊橋に踏み出していった。渡り慣れている猪吉の動きに吊橋は軽く上下にたわんだ。それに合わせるように猪吉はひょいひょいと渡っていく。

「いいかえ、手はさ、必ず手摺に添えているんだぜ」

猪吉はまるで山猿のように見事な均衡を保って渡り切った。

「ほれ、旦那の番だぜ」

吊橋の向こうからこちらを向いた猪吉から声がかかった。

影二郎は南蛮外衣を首に巻くと擦り切れた葛で編まれた縄に手をかけて渡り始めた。

揺らさないつもりでも吊橋が左右上下に不規則に揺れた。

「下見ちゃなんねえぞ。旦那、足は止めるな」

猪吉は大声を張り上げて、影二郎を鼓舞してくれた。

影二郎が吊橋の中央にかかったとき、ふと真下の流れに目をやった。

流れまで十丈余はあった。

「あっ！　勝造兄い、なんの真似だ」

猪吉が悲鳴を上げた。

「地獄の入り口にようきたな」

影二郎が見ると男が猪吉の首筋に長脇差を当て、もう二人の仲間が影二郎を見ていた。

影二郎には長脇差をあてた勝造の顔に見覚えがあった。

鬼怒川の伝三と一緒に中三依宿外れの地蔵堂に面を見せた男だ。

「おまえか」

「浪人、ゆっくりと渡ってきねえ。あんときの借りを返すぜ」

勝造が指図をした。

影二郎は吊橋を再び歩き出した。

「猪吉、てめえが裏切るとは思わなかったぜ」

「おりゃ、なにもしてねえのに折檻したのは親分の方だ」

「御託は親分の前で述べねえ。今度は仕置きくらいじゃすむめいぜ」

影二郎は猪吉が捕まっている向こう岸まで二間と迫っていた。

「浪人、ゆっくりとおめえの刀を左手で抜きねえ、鞘ごとだぜ」

男は狡猾にも法城寺佐常を岸辺に投げさせる気だ。

「しっかり受け取れよ」

影二郎は腰から抜いた先反佐常を投げた。

仲間の一人が宙で豪刀を摑んだ。

「次は奇妙な合羽を渡しねえ。変な考えを起こすなよ、吊橋に絡むだけだ」

首から外した南蛮外衣もくるくると丸めて投げた。

着流しに一文字笠の影二郎は、

「勝造、どうするね」

と見た。両手は蔦葛で編まれた吊り縄にかけられていた。

「後ろ向きにゆっくりと渡ってくることだ」

勝造は猪吉を仲間の一人に渡すと、長脇差を吊橋に突き出して影二郎を待ち受けた。

影二郎は指示どおりに吊橋の上で後ろ向きになろうとした。その手が一文字笠の縁に差し込まれた珊瑚玉にかかった。

「なにしやがる！」

叫び声が上がったとき、影二郎の手首が返され、両刃の唐かんざしが重い大気を裂いて飛んだ。

狙い違《たが》わず唐かんざしは勝造の右の目玉に突き立った。

「ぐえっ！」

仲間の一人が法城寺佐常を投げ捨て、腰に吊していた鉈《なた》を抜くと翳《かざ》した。残る一人は猪吉を牽制しながら長脇差を構えた。

「もう飛び道具はあるめえ!」

「吊橋ごと谷底に叩き落とせ!」

岩を吊橋の吊り縄に切りつけようとした。

その瞬間、虚空を切り裂いたものがあった。

二条の矢は吊橋の架かる流れの上を一直線に飛んで、岩や長脇差を振り上げた男たちの腕と腹に突き立った。

二人の体が後方に吹っ飛んで尻餅を突かせた。

猪吉だけが呆然と突っ立っていた。

影二郎が吊橋を一気に走った。

地面に転がる法城寺佐常を摑むと影二郎は腰に戻して、のたうち回る勝造の目玉に突き立った唐かんざしを抜いた。

「げえっ!」

と再び悲鳴を上げた勝造が気を失った。

影二郎が二人の三下を睨んだ。

「侍、助けてくれえ」

「死んじまうよ」

「捕物と渡世人が二枚看板の手先だろう。これぐらいのことで騒ぐでない」

「死にたくねえよ」

顔を引きつらせた三下が泣き出した。

吊橋を渡って喜十郎が姿を見せた。

「矢を抜いてやる。歯を食いしばっておれ」

と二人の三下に喜十郎が命じると、矢羽根の下を持ってぐいと抜いた。

さすがに弓の名人、抜くのもうまい。

それでも矢尻が傷口を切り裂いたか、悲鳴を上げた。

「手加減して矢を射ておる。大した矢傷ではないわ」

喜十郎がもう一人の三下の矢も抜いた。そうしておいて手拭いで手際よく止血した。

猪吉はその場にへたり込んでその光景を見ていた。

「助かりたいか」

影二郎の問いに矢を抜き取られた二人が必死で頷く。

「ならば答えよ、おまえらの役目はなんだな」

「吊橋を渡ろうとする旅人を追い返すことだ」

「伝三の命か」

二人が同じように頷いた。

「この先になにがある」

「おらっちは知らねえ、ほんとだよ」

三下の表情は真剣そのものだ。

「田島宿の花村杢左衛門様ら三人もここを通られたか」

「ああ、見えられた」

「追い返したか」

「陣屋の役人を追い返すことなんぞできるものか。それに満田左内様にも土地の者や陣屋の者は通せと命じられていただ。三人はおれっちが見張っているとも知らず山の奥へと入っていかれたよ」

「その後、三人はどうなったな」

「おれっちの持ち場はここだ、奥のことは知らねえ。ただな、陣屋の役人ら三人が渡られて半日後によ、満田様の使いが田島宿に走っただよ。おれっちが知っているのはそれだけだ」

杢左衛門らの拘引かしには満田らが関わっているということか。

「満田らの山入りの目的はなにか」

「そりゃ、忠治親分を捕まえることだっぺ」

影二郎がどう聞いても若い三下はそれ以上のことは知ってはいなかった。

「侍、助けてくれ、血が染みてきたよ」

傷口に当てた手拭いが真っ赤に染まった。

「その程度の傷で死にはせぬ」

影二郎は二人に、勝造を連れて静川集落まで行き、治療をしてもらえと吊橋を渡る許しを与えた。

「勝造兄いを抱えて吊橋なんて渡れねえよ」

腹に矢傷を負った若者が泣き言を言った。

「猪吉、昔の仲間だ。手伝ってやれ」

「へえ」

喜十郎も手助けして、意識を失った勝造をなんとか向こう岸に渡橋させた。そのあとを矢傷を負った二人がのろのろと渡った。

「手数のかかる者たちだ」

戻ってきた喜十郎に影二郎が言った。

「影二郎様、徒目付の満田左内らは忠治捕縛のためだけに山入りしたのではありませぬな。なんぞわれらが知らぬわけがある」

「行けばそれも分ろう」

そう答えた影二郎は、

「猪吉、行くぞ」

向こう岸に向かって叫んだ。すると野猿《ましら》のように猪吉が渡り戻ってきた。

「旦那、勝造兄いのお守りだ」

猪吉がひらひらとさせたのはお守り袋だ。

「神仏の助けがいるのは勝造のほうだ」

「旦那、兄いは大事なものはお守り袋に入れているのさ」

そういった猪吉はお守り袋の紐を緩めて、紙切れを取り出した。

「ほらね」

猪吉は紙片を広げた。するとそこに絵地図が描かれているのが見えた。

「でかしたな、猪吉」

影二郎ら三人は、稚拙な絵地図を覗きこんだ。

「これは去年の巡見使が歩いた南山廻村の経路のようじゃな」

絵地図のあちこちに奇妙な文様と数字が書き込まれてあった。

一番手近なのは駒止峠だ。

「ともあれ駒止峠を目指そうぞ」

猪吉は勝造らが寝泊まりしていた小屋に入っていった。しばらくして出てきた猪吉の腰には屶が差し落とされ、背負《しょ》い籠《こ》に腰籠まで提げられていた。

「干飯《ほしいい》に味噌、塩まで見つかっただよ。野宿してもこれで大丈夫だ」

南郷村に生まれた猪吉は故郷に戻って生き生きとしてきた。

「出かけるか」

陽の傾き具合からみて八つ（午後二時）は過ぎていよう。

三人は再び立ち上がった。

二

山道を一刻（二時間）も歩かぬうちに日が沈んできた。

山の日没は瞬く間だ。

田島宿を出たのが遅かったせいで駒止峠まで辿りつけそうにない。

「猪吉、夜露くらい避けたいものじゃな」

影二郎は馬で山王峠を越えてきた喜十郎の足取りが重くなっているのに気付いていた。

「旦那方、あと四、五丁我慢してくだせえ」

猪吉も野宿のことを気にかけていたらしく、曲がりくねった山道の先を差した。

「谷に杣小屋でもあるか」

「まあ、楽しみにしていてくだせえよ」

猪吉は二人を山道から谷底に下ろした。そこには獣道のようにかすかに生き物が通った痕跡があるばかりで、影二郎たちだけでは到底見つけられないものだった。

「崖が残ってら、木の枝に摑まりながら下りてくだせえ」

疲れた体の三人が足下に注意をはらいながら急崖を下りきると、河原から湯煙が立ちのぼっていた。

「おおっ！」

喜十郎が思わず喚声を上げた。

「温泉か」

「河原から噴き出しているだよ。熱いでよ、河原の水を足しながら按配《あんばい》するだ」

河原のそばに粗末な小屋も見えた。

「旦那方、湯でも入ってなせえ。夕めしを工夫するでよ」

猪吉は背負い籠を下ろすと再び山に姿を消した。

「郷に入っては郷に従えだ。猪吉の申すとおりに湯に浸かろうではないか」

二人は河原のそばで裸になると、河原から噴き出す湯の加減を手で触って確かめた。

「おお、これは頃合」

二人は山道に疲れた体を沈めた。

疲労困憊の喜十郎は安堵した顔で両眼を閉じると、

「ふうっ」

と全身の力を湯の中で抜いた。

「これは極楽にございますぞ、影二郎様」

「旅はこのようなことがあるゆえ堪《こた》えられん」

「まったく」

二人は湯の中でながながと体を伸ばしてあたりの景色を眺めた。

物音といえば谷川のせせらぎだけ、生きとし生けるものは二人の他にいなかった。

深山幽谷にただ時が流れていく。

喜十郎は頭を河原の石に乗せてうつらうつら眠りこんだ。さすがに江戸からの早馬、さらには田島宿からの山行、全身がくたくたに疲労しているのだろう。

影二郎も瞑想して湯を楽しんでいた。

「湯はどうだ」

猪吉が谷川から姿を見せた。

「百合根に蕗、沢蟹が採れたでよ、干飯といっしょに雑炊にすべえ」

「鍋釜はどうする」

「山に生きる杣は用心深いだよ」

猪吉は小屋に入るとがさごそ音を立てていたが、

「ほれね」

と使いこんだ土鍋を持って出てきた。小屋の床に掘られた穴に隠してあったという。

手際よく火を熾し、鍋をその上にかけた猪吉は、背負い籠から大徳利と湯飲茶碗を三つ出すと、

「戦利品だ」

と高々と差し上げた。

「猪吉、そなたこそ、手妻使いだ。こんな山中で酒を馳走してくれるとは信じられぬ」

茶碗に酒を注ぎ分けた猪吉が河原でほてった体を冷ます影二郎と喜十郎に持ってきてくれた。

目を覚ました喜十郎も、

「なんとこんな山中で酒が飲めるとはな」

と仰天していた。

「猪吉、おまえも湯に入れ。われら同盟の契りを結ぼうではないか」

「おれも仲間に入れてくれるのかい」

破顔した猪吉はもう一つ、茶碗酒を用意すると裸になって湯に入ってきた。

「山の神様、ありがとうごぜえます」

猪吉が酒を捧げもつと山の神に感謝し、三人は契りの茶碗酒に口をつけた。

「うまい、うまいねえ」

猪吉が嘆声を挙げた。

「いや、五臓六腑に染みるとはまさにこのことにございますな」

喜十郎も感嘆の言葉を吐いた。

暮色がゆるゆると湯煙の谷に覆い、土鍋がかけられた火が力を増してきた。

猪吉は実に手際よく摘んできた百合根などの山菜と沢蟹を使って、味噌仕立ての雑炊を上手に調理した。

「これ以上の馳走はないな」

三人はふうふう言いながら雑炊を食した。

茶碗酒一杯と雑炊に満足した喜十郎は早々に小屋の中で眠りについた。

影二郎と猪吉は、月光を浴びて再び河原の湯に入った。

「猪吉、そなたのおかげで旅がおもしろうなった」

「おれも伝三親分の下でうじうじした暮らしをしていたのが旦那のおかげでさっぱりした。区切りがついたら、地道な働き口を考える」

そういった猪吉があざだらけの顔をそっと湯につけた。

「旦那、勝造兄いがお守りに入れていた絵地図のことだがよ、ふと亡くなった親父の繰《く》り言《ごと》を思い出したぜ」

影二郎は猪吉を見た。

「駒止峠のほかに今一つ×印が入っていたな。あれはよ、漆の隠し林かもしれねえど」

「漆の隠し林とな」

「うん、上杉様以来、漆と蠟は会津の特産だ。会津藩内にはよ、三十万本に近い漆木があってさ、漆木から採れる漆と蠟は会津の大事な実入りとなっていると聞いたことがあるだよ。ところがさ、藩が御買い上げになる御買蠟の値はよ、世間の相場に比べてえらく安いんだと。そんでよ、命がけで抜漆《ぬき》や抜蠟をする者が後を絶たない。こいつはさ、会津じゃよく知られたことだ」

影二郎は猪吉が話し出したことに強い関心を奪われた。

「そなたは二つの×印の場所で抜蠟が行われていると申すか」

「旦那、抜蠟、抜漆は藩に知られた漆の林から密かに隠し採って売ることだ。おれが小さなころにな、山歩きに親父に連れていかれ、聞かされたことがあった。南山御蔵入には藩に知られてない隠し漆の林が育てられているのだと。あの×印の二つは隠し漆林じゃないかな」

「親父どのは隠し漆林をそなたに教えたか」

いや、と首を振った。

「お父《とつ》つぁんも知らなかったな」

「親父は会津の杣人であったな。山に詳しい杣さえ知らぬ漆の隠し林があるものか」

「会津の山は深《ふ》けえ。あったとしてもなんの不思議ではない」

それが猪吉の意見だった。

「そなた、案内できるか」

「近くまでなら道案内できよう。だが、その先は旦那の運次第かもしれねえな」

そう応じた猪吉は、

「旦那、おれたちは誓いの杯を交わした仲間だな」

「おお、そうじゃ」

「ならば旦那が何者か、教えてくれまいか」

「それを聞いてどうするな」

「旦那を助けることが世間様のためになることかならねえことか、そいつを知っておきたい」

猪吉は真剣な顔で聞いた。

真摯な問いには真面目に応えるべきであろう。だが、影二郎の身分は影仕事だ。説明したところで分りにくい。

「おれは見てのとおりのお節介な浪人者だ。だが、それがしの父は幕府の役人を務めておる。そなたが亡き父を慕うようにおれも微力を父に貸そうと思うておる不肖の倅だ」

「お父つぁんのためかえ」

猪吉が頷いた。

「菱沼様は役人だね」

「喜十郎は幕府勘定奉行監察方、智も情も心得た役人だ」

「勘定奉行のお役人様ね。そのお役人を浪人者の旦那が呼び捨てかえ。世の中、逆様だぜ」

「猪吉、おれもおまえも主持ちではないゆえにな、怖い者なしだ」

「違いねえ」

猪吉の笑い声が河原に響いた。

「旦那の剣、凄みがあるねえ」

猪吉はそう感嘆した。

江戸の三道場と称された明新鏡智流の桃井春蔵の後継にと一度は望まれた影二郎だ。

「位の桃井に鬼がいる……」

と江戸の剣術界に名を響かせた影二郎であったが父への反発と惚れた女郎のために人を殺《あや》めて、伝馬町の牢に入る身になった。

「奇妙な合羽に一文字笠に埋め込まれたかんざし、旦那の奥の手はまだあるのかえ」

「もはや種切れだ、猪吉」

「おりゃ、なんだか旦那と一緒にいるのがうれしくなってきた」

「これから先はそうもいっていられぬかもしれぬぞ」

「鬼怒川の親分のことかえ」

「一筋縄ではいくまい」

「旦那と一緒なら安心だよ」

二人は河原の湯から上がった。

月光が淡く河原の湯に落ちて神秘的な光景を浮かび上がらせていた。

「明日も早い、休もうか」

喜十郎の高鼾が響いてきた。


翌朝、夜明けとともに駒止峠への山道に戻った。

昨夜、猪吉から聞いた話を道々喜十郎に語り聞かせた。

「漆の隠し林ですか。それがしもどこぞで聞いたことがあります」

菱沼喜十郎は老練な勘定奉行支配下の監察方だ。天領の物産についてはだれよりも詳しかった。

「漆は人によっては肌がかぶれますし、漆を採る漆掻きは大変難しい作業と聞いております。なかなかそう簡単にできるものではないと思っておりました」

「喜十郎、このような山中でも漆木は育つものであろうか」

「それがしの知識は聞きかじりにございます」

と断った喜十郎は、

「漆の適地は少し湿りをおびた肥沃《ひよく》な土地にございますそうな。とくに小石混じりの黒土で水の浸透がよい地質が最適とされております。東側を囲みこみ、風あたりの少ない、日当たりのよい土地に成育したものが最上の漆と聞いております。そこで昔から漆を植えるなら川岸、堤防、山腹と申します」

さらに喜十郎は告げた。

「漆木は中国が原産とされ、会津、大和、丹波地方で植林される日本の漆木も中国から伝えられたものにございます」

漆木は落葉の広葉樹でその高さは四間から六間に達し、枝の左右に平行に並び、先端に一枚繁ることから奇数複葉であるという。

漆の花は旧暦の四月から五月に黄緑色に咲き、八月から九月に果実を結ぶ。秋になると長さ二、三寸の卵型の葉は霜によって表面が朱紅に、裏面は黄色に変色する。

漆が換金作物として珍重されるのは樹液である漆と果実である蠟のせいだ。

もしほんとうに南山御蔵入に漆の隠し林があれば、そこから上がる利益は莫大なものと想像されると喜十郎は言い添えた。

「会津の山腹でも漆はできるかな」

「晩霜、早霜の期間が長い地で、冬に気温が高く雨少なく、春には気温が高くて雨が多いところ、つまりは四季を通じて気温の高低差がないところ。その場所さえあれば、漆栽培は可能なはずにございますよ」

「さすがに勘定方の旦那だ。山にも詳しいな」

猪吉が喜十郎の話に感心したように唸った。

「年寄りを虚仮《こけ》にするでない。それがしの知識は聞きかじり、実際に山に入って見るとさっぱり役にたたんということをこれまで何度も経験しておる」

「えれえ。そうさ、うちの父つぁんは一生杣暮らし、旦那の万分の一も物事は知らなかったよ。それでも山では生きていけた」

「それがほんものの杣じゃ。江戸でうだうだと能書きをいっておるものは実際にはものの役に立たぬ」

「菱沼の旦那、そんな親父も倒れてきた木の下敷きになって死んだだよ」

「山は怖いな」

喜十郎の返答には真心が籠っていた。

「怖いがなにも持たなくとも生かしてもくれる」

「それもこれも猪吉のようにな、山に対して畏怖を抱き、感謝する心があればこそのことじゃ」

影二郎の言葉に喜十郎が相槌をうち、

「影二郎様、もしこの山中に隠し漆の林があるとすれば、漆を育て、漆掻きをし、蠟を採取する杣人たちがおらねばできぬ算段だ。この山にそんな人間たちが住んでいるかどうかでございますよ」

「そんな里があるならば、われらも辿りつこう。なあ、猪吉」

猪吉から答えはすぐに返ってこなかった。

三人は駒止峠から湿地に分けいると勝造がお守りに隠しもっていた絵地図の×印、猪吉によれば、漆の隠し林を探して回った。

湿地には水芭蕉や日光黄菅《きすげ》が群生して、影二郎らの疲れた目を楽しませてくれた。さらには谷に下り、渓谷を這い登り、雑木林に分けいったが漆の隠し林には出会うことはなかった。

山の時間が刻々と流れ、再び夜を迎えようとしていた。

そんなとき、三人の行く手に白い花をつけた夏蕎麦の畑が現われたのだ。

「こんな山中に蕎麦畑があるというのはだれかが住んでいる証拠ですぜ」

猪吉が張り切った。

影二郎も喜十郎も山中に育てられる蕎麦に不審を感じた。

夕風が吹き、白い花が揺れた。

「猪吉、そなたの親父どのの言葉は当たっていたようじゃ」

「この近くに漆の隠し林があるというのか、旦那」

「おお、この蕎麦畑からそう遠くはあるまい。隠し林ばかりか、杣人の隠れ里があるやも知れぬ」

「待ってくんな」

猪吉は蕎麦畑の東に聳《そび》える橅《ぶな》の老樹に目をつけて、走り寄るとするすると登っていった。

喜十郎は山猿のような猪吉の動きを見つめながら、蕎麦畑の畔にぺたりとへたり込んだ。朝に雑炊の残りを食しただけで昼げはとってない、谷川の水で口を潤して、飲んだだけだ。何回も谷に下り、崖を登ってくたくたに疲れていた。

「猪吉はさすがに山育ちですな」

「田島宿で道案内を断ったは無謀なことであったな。猪吉に会わなければ、われらは手も足も出なかったで」

それほど会津の山並みは深く、複雑な地形をしていた。

猪吉の姿は老樹のてっぺんの枝付近に小さくなっていた。

「影二郎様、これほど歩いても漆の隠し林は見つかりませぬ。ほんとうにあるのでしょうかな」

「おれはあると見た」

影二郎の五感がなにかを察知していた。

首筋の汗を手拭いで拭っていた喜十郎の手が止まった。

「これは……」

「どうやらわれらは包囲されておる」

橅の枝が揺れて、猪吉が下りてきた。

猪吉が二人のところに戻ってくるのを影二郎らは何くわぬ顔で見ていた。

「旦那方、ひょっとしたら東側の谷向こうに黄緑色の漆の林らしきものが目についた。だがよ、はっきりとは言い切れねえ」

夕暮れを切り裂いて矢が飛んで、猪吉の足下に突き刺さった。

「ひえっ!」

その場に飛び上がった猪吉が棒立ちに止まった。

「猪吉、動くでない」

影二郎が忠告を発したとき、さらに二本三本と矢が猪吉の前の地面に突き立った。

「旦那、助けてくんな」

猪吉が悲鳴を上げ、喜十郎が背の弓を下ろして構えた。

「喜十郎、そなたがいくら弓の名人でも山暮らしの大勢の弓手に太刀打ちできまいよ」

影二郎の言葉が終わったか終わらぬうちに、蕎麦畑を囲む茅《かや》が揺れて、数十人の男たちが弓を構えて姿を見せた。

腰に獣の革を巻き、山刀や鉈《なた》を提げている杣人たちだ。菅笠の下の顔は真っ黒に塗られ、油断なく光る眼光は厳しい自然の中で生き抜いていることを影二郎らに告げていた。

南郷村の杣の子、猪吉でさえ驚きに声をなくしていた。

「そなたらに物申す。われら三人はそなたらに危害をくわえようとしている者ではない。それがしの目的は一つに上州の渡世人国定忠治に会うこと。さらに第二の願いは田島宿の筆頭名主どの、花村杢左衛門ら三人の行方を突き止め、救出することにある」

弓を持つ杣人の無言の輪が狭まった。

「喜十郎、弓を下ろせ」

影二郎は命じると自らも法城寺佐常を鞘ごと腰から抜いた。

さらに茅の林が揺れ動いて、一人の男が姿を見せた。

「旦那のことだ。いつかは姿を見せると思っていたぜ」

国定忠治の股肱《ここう》の臣、蝮の幸助がのんびりとした声をかけた。

「蝮、おまえはおれが危難に陥ると姿を見せるな。礼をいっておく」

「礼をいうのは早いや、助けたわけじゃねえかもしれねえ」

「ともあれ忠治のそばに少しは近付いたらしいな」

「どうかな」

そう応じた幸助は、「旦那方よ、今しばらく日が落ちるのを待ってくれまいか」

と言うと、煙草入れから煙管を出した。

三

暗黒が蕎麦畑を覆った。

「さて行くか」

蝮の幸助の声に影二郎ら三人は一本の縄で腰を結ばれた。

「おれとおまえは腹を割った仲間と思ったがねえ」

「南蛮の旦那、その縄はおまえさんたちの命綱だぜ」

松明が数本点され、群れの要所要所に配置された。

影二郎らは杣人に囲まれるようにして歩き出した。

松明の明かりは影二郎らのところまで届かない。ただ縄を頼りに歩を進めた。

さすがに猪吉もなにも喋らない。

山の斜面を下り、林を抜けて谷川に下りた。

「南蛮の旦那、ここからは足を踏み外すと地獄行きだ。おれの肩に手をおいてゆっくり進むんだ」

激流が足下で物凄い瀬音を立てていた。

幸助の言葉を信じるしかない。

岩場の縁に狭く刻まれた暗黒の途を進む。ときに岩場は丸太を組んだような足場に変わった。

どれほど緊張のときが続いたか。

谷底に下りたのか、ひんやりとした空気が影二郎らを包んだ。

「少し休んでいく」

暗黒の中で影二郎らは立って休んだ。

「蝮」

影二郎はかたわらに立つ幸助に囁きかけた。

「漆の隠し林に俺たちを連れていこうというのか」

「知っていたか」

「道案内の猪吉は南郷村の杣だった父親に連れられて、幼いころから山歩きして育った男だ」

「隠れ里は普通《なみ》の杣でも辿りつけねえ。幼い頃の記憶を頼りに蕎麦畑まで辿りついたとはさすがに南蛮の旦那、おめえさんの運だ」

「褒め言葉は猪吉に言ってくれ」

と答えた影二郎は、

「おれたちに隠し漆林を見せてどうしようというのだ」

「天領は勘定奉行の差配だ。だがな、すべて勘定奉行が承知しているわけではない。飢饉を生き抜くための民百姓の知恵ってやつよ」

暗闇で声もなく笑った幸助は、

「これは旦那の頼みだぜ」

糸沢宿で話し合った一件を幸助は持ち出した。

沈黙が支配し、ふいに幸助が言った。

「いこうか」

再び一行はうねり流れる谷川の岩の縁を伝って進んだ。すると滔々《とうとう》とした水音が響いてきた。どうやら行く手に滝があるらしい。

「こんな苦労しなきゃ漆の隠し林まで辿りつけねえのか」

「むろん近道はある。だがな、漆にかぶれてのたうち回ることになるぜ。素人が漆にかぶれないためにはこの迷路しかないのさ」

どうやら漆の隠し林は昨日今日の話ではないらしい。

滝の音が凄まじい迫力でとどろき渡り、岩に反響して影二郎たちの狂った方向感覚をさらに狂わせた。水煙が吹きつけて夏場というのに寒いほどだ。さらに滝に接近した。そこには松明が点されて、水が叩きつける岩場を浮かび上がらせていた。

「冷たい思いをするぜ」

幸助は岩場の縁から流れ落ちる滝に身を没した。影二郎も猪吉も喜十郎もひんやりとした滝に打たれて濡れそぼち、滝を潜った。

息苦しくなり、全身が冷えきった。

ふいに圧迫感が消えた。すると暗闇の洞窟に影二郎たちは立っていた。

「急ぐぜ」

再び暗黒の行進が始まった。

洞窟はうねうねと曲がりながらも登っていた。

蕎麦畑から一刻以上は歩いた感じがしたころ、影二郎たちは再び外気に身を包まれた。

松明が完全に消された。

「もうちっとの辛抱だ」

幸助が言い、暗黒の最後の行進が始まった。それが四半刻（三十分）も続いたか。

「着いたぜ」

と幸助の声がして、行進は止まった。

足下が平らということは分った。が、漆黒《しっこく》の闇があたりを覆い、影二郎らには、（どこについたのか）

理解もつかなかった。

梅雨の夜空には星ひとつなかった。

「蝮、種明かししな」

影二郎の声が暗闇に響いた。

すると無数の明かりが点され、茅葺き屋根があちらこちらに点在した隠れ里がゆっくりと浮かび上がった。

「なんてこった」

猪吉が呻いた。

影二郎ら三人は一軒の家に連れていかれ、濡れた衣服を着替えるように洗い晒しの単衣を与えられた。

二つの膳が運ばれてきた。

「南蛮の旦那、おれについてきちゃくれめいか」

影二郎だけが一人、幸助に呼び出された。

隠れ里は再び暗黒が支配していた。

どこをどう歩いたかぐるぐると回らされた末に、切り立った岩場の前に建つ小屋に連れこまれた。が、暗い小屋の中で幸助に手をとられた。

「しばらく辛抱してくれ、男の道行きだ」

洞窟の迷路を歩かされた。

行く手に明かりが浮かんで見えた。

影二郎が近付くと一人の小太りの男が独酌していた。

国定忠治だ。

国定忠治の人相書きには、

〈国定村無宿忠次郎、寅三十歳余、中丈、殊之外ふとり、顔丸く鼻筋通り色白き方、髪大たぶさ、眉毛こく、其外常体角力取体ニ相見候〉

とあったが、その忠治がいた。

「夏目の旦那、宇都宮以来かねえ」

「おまえに会うのにえらい往生させられたぜ。それもこれもおれのためじゃねえ、おまえの無実を晴らすために苦労するなんぞはおれもえらいお人好しだ」

「親父様の命とあっては仕方ありますまい。それにおれに会いたいというのはおまえさんのほうだ」

幸助が茶碗を一つ影二郎の前におくと姿を消した。

ひんやりとした洞窟に忠治と影二郎だけがいた。

「まあ一杯やってくだせえ」

忠治は手酌でやれと言った。

影二郎は徳利の酒を注いだ。

二人は黙って茶碗を打ち合わせた。

「忠治、そなたの顔を見れば、用事は済んだようなものだ」

「江戸は芝宇田川町の升吉堂尾張屋の一件だね。おわりなき務めと知れや　江戸の町　北も南も無能なれば……旦那、八州廻りに追われるおれがお上の怖さはよおく承知している。なんで戯《ざ》れ歌を残してお上を挑発するものかね」

「鹿沼新田の一件もあるぜ」

「金貸しの矢三郎一家六人を殺した一件か。こいつもおれには関わりねえこった」

「おれは信じよう」

「だが江戸では忠治がやったと思っているか」

「そう思わせたいやつがいるのさ」

「旦那、おれはちと理由があってこの二月余り南山御蔵入を離れてねえ。蝮以外の子分たちも山王峠のむこうにゃ足を踏み入れてない」

影二郎は頷くと茶碗酒で舌を潤した。

「旦那の推量によると、鳥居耀蔵がこちらの一件にも首を突っ込んだという話だねえ」

「覚えはないか」

「なくもない」

「御料巡見使の一件だな」

「田島宿で探り出しなさったか」

「去年、御料巡見使で南山御蔵入りした満田左内が忠治討伐の頭で再びここに戻ってきたとなれば、だれが考えたって去年の一件にからんでくる。勘定奉行遠山様の支配下の二人の巡見使が死んで、満田だけ残っているんだぜ」

忠治が溜め息を一つついた。

「旦那には素直に相談申し上げたほうがよさそうだ」

「隠し漆林の一件だな」

忠治は頷き、話し出した。

「享保五年に起こった南山御蔵入騒動のことを旦那は知っているな」

元禄元年（一六八八）、南山は会津藩預かりから江戸幕府直轄、つまりは御蔵入支配地に変わっていた。

その三十数年後、年々厳しくなる年貢に下郷の百姓たちが岩山に集まり、年貢軽減の願いを相談した。これが御蔵入五万石騒動といわれる一揆に発展し、斬首七名、処罰三百余名の犠牲を出して、享保七年七月に決着した。

「追い詰められた百姓衆が起こす騒ぎは、いつも百姓衆の血の犠牲で幕が引かれる」

「そのせいで廻米は中止され、米納強制は禁じられ、税もいくぶん軽くなったという話だったな」

「旦那、幕府がとるお沙汰なんて一時《いっとき》のことだ。代官が変われば、またもとのもくあみだ」

忠治が片頬に皮肉な笑いを浮かべて言い放った。

「南山御蔵入の百姓衆は享保の騒ぎで教訓を得た。いつまた米のよく採れねえ南山領に米納の沙汰が下るかもしれねえ。飢饉にだっていつ見舞われるかもしれねえ。そんなとき、江戸も若松もなんの助けにならないってね」

「それで自前の隠し林を持ったか」

「話を先に進めちゃいけねえな」

忠治はゆったりと茶碗に口をつけた。

「享保の騒ぎが斬首七名で終わったといったな。この犠牲になった家族はちりぢりに南山から放逐される運命《さだめ》にあった。また数少ないがお上の手を逃れた者もいた。そんな離散する家族をどうするか。南山領で生まれ、育ってきた人間をどこへ放り出そうというのだ。残された心ある人たちが考えた。代官陣屋に内緒でこれらの百姓衆が生きる手立てを考えようとな……」

南山御蔵入は山国である。ならば山に助けを求めよう。

隠し林、巣鷹飼育、蕎麦栽培、高値で取引きされて、運送にかさ張らないもの……何度も失敗の末に漆・蠟の栽培が始まった。

「山の中のことだ。最初は漆が根付かず、樹液が採れなかったりと失敗続きで何度もやめようということになったらしい。だがな、大和に教えを乞いにいった者から寒さに強い漆木の種の改良がなって、南山の二か所に漆の隠し林を広げていったんだ。山中で栽培された漆や蠟を会津のとある漆問屋が引き取るようになって、ようやく百姓衆の悲願がなったのさ。ここまでに五、六十年の歳月がかかった」

「隠し里に住まいしておる杣たちは享保の騒ぎのときの家族であったか」

「そういうことだ」

「隠し里の杣たちを助けてきた百姓衆の一人が田島宿の花村杢左衛門様らだな」

忠治は頷いた。

「騒動の後、隠れ里に籠った百姓衆を南山百七人が助合《すけごう》することになった。この助合を百七人組と呼んだ。山に隠れた杣と百七人衆には血の繋がった親類縁者も数多くいた。この秘密が百余年以上も保たれてきた理由だ」

「南山百七人組の中に田島宿の郷頭猪股唯右衛門と名主栗田善三郎は入っておるか」

忠治が横に顔を振った。

「享保の騒ぎのとき、猪股家と栗田家の先祖は幕府のお役人と息を通じておったそうな」

影二郎は読めてきたと思った。

「忠治、おまえが杢左衛門に出会ったのは天保四年の飢饉の年だったそうだな」

「まだおれは親分も子分もねえ。独り身、若かったな」

「杢左衛門様と意気投合したようじゃな」

「上州も南山入も飢饉の前には事情は一緒、杢左衛門様から百姓の生き方を教えられたってことだ」

そう言った忠治は、

「六年前の南山隠れ里はな、ほとんど潰れ里で漆木が老いて樹液が採れずに青息吐息。かといって里から助合するにも里も冷夏のせいで収穫なしだ。それが、さらにひどくなったのが天保七年のことだ」

「忠治、そなたは南山御蔵入を助けるために二百両を杢左衛門様に届けたそうな」

「おれが銭を杢左衛門様に渡したのは潰れ里になって消えようとするこの隠れ里をなんとか蘇らせたいからだ」

影二郎は大きく頷いた。

「杢左衛門様は私財を投げうって飢えに苦しむ南山の領民に炊き出しを続けながら、その背後で隠れ里の再生を志していたか」

「この数年で隠れ里は蘇った。今度は隠れ里の杣たちが里の百姓衆を助けられる、そう考えた昨年のことだ。南山御蔵入に松前・奥羽巡見使と御料巡見使が派遣されてきた。松前・奥羽巡見使の一行は、隠れ里のことも漆の隠し林のことも気がつきはしなかった。ところがだ、御料巡見使の満田左内が美女峠近くの百姓家の納屋に保管されてあった漆を見つけたのさ」

美女峠はその昔平家の将目指左ヱ門知親《めざしざえもんともちか》が寿永の乱に敗れて落ち延び、その娘の高姫と同じ平家の落ち武者中野丹下《たんげ》との、悲恋の物語からこの地を美女峠と呼ぶようになったところだ。

「満田左内はこの漆発見の事実を同僚の松野熊之助にも柴田岩三郎にも知らせなかったのさ。満田は、この漆が抜漆とみた。そこで漆を隠し持っていた百姓を折檻にかけて、会津の漆問屋に送られることを知った」

「御料巡見使なら、隠された財源を見つけたとき、同僚と計って帳簿に記載し、これまでの処罰を江戸に仰ぎ、今後、収入に繰り入れる手続きをなさねばならぬな」

忠治が頷いた。

「だが、徒目付満田左内はそうはしなかった。一方、漆を隠していた百姓家ですがねえ、隠れ里から会津の漆問屋まで運ばれるには百年余りかかって作られた輸送経路があった。深夜、隠れ里から街道筋のあるところに運ばれ、昼間は動かさず、夜がくると次の村の別のところに届けられる仕組みだ……」

忠治は輸送手段をはっきりとはいわなかった。

それが百年の秘密を保ってきたのだ、影二郎も聞こうとはしなかった。

「むろん輸送に関わる者は隠れ里の杣の縁者や百七人衆ばかりだ。美女峠で漆が御料巡見使に発見されたことはすぐに百七人衆や隠れ里に知らされた。杢左衛門様たちは息を飲んで、御料巡見使が田島宿に姿を見せるのを待っていた。ところが御料巡見使からは一切そのことへの追及がない」

「おかしいな」

「おかしい」

忠治も影二郎も茶碗酒を手にしていたが、口をつけようとはしなかった。

満田左内は美女峠で発見した漆によって南山御蔵入に抜漆と抜蠟が常習的に行われていることを察知した。

「杢左衛門様は不安の一夜を過ごした朝、御料巡見使を次の宿場に送り出して、疑心にかられた。なぜ、南山御蔵入の中心たる田島宿で不正漆の糾弾がないのか……」

「杢左衛門様たち百七人衆はなんぞ手をうたれたか」

「巡見使一行にぴったりと監視をつけられた。満田が密かに会津の各漆問屋を調べ歩いたことが分った。むろん簡単に隠し漆の問屋を特定できたわけではない。ただな、会津で採取される漆の総量よりも会津の問屋が扱う漆の量が多いことを満田は突き止めた」

「その差額が漆の隠し林の生産額か」

忠治が頷いた。

「さて巡見使が江戸へ帰路する道中、宇都宮宿で事件が起こった。巡見使の一人松野熊之助が不慮の死を遂げた……」

忠治はようやく酒を口に含んだ。

「旦那、疑心の答えをおまえ様が持ってきてくれた」

「御目付鳥居耀蔵の息がかかった満田左内を頭にして、南山御蔵入に手勢を入れてきたのには鳥居も満田も抜漆なんてちゃちなものではない、おそらく隠し林で漆が大々的に栽培採取されていると推測がついたからだ。なぜなら、おれの連れも江戸で隠し漆の栽培が行われている噂を耳にしていたし、猪吉も父親から聞かされていた。鳥居と満田は確信を持って漆の隠し林を摘発して、鳥居の監督下に組み入れることを企てているのだ」

忠治が首肯し、

「手勢を動かすためには名目がいる」

「江戸で残虐非道な急ぎ働きをした国定忠治一味の討伐だな」

「そういうことだ」

忠治が首を横に振った。

「鳥居は老中水野の下で急にのさばってきた強面だ。こやつが強権を振るうためには莫大な軍資金がいる。去年の御料巡見使に満田を入れたときから、鳥居が使うべき江戸での軍資金の調達を命じられていたはずだ」

忠治はこの数日そのことばかりを考えていたのかすらすらと推測した。

影二郎が相槌をうった。

「だがな、南山御蔵入に入りこんだのは鳥居の手勢だけではねえ」

「会津の藩兵もいる」

「日光の円蔵らを若松にやって調べた。南山御蔵入に入っているのは松平様の国家老田窪政次郎の家来たちだそうな。田窪は幕府より忠治捕縛の助勢を要請されたと自分の家来を動かしておる。おそらく鳥居と田窪には接点があるはずだ」

「もし漆の隠れ里が彼らに知れたとき、会津じゅうにそのことが広まろう」

「隠れ里を摘発するのは鳥居の手下と田窪の家来のかぎられた者と思える」

忠治は茶碗を置くと煙草入れから煙管を抜いた。

「旦那、鳥居の手下や会津の者の他にも南山領内に入り込んだ者がいる」

「勘定奉行遠山左衛門尉景元様の密偵か」

「それに同じ勘定奉行常磐秀信の狗《いぬ》も入ってきた」

影二郎がにたりと笑った。

「忠治、今、江戸で吹き荒れている蛮社の獄のことを存じておるな」

「蘭学者高野長英、渡辺崋山様らの押し込めかえ」

「それがしと親しい伊豆の代官江川太郎左衛門様も鳥居に狙われておる」

「江川代官がねえ」

忠治がうれしそうに笑った。

「おまえは太郎左衛門どのに酷い目に遭ったからな」

天保七年、浪速の大塩平八郎の残党が伊豆の戸田港に入りこみ、それに忠治一味が加わって江戸の焼き討ちを試みようとしたことがあった。

この企てを阻止したのが影二郎と江川太郎左衛門だ。

「忠治、おれは父の命でおまえを斬りにきた。一方、鳥居の野郎は、おれを江戸におきたくなかったのかもしれない。おまえを江戸の押し込みの一件で討伐するついでに、おれも始末される筋書きと読んだ」

「南山御蔵入は山深いからね。どんな非道を働いても江戸には分かりはしねえ」

「そういうことだ」

影二郎は残った酒を啜った。

「忠治、おめえが会津に雲隠れしている理由はなんだ」

「それはいえねえ」

「おれはおめえが江戸の事件に関わりねえと証明しなければならない人間だぜ」

「旦那が探しねえな」

二人は見合った。

忠治の顔には無精髭が生えて、逃亡の疲労が濃くにじんでいた。

「杢左衛門、代官所手代村田猶太郎、勘定奉行遠山様支配下常田真吾の三人は、満田左内の手に落ちたのだな」

忠治が頷き、

「三人が囚われた場所はおよそ見当がついておる。監視もつけてある」

と言った。

「南山御蔵入の隠れ里は何か所か」

「二か所」

「杣人は何人おる」

「女子供を合わせて二百三十余人」

「漆の隠し林から上がる収益はいくらか」

忠治はしばらく黙っていたが、

「年にもよる。会津の漆問屋が百七人衆に支払う金は、およそ三千両から四千両」

「鳥居は喉から手が出るほど欲しかろう」

「旦那、生きて江戸に戻ったとしよう。このことを父の勘定奉行どのに知らせるか」

「おれが命じられたのは忠治、おまえを斬ることだけだぜ」

忠治がにたりと笑った。

「となれば話が早い」

「忠治、おれとおまえはこれまで手を組んだことはなかった。だが、今回ばかりは手を結ぶしかあるまい」

「敵の敵は味方というでな」

影二郎は徳利を摑むと忠治の茶碗と自分の茶碗に注いだ。

「手勢は何人とみればよい」

「鉄砲を持った田窪の家来をいれておよそ八十余名、満田の手勢は三十数人だ」

「忠治、おまえの手下は何人か」

「十一人」

「おれと喜十郎をいれても十三人か」

「なあに山が味方だ」

と平然と言い放った忠治は、

「旦那に念をおしておこう」

「なんだな」

「隠し里の杣人には手をつけねえな」

と厳しい顔で聞いた。

「山には山の神様がおられよう。江戸の者が手を出すべきではないわ」

「おまえ様も変わった御仁だ」

「忠治、おまえほどではないわ」

二人は改めて茶碗を打ち合わせた。

四

影二郎ら三人は隠れ里の西側にある小屋に眠るように指示された。

遅い夕飯も杣の女房が運んできてくれた。

昨夜、忠治に会ったことを喜十郎に伝え、鳥居の狙いが隠れ里の漆と蠟の収益だとの予測で一致したことを告げた。

「影二郎様、その金は会津の山中に暮らす杣人の大事な金ではありませぬか」

「鳥居の命で江戸での活動資金を探していた御料巡見使の満田左内が狙いをつけた金脈だ。鳥居の手勢に会津の国家老の家来は忠治捕縛の名目で動きながら、この隠れ里探しをやっているのさ」

「影二郎様、どうなさる」

「おれが父に命じられたのは忠治が江戸の事件に関わりあるかどうか、あった場合には忠治以下、主だった子分を始末せよというものだ。隠れ里の摘発だの、漆の収益などはおれの知ったことではないわ」

喜十郎が困った顔で、

「それがし、勘定奉行監察方にございます」

「ならばこの里のこと、江戸に報告するか」

しばらく沈黙を守った喜十郎は、

「こうやって一宿一飯の恩を受けております。それを裏切るなどそれがしにはできませぬ」

「出世は望めぬな」

「もとより承知のこと」

「ならばわれらの動き方も自然と決まっておるわ」

「はい」

そんな会話が影二郎と喜十郎の間に交わされたのだった。

夜明け前、隠れ里が急に騒がしくなった。

影二郎も喜十郎も目を覚ましました。

「だれぞが到着した気配だな」

人が小屋に近付く気配があって、

「南蛮の旦那」

という蝮の幸助の声がした。

影二郎は法城寺佐常だけを手に小屋の外に出た。

「やつらが動いた」

そう言った幸助は、影二郎を昨夜の洞窟へと案内した。

忠治の他に額に傷がある浅黒い肌の小男が忠治と話し合っていた。年は忠治よりもだいぶ上、四十は越えていそうな気配だ。

「旦那、日光の円蔵だ」

忠治の一の子分の円蔵は影二郎と初対面、野州《やしゅう》なまりで挨拶した。

「夏目影二郎だ」

そう名乗った影二郎に忠治が言った。

「漆や蠟が会津に流れる輸送路があるといいましたな。それに鬼怒川の伝三が手をつけて暴きだそうとしてやがる。百年の時と血の結束で固められた絆だが、痛め付けられるとどうほころびるか知れねえ」

「去年の御料巡見使とは別口か」

「その者は満田に責められた後、自裁した」

と答えた忠治は、

「別口だ。南郷村鴇巣《とうのす》の久七と只見村梁取《やなとり》の竹五郎だ」

と言い足し、円蔵に説明しねえと命じた。

「鬼怒川の伝三を甘く見ていたわけじゃねえが、あやつが南郷村古町《ふるまち》を抜けでたのを見逃してしまったのはわっちらの失敗《しくじり》だ」

円蔵は懐から手書きの地図を出して広げた。

幸助が松明の明かりで照らした。

「駒止峠を西に下ると伊南川《いながわ》にぶつかる。右に向かえば梁取から只見村だが、伊南村古町は左手におれる。この古町の照国寺《しょうこくじ》は御蔵入三十三観音二十五番の札所だ。この寺に満田左内ら一行が宿泊しておる」

南山御蔵入に三十三箇所の札所が定められたのは元禄十一年（一六九八）のことだ。

一番札所は只見村梁取成法寺《じょうぼうじ》、本尊は聖観音座像、二番は同じく只見村塩の岐の八乙女《はちおとめ》堂に始まって三十三番は南郷村和泉田の泉光堂《せんこうどう》、そして番外として下郷村大内の別当善導寺《ぜんどうじ》と南山御蔵入一帯に三十四箇所の札所が点在して巡礼者を迎えていた。

満田の一行は二十五番札所にいるという。

「照国寺に杢左衛門様らも捕らわれておるということだな」

円蔵は頷いた。

「昨日の朝方、照国寺でちょっとした騒ぎがあってねえ。満田が引率してきた剣客の中西小邪太の仲間たちが朝稽古を始める前に喧嘩騒ぎを起こしやがった。わしらがついそっちに気を取られているうちに鬼怒川の伝三が照国寺を抜け出た。それでさ、久七と竹五郎の家を次々と襲って、どこぞに連れだしやがった」

「久七と竹五郎は百七人衆か」

忠治が違うと答えた。

「だがな、二人ともに南山一帯の山をだれよりも知っている上に漆に詳しい杣だ」

「隠れ里のことを知っていてもおかしくないいか」

忠治と円蔵が苦渋の顔で首肯した。

「旦那、十三人で満田ら八十余人を苦しめるには奇襲しかあるまい。あいつらのほうから隠れ里を襲うとなると隠れ里の杣に死人や怪我人が出るぜ」

「円蔵、伝三は二人を照国寺に連れこんだか」

「いや、まだだ」

影二郎は忠治を見た。

「おれと猪吉が里に下りる。鬼怒川の伝三にはちと貸しもあるでな。あやつを捕らえてみようか」

「旦那の連れは残すというか」

「菱沼喜十郎は信用していい。それに忠治、おめえのいい軍師になろう」

忠治が頷くと、

「よし、そっちはおまえ様に任せようか」

「また谷川の道か」

「いや、近道を通る。目隠ししてもらうことになるぜ」

隠れ里の秘密を守るためだ、仕方がない。

影二郎は頷いた。

「蝮、おめえが案内人だ」

「合点だ、親分」

影二郎は法城寺佐常を携えて立ち上がった。

半刻（一時間）後、裸馬の鞍に乗せられた影二郎と猪吉は頭からすっぽりと黒い布を被せられていた。馬方の蝮の幸助もまた目だけを出した頭巾に長袖で全身を覆っていた。

三人は漆の花が黄緑色に咲く隠し林の中を歩いていた。だが、影二郎にも猪吉にもその光景を見ることは適わなかった。

隠し林の漆は精が強くかぶれやすいという。もし侵入者がいて漆林に迷いこむようなことがあれば全身にかぶれができて、痛痒感にもだえ苦しむことになるのだという。

「それだけさ、隠し林の漆は上質なんだよ」

幸助の言葉だ。

馬はなだらかな坂を下ったかとおもうとさらに登った。遠くに近くにせせらぎの音が響いてくるのは前夜辿ってきた谷川の音か。

ふいに黒布を通して感じる空気が明らかに変わった。漆の樹林が発する精の強さが消えたか、息苦しさがなくなっていた。

さらに四半刻、馬の背に揺られたところで、

「被り物をとってもいいぜ」

という幸助の声を聞いた。

「ああ、死にそうだ」

猪吉が汗だらけの顔を見せて、

「駒止峠が見えらあ」

と叫んだ。

影二郎は馬から下りると岩下山から流れ出る水で顔や手を洗って一息ついた。

猪吉も水場にきて顔を洗い、

「旦那、これからどこにいく」

と聞いてきた。

「南郷村鵜巣の久七を知っているか」

「お父つぁんの昔の仲間だ。久七親父になにがあった」

「伝三に捕まった。隠れ里を知らないかとどこぞで責められているはずだ」

「なんてこった」

「助けだす。おまえの故郷とあればしっかり汗をかけ」

分ったと猪吉が答えた。

街道を南郷村に下り始めると、十九番札所の田島宿根岸山観音堂に向かう巡礼二人と擦れ違った。老いた男女は、

「西東めぐりて　来たる南泉寺　大悲の光　四季に絶えなく……」

とご詠歌を誦《ず》していたが、影二郎らと擦れ違うとき、合掌した。

「山深い南山御蔵入をお参りして歩く人がいるのか」

「旦那、艱難辛苦を乗り越えるから御蔵入三十三観音のご信仰だぜ」

「蝮、渡世人のおまえに信心を聞かされるとはな」

影二郎が苦笑いした。

南郷村へ下る坂道の途中から街道を避け、馬がようやく通れるほどの山道に入った。こうなると蝮よりも生まれ育った猪吉のほうが道には詳しい。

猪吉の案内で四半刻も山道をいくと杉林の続く崖下に小さく久七の家が見えてきた。

主が十手持ちに連れ去られた家はひっそりとして人の気配がなかった。

「旦那、おれが様子を見てくる」

猪吉が言い出した。

影二郎が頷き、幸助にいいなという顔で見た。

「南郷村はおめえが在所だ」

幸助も許しを与え、猪吉が崖を野猿のように滑り下りていった。

煙管をだした幸助が一服つけた。

紫煙が林の中をゆっくりと立ち上った。

風もなく梅雨もどこかに消えたままだ。

二人の視界から猪吉の姿がいったん消えた。

時がゆるゆると流れていった。

ふいに猪吉が若い娘と一緒に姿を見せた。そして斜面で影二郎らに向かって手を振り、馬を引いた二人は山道を下った。

「久七どんの娘のさよちゃんだ」

猪吉と幼馴染みというさよは十五だとか。二人にぺこりと頭を下げた。

「おれが馬の世話をすべえ」

猪吉が二頭の馬の手綱を引くと納屋の隣りの馬小屋に連れていく。

さよに案内されて母屋に影二郎と幸助は通った。

囲炉裏端に老婆と中年の女が二人へたりこむように座っていた。

「ばあさまとおっ母《かあ》だ」

女たちが暗い顔を向けたが黙りこんだままだ。

久七を無体に連れ去られた衝撃から立ち直れない様子だ。

「お父つぁんの連れていかれた先が分らねえか」

蝮の幸助が聞いた。

さよがおばばと母親を見た。

二人は固く口を噤んだままだ。突然、舞い込んできた二人をどう考えていいか理解しがたいらしい。

「おばば様よ、幸助さんは国定忠治親分の子分衆だ。それによ、お侍も信用していいぜ」

いつの間にか入ってきた猪吉が黙りこんだ女たちにいった。

国定忠治の名に女たちの表情が和んだ。

「ばばさま、おっ母、こうして猪吉さんがお父つぁんのことを心配して二人を連れてきたんだ。

話していいべえ」

孫の言葉に老婆が小さく頷いた。

「お父つぁんも竹五郎さんも下山の観音堂に連れ込まれています」

さよが言い、猪吉が、

「観音堂は三十二番札所でよ、南郷村の外れ、一番札所の只見村梁取の成法寺とも近いところだ」

と説明をしてくれた。

「鬼怒川の伝三たちは何人いるか分るか」

影二郎がさよに聞いた。

「親分さんに手下が三、四人、それに浪人が三人ばかり……」

とさよがいった。

「お父つぁんたちは元気かどうか分るかい」

蝮の幸助が影二郎に替わった。

「夜明け前に忍んでいった人の話だと、声ももう出せねえくらい弱っているようなんです」

そう言ったさよがばっと囲炉裏端に両手をついて、

「お父つぁんを助けてくだされ」

と泣き出した。

「さよちゃん、心配するねえ。南蛮のお侍は腕っぷしが滅法強いんだ。きっとさ、お父《とう》を助けてくれるって」

猪吉がさよに言うと、

「なあ、南蛮の旦那、助けてくれるよな。おれからも頼まあ」

と影二郎に顔を向け、懇願した。

「蝮、夜まで待てそうにないぞ」

「なんぞ工夫がいるな、旦那」

と蝮の幸助が言ったとき、さよが、

「観音堂にはお父ぅぁんらの他に女の人が捕まっているそうにございます」

と言った。

「土地の者か」

「いえ、江戸の方のようだと……」

影二郎は吉祥天のおたきだと思った。

「どうやら旦那の知り合いのようだね」

蝮の幸助も同じことを考えていた。

「無理をしおって」

影二郎はみよに頼みがあるといった。

「下化衆生《げけしゅじょう》　水の月照る下山に　のぼる菩薩の　種やうえけん」

三十二番札所の南郷村下山の別当観音寺の前にご詠歌が響いた。

長身と小男の二人連れは白無垢の巡礼衣装に身を包み、背には莫蓙《ござ》に包まれた長細い包みを背負っていた。手に杖をついた二人の顔は手拭いで覆われ、一文字笠と菅笠を目深に被っていた。

石段の両側には立葵《たちあおい》の赤い花が昼下がりの陽光の下で咲き誇っていた。

二人は石段を上がり、山門を潜った。

「待て、待ちねえ」

鬼怒川の伝三の子分が二人、行く手を塞いだ。

「巡礼にございます」

「聖観音菩薩様にご詠歌を上げさせてくだされ」

口々に二人が頼んだ。

「ならねえ」

「どうしてでございますか」

「お上の御用で寺にはだれも立ち入りできねえのさ」

「そいつは弱った」

小男の口調がふいに変わった。

「なにっ！」

「久七と竹五郎はどこにいる」

蝮の幸助の問いにつられたように手下は本堂の左手を見て、

「てめえらは……」

と誰何《すいか》した。が、その言葉は途中で消えた。

夏目影二郎と幸助の杖が二人の男の鳩尾を鋭く突いてあっけなく転がした。

倒れた手下を山門の陰に影二郎と幸助は引き込んで、寺の奥から見えないようにした。

「旦那、いくぜ」

そう言った幸助の口からご詠歌が再び洩れた。

参道を本堂前まで進んだ二人は、聖観音菩薩が安置された本堂の奥に頭を下げて裏手に回った。すると女の呻き声が聞こえてきた。

「女、吐け。おめえはだれの密偵だ」

「わ、わたしゃ、生まれ在所の若松に戻る途中の者、名はおたきにございますよ」

肉を打つ音が響き、おたきが必死で抵抗する呻き声が響いた。

本堂の裏手の納屋からだ。

「伝三、裸にひん剝いて拙者に体を責めさせよ」

浪人らしい興奮した声が言い、

「松沢の旦那、慌てちゃいけねえ。じっくりよ、責めるところに楽しみがあるんだ」

と伝三が応じた。

影二郎と幸助は背の荷を下ろすと茣蓙に巻き込んだ法城寺佐常と長脇差を取り出した。

白装束の二人は阿吽《あうん》の呼吸で持ち場を決めた。

蝮の幸助が裏口に回った。

時をおいて影二郎は閉め切られた納屋の戸口に立った。

新たな責め問いの音とおたきの悲鳴が影二郎の耳に届いた。

そのとき、ふいに戸口が引かれた。

敷居を跨いだ浪人者が白装束の影二郎に気づき、

「おまえは」

と問うた。

その瞬間、影二郎の手にあった先反佐常がきらめいて抜き上げられ、浪人は太股から下腹部を深々と割られて転がった。

「げえっ！」

悲鳴が納屋に緊張を走らせた。

「なんでえ！　どうした、松沢の旦那」

「松沢某ははや地獄道を辿っておる」

影二郎がずいっと納屋に通った。

眩しく光る外にいて瞳孔が縮んでいた影二郎に納屋の中は見えなかった。

「あっ！」

「だ、旦那」

驚きの声とおたきの恥ずかしげな声が洩れた。

影二郎の瞳孔がゆっくりと開き、納屋の光景が見えた。

納屋の中央の梁に通された綱に両手首を括られ、腰巻一つのおたきが吊されているのが目に入った。ざんばらの頭髪と血に塗れた吉祥天の彫り物がおたきの美貌に凄みを持たせている。

影二郎は納屋を見回した。

二人の浪人剣客が納屋の片隅から刀を手に立ち上がった。

その足下に縄に高手小手に縛られた二人の男が転がされていた。

久七と竹五郎だろう。

「てめえか」

伝三がおたきを責めていた竹を放り投げ、腰の長脇差を抜いた。

「鬼怒川の伝三、おれは二足の草鞋がなにより嫌いでな」

剣客の一人が刀を抜くと影二郎を牽制し、残りの一人が久七らに切っ先を突きつけた。

「今日は奇妙な合羽は着てねえようだな」

伝三は長脇差の刃を傷だらけのおたきに当てた。

「刀を捨てねえ。女が死ぬことになるぜ」

二人の間は二間ほどあった。

影二郎は先反佐常を鞘に戻すと帯から左手一本で抜き取った。

それが伝三の油断を誘った。

「えらく素直じゃねえか」

「おれには女をいたぶって喜ぶ性癖はない」

そういった影二郎は、

「預けておこう」

と先反佐常を弧を描くようにゆっくりと伝三の手元に投げた。

伝三はゆるやかに投げられた先反佐常に片手を迂闊にも差し伸べた。

その瞬間、影二郎の手が一文字笠に差し込まれた珊瑚玉にかかった。

「なにをしやがる！」

伝三の悲鳴と幸助が裏戸を押し破った物音が重なり、影二郎の手首が翻って唐かんざしが虚空を飛んだ。

「ぐえっ！」

先反佐常の鞘を摑んだ鬼怒川の伝三の目玉に両刃の唐かんざしが突き立ち、珊瑚玉が震えた。

影二郎は走った。

伝三は右手に長脇差を、左手に先反を握って凍りついていた。

影二郎は先反佐常の柄を摑むと伝三を蹴り倒して、影二郎に応戦しようと突進してきた剣客の懐に飛び込んだ。

「野郎!」

剣を振り下ろそうとした相手の胸を先反の柄頭が突いた。

剣客は予測もしない早い反撃に尻を落として後退した。

その肩口に法城寺佐常二尺五寸三分の豪刀が襲いかかり、斬撃した。

剣客は土間に押し潰されて倒れた。

「おたき!」

吉祥天のおたきを振り見たとき、蝮の幸助が今ひとりの浪人の体をぶつかっていった。

「ぎえっ!」

長脇差の切っ先が浪人の背中から腹部に突き通った。

影二郎は視線を土間をのたうち回りながらも、戸口へとはいずって逃げようとする鬼怒川の伝三に向け直した。

「伝三、三十二番札所から地獄に旅立てえ」

静かにも沈んだ声に振り返った伝三の顔が恐怖に怯え、その喉首を大薙刀を刀身二尺五寸三分に鍛ち替えた豪刀が刎ね斬った。

血しぶきが薄闇に円弧を描いた。

ゆっくりと伝三の上体が後ろ向きに崩れ落ちた。

影二郎はおたきを振り向くと両手首を結わえた綱を切った。

崩れるおたきを片手で抱き留めた影二郎は、

「おたき、気をしっかり持て」

と言った。

「夏目様……」

「ものを言うでない」

影二郎は土間におたきを寝かせると巡礼衣装を脱ぎ、おたきの体にかけた。

白い衣装は見る見る朱に染まった。

「また助けられたねえ」

その視線の向こうで蝮の幸助が久七と竹五郎の戒めの縄を断ち切り、

「なんとか生きていますぜ」

と影二郎に言った。

猪吉が飛びこんできたのはそのときだ。

「旦那、伝三の子分の八兵衛が南郷村のほうへ突っ走っていくのを見ましたぜ」

「しまった！　一人、見逃したか」

幸助が叫び、

「蝮、まずは三人の命を助けるのが先だ」

と夏目影二郎が言った。

第五話　明神滝暴れ流木

一

伊南川の流れを赤く染めて夕日が沈んでいこうとしていた。

夏目影二郎は流れに釣糸を垂れながら黙然《もくねん》と流れに動く浮きをみていた。

南山御蔵入一帯の梅雨は上がり、暑い夏が巡ってきた。

「旦那」

振り向くと吉祥天のおたきが夕闇に伸びやかな姿態を浮かび上がらせて、河岸の土手に立っていた。

南山御蔵入三十三観音のうち三十二番札所、南郷村下山の観音寺に影二郎とおたきは滞在し続けていた。

おたきの背に観音寺の藁葺きの山門が見えた。

「加減はどうだ」

「もう大丈夫ですよ」

「なによりであった」

「旦那の足手まといばかりになって」

「吉祥天のおたき姉さんらしくもない」

おたきら三人を救出して、すでに半月が過ぎようとしていた。

三人はまず観音寺の庫裏《くり》に運ばれて、傷の治療が始まった。

猪吉と幸助が久七と竹五郎の家族に救出を知らせ、家族たちが観音寺に駆けつけてきた。

軟禁されていた観音寺住職無想らの助言で、下山の里でも怪我治療の上手な老婆が寺に呼ばれて、薬草を使った治療が三人に施された。

三人は数晩も高熱を発して唸り続けた。が、無想らの熱心な祈禱と老婆の施療、それに南山御蔵入の山野に自生する薬草が徐々に効果を上げて、三人の容体を落ち着かせていった。

騒ぎの間に二十五番札所の照国寺《しょうこくじ》にいた満田左内が率いる剣客団と会津藩の国家老田窪政次郎の家臣団は、姿を消していた。そして、そこには三人の死体が残されていた。

三つの死体とは田島宿の筆頭名主の花村杢左衛門、田島代官所の手代村田猶太郎、そして江戸から会津に潜行してきた勘定奉行遠山景元の支配下の常田真吾であった。

知らせを受けた影二郎は伊南村古町に馬を飛ばした。

対面した杢左衛門らの死体には酷い拷問の痕跡が残っていた。

満田らは影二郎らの出現にいったん南山御蔵入から退去した。

その際、足手まといになる三人を惨殺していった。

影二郎は会うことが適わなかった名主の無念を思いながら、合掌して救出の遅れを詫びた。

三人の一人の顔には覚えがある。

中三依宿の雨の中、田島宿を目指して必死の形相で通り過ぎていった若侍であった。

(鳥居耀蔵の好きにはさせぬ)

それが三人の霊に誓ったことだ。

蝮の幸助が隠れ里の国定忠治に使いに出た。

猪吉は里の男衆に手伝ってもらい、花村杢左衛門と村田猶太郎の遺骸を田島宿まで運んでいくことになった。

南郷村下山に残ったのは影二郎とおたきだ。

山深い南山御蔵入を動き回るよりもおたきの回復を待ちながら、下山で待機するほうがよいと蝮の幸助と話し合った結果だ。

幸助が去って数日後、隠れ里の忠治から満田左内一行が若松にいったん引き上げたらしいという情報がもたらされた。だが、田島宿からはなんの知らせも入らなかった。花村家の主が亡くなり、混乱しているのだろう。

影二郎はおたきと再始動する時期をひたすら待っていた。

「夏目影二郎様にお話があります」

影二郎のかたわらにきたおたきの口調が改まっていた。

「なんのことか」

「私のことにございます」

「おっと待った」

影二郎はおたきを止めた。

「吉祥天のおたきと流れ者の影二郎は旅の空で出会い、いつかは別れていく身だ。一々何の某《なにがし》と名乗りを上げるのも野暮の骨頂だぜ」

「でも、影二郎様を騙したことに……」

「おたき、おまえが名乗れば、おれも主が何の何べえと言わなきゃなるまい。おまえが田島宿の花村杢左衛門様の屋敷から消えた夜、家頭の口から出たのは幕府勘定奉行遠山様の支配下常田真吾とやらの名だ。おまえが常田のことを心配して出ていった以上、およその察しもつこうというものだ」

おたきが素直に頷いた。

常田真吾は勘定奉行遠山左衛門尉景元が南山御蔵入に送りこんだ密偵だろう。

花村杢左衛門、村田猶太郎らと駒止《こまど》峠に入った常田の身をおたきは心配した。としたらおたきも遠山の密偵と推測がつく。だが、たがいに名乗り合うこともない。それが影の仕事に就くものの心得だ。だが、おたきは拷問で気が弱っていた。

「そうでしたねえ」

「この際だ。一つだけ確かめておこう、常田真吾と連絡をつけたか」

「それが……」

おたきが首を横に振って田島宿から消えた後の行動を話し出した。

「田島宿から駒止峠を目指して夜道を歩き始めたのですが、静川の里外れの吊橋で足止めをくいましてね……」

鬼怒川の伝三の手下たちが吊橋の往来を禁じていた。どうしたものかと思案するおたきの前に影二郎ら三人が現われた。

「おれたちの後に吊橋を渡ったか」

「はい。常田様らが捕まっている村を教えてくれたのは駒止峠への道中で出会った老巡礼でした」

巡礼は伊南村古町の二十五番札所に侍たちが大勢宿泊して参拝もできなかったとおたきに言ったのだ。おたきは侍たちが満田左内一行だと見当をつけて、聞いてみた。

「侍は何をしているんですね」

「なんでも抜漆の詮議とかでねえ。田島宿の名主様も照国寺に捕らわれて、酷い目に遭ってなさるそうだ」

(杢左衛門が捕囚になっているならば常田も同じ目に……)

おたきは駒止峠を一気に越えて伊南村古町に急行した。

古町に到着したとき、日没の刻だった。

(どうしたものか)

夕闇に紛れるように二十五番札所の照国寺の門前を見つめていた。

本堂の前にはかがり火が焚かれ、大勢の武装した浪人たちや会津藩国家老の家来たちが警戒にあたっていた。

(深夜、寝静まって忍びこもう)

とおたきが考えたとき、川治の湯でおたきに悪さをしようとした鬼怒川の伝三の子分の一人が出てきて、おたきが来た道を急ぎ足で辿り始めた。

(なんかありそうな……)

おたきは子分の後を咄嗟に尾行していた。

「それでこの観音寺に辿りついたか」

「はい。鬼怒川の伝三がこちらでも久七さんと竹五郎さんを捕まえて、漆の隠れ里を教えろと責めている最中でした」

吉祥天のおたきもこれで南山御蔵入の漆の隠し林の存在を知ったことになる。

「伝三に一泡吹かせようと思い、つい納屋に近付きすぎてしまいましてね、庫裏にいた浪人に姿を見咎められたんですよ。間抜けったら、ありゃしない」

おたきは自嘲気味に笑った。

「おたきが捕らわれたせいで、久七と竹五郎への責めが軽くなった。二人の命の恩人はおたき、おまえかも知れぬ」

「夏目様、冗談はなしですよ」

「おたき、漆の隠れ里などこの南山領内にあると思うか」

「なければ鳥居耀蔵が江戸から大勢の浪人を送りこむものですか」

「そなたは漆の隠し林があることを承知して南山御蔵入に入ってきたのか」

「御料巡見使を務められた松野熊之助様は一見茫洋とした人物ですが、なかなかの能吏《のうり》でした。満田左内が会津一帯で採取される漆・蠟の総量と会津で消費される量の違いを見抜いて、抜漆がどこからか流れてきていると推測したように松野様もうすうす感づかれたようです。松野様は満田にそのことを詰問されたと推測されます。松野様は南山御蔵入に抜漆があるなら、幕府勘定方の歳入にと主張され、満田は主鳥居耀蔵の活動資金にと密かに考えておられた。ついに二人が対決したのが帰路の宇都宮宿です……」

「推量に過ぎまい」

「満田の手に松野様がかかったところを目撃した者はおりません。が、『おれの身になにかがあったら、満田の仕業と思え』と同僚の柴田岩三郎様に何度も言いおかれていた。松野様の死の後、柴田様は注意に注意を重ねて江戸に戻られた。巡見使の報告書を書き上げるために松野様が残された日誌などを調べ直した柴田様は、松野様が抜漆のことを記した書き込みを見つけ、われらの主に届けたのでございます。それで南山御蔵入の漆の隠し林の存在が漠然と判明した……」

「満田も松野も隠し林を見たわけではない」

おたきが首肯し、影二郎に聞いた。

「なぜ松野様は殺され、柴田様は江戸にて不慮の死を遂げられたのでございますか」

影二郎はおたきの問いには答えず聞いた。

「そなたと常田真吾は松野熊之助が書き残した南山領内の漆の隠し林を確かめるために派遣されてきたのか」

おたきが小さく頷いた。

「私と常田様は田島宿で落ち合って合同で探索に務めることを命じられておりました。私が怪我を負ってしまい、常田様に先を越されたのです」

「おたき、おれは常田どのが田島宿に急行されるのを中三依宿の通りで見掛けておる」

おたきが影二郎の顔を見た。

「これもすべて宿命《さだめ》じゃ」

おたきと影二郎は同じ勘定奉行の支配下の密偵だった。だが、勝手方の遠山景元と公事方の常磐秀信では置かれた立場も考えも違う。

「おたき、おまえは主どのの命に従うのが務めだ。そのために常田のような死も甘受《かんじゅ》せねばならぬときもある、またおれと対決することもあろう」

「影二郎様と戦う理由がございませぬ」

「この南山領内に漆の隠し林がかりにあったとしよう。そなたは主どのに報告せねばなるまい」

はっ、としたようにおたきが頷いた。

闇がすでに深まっていた。

「影二郎様はすでに隠し林を存じておられるのでございますね」

「知らぬ」

影二郎は言下に否定した。が、おたきはその言葉を信じなかった。

「影二郎様は江戸に報告なさらぬので」

「人間、知らぬものは報告のしようもない」

「もしおたきが漆の隠し林を見つけて江戸に知らせようとしたとき、影二郎様はどうなさいますか」

「さてな」

「私は影二郎様と戦いとうはございませぬ」

おたきの声が暗い河原と流れに響いた。

「じゃが主の命に殉じるのがわれらの宿命……」

なにか言いかけたおたきは、その言葉を飲みこんだ。


その夜、影二郎は忍び寄る気配を感じて目を覚ました。

影二郎の離れの部屋に月明かりが差しこんで、淡い光を落としていた。

月光に白い浴衣が浮かんだ。

おたきだった。

「どうした、眠れぬか」

おたきが布団のかたわらに滑りこんできた。

「恐ろしくてたまりませぬ」

「吉祥天のおたきにも恐ろしいものがあるとはな」

「常田様のようにいびり殺されて死んでいくのかと考えますと身が震えます」

眠れぬとおたきは影二郎に訴えた。

常田真吾や花村杢左衛門らの亡骸《なきがら》には酷い拷問の痕跡が残されて、責めの過酷さを想像させた。常田の亡骸を観音寺に引き取り、朝に夕におたきが供養を務めていた。

「そなたは拷問に耐えたぞ」

「ときにあることないこと喋って楽になりたい衝動にかられました」

「おまえは話さなかった」

「影二郎様の助けが少し遅れていたら」

おたきはそう言い張った。

「密偵を辞めるか」

「影二郎様、簡単に辞められるものですか」

おたきが鋭く問う。そして影二郎の頬におたきの手がおずおずとかかった。

「おたき、苦しみが増すだけだ」

「一夜の縁にございます。明日は野に頭《こうべ》を晒すかもしれぬ身、地獄に落ちてもかまいませぬ」

影二郎の鼻孔いっぱいにおたきの香《かぐわ》しい匂いが広がった。

それが影二郎の欲望に火を点けようとしていた。

生と死の狭間に身をおくのが影二郎らの務め、死は予期せぬときに訪れる。そのことを影二郎も自ら犯した殺生に承知していた。

若菜の顔が浮かんだ。

「影二郎様、こんなおたきは嫌いでございますか」

女密偵の声音に必死の思いが込められてあった。

影二郎の手がおたきの背に回された。

影二郎の掌に成熟した女の感触がしっとりと伝わってきた。

（苦しみ悩むのはおれも同じ……）

影二郎は自らの欲望を抑えきれなかった。

「おたき」

「影二郎様」

影二郎はおたきの浴衣の帯を解き、浴衣を脱がせた。

青い月光がおたきの背の吉祥天を濃艶に浮かび上がらせた。

影二郎の掌が背から丸みを帯びた腰に落ちて、さらに前に回った。

「あっ、ううう……」

豊かな繁みを指が割った。

「え、影二郎様……」

二人の密偵は互いの肉体の中に救いと慰撫を求めてのめりこんでいった。

夜明け、寺に駆け込む足音に影二郎は目を覚ました。

おたきはいつの間にか影二郎のかたわらから消えていた。ただ布団の周りに官能の残り香が薄く漂っていた。

影二郎は枕元の法城寺佐常を手にすると起き上がった。

庫裏にいくとおたきが、

「田島宿からの使いが見えています。井戸端で水を被っておいでです」

と昨夜の気配など微塵も見せずにいった。

影二郎は朝まだきの井戸端に出た。するとそこに褌一つで水を被る猪吉の姿があった。

「駒止峠を夜っぴてかけてきたか」

「旦那」

猪吉がうれしそうに振り返った。

「なんぞあったか」

「へえ、田島宿の郷頭、猪股の旦那と名主の栗田様が姿を消されました」

田島宿の村役人の二人は享保の騒ぎのとき、幕府、会津側と気脈を通じて、一揆の衆とは一線を画した者たちだ。となれば、二人の行動には意味があると考えなければならない。

「旦那、それにもう一人、田島宿から消えた人間がいる」

「だれだな」

「花村分家の次郎兵衛様だ」

「花村の分家は拘引《かどわ》かしに遭ったか」

猪吉はかたわらに脱ぎ捨てた着物から封書を出して影二郎に渡した。

家頭の嶺蔵からだ。

影二郎は手早く封を切った。

〈夏目影二郎様、取り急ぎ認め候。花村分家の次郎兵衛様は杢左衛門様の甥に当たり候。生来博奕と女に目がなく、時折、若松に通って遊びにうつつを抜かし借財が莫大にあるとの噂に候。杢左衛門様も何度か次郎兵衛様を呼び、説諭されし事あり、が一向に聞き届けなく候。さて今回の出奔郷頭猪股の旦那様らと行を共にしている形跡あり、そのことを危惧して居り候。なぜならば、次郎兵衛の先祖は享保の騒ぎの仲間、次郎兵衛様も百七人組の一人に名を連ねており候〉

「次郎兵衛も百七人組の一人だそうな」

「へえ、次郎兵衛は若松に妾を囲って、今や田島の家屋敷はだれぞ他人のものとか」

猪吉も家頭の知らせと同じことを言った。

「猪股唯右衛門一味に転んだか」

「へえ」

猪吉が応じた。

影二郎は予測されることを考えた。

満田一派に与《くみ》する猪股らが百七人組の一人の次郎兵衛に狙いをつけたのは、
一　隠れ里の場所

一　漆・蠟の輸送経路
一　会津の隠れ漆問屋
が知りたいためであろう。となれば忠治や喜十郎がいる隠れ里に危機が迫っていた。

(忠治に急ぎ知らせたい)

が、影二郎も猪吉も隠れ里を訪ねる道を知らなかった。

本堂から朝の勤行《ごんぎょう》が聞こえてきた。

影二郎は猪吉に、

「休んでおれ」

と言い残すと本堂に向かった。

二

観音寺の老住職無想師が読経をしながら、本堂に入ってきた影二郎を振り見た。

「そなたにも仏心があったか」

無想はおたきらの治療に熱意を傾け、夏目影二郎とおたきの寺滞在にも拒もうとはしなかった。が、影二郎には心を許そうとはせず、できるだけ顔を合わせないようにしていた。

影二郎も無想と会う機会を避けてきた。

「仏心はない。老師にちと相談があってな、勤めの邪魔をした」

「巡礼を送り迎えするだけの坊主に血刀を差したそなたが願いとな」

「隠れ里に急ぎ連絡《つなぎ》をつけたい」

「なんと申された」

「御坊、急いでおる。二度とは言わぬ」

「隠れ里など愚僧が知るものか」

「かもしれぬ。だがな、そなたは享保の騒ぎ以来の百七人組に連絡がとれるはず」

「どうしてそのようなことを言い出された」

無想師が影二郎を睨んだ。

影二郎は平然と睨み返し、

「百余年の秘密を解くために話をせねばならぬか」

と言い出した。

「田島宿から使いがきて、郷頭の猪股唯右衛門と名主の栗田善三郎が姿を消したと知らせてきた。そして今ひとり古町の照国寺で殺された花村杢左衛門の分家当主の次郎兵衛も行動をともにしている気配……」

無想の顔色が初めて変わった。

「これがどういう意味を持つか、漆の輸送宿の主のそなたには察しがつくな」

「なんと申された」

驚愕が無想の顔に広がった。

「御坊、それがしな、駒止峠の隠れ里を過日訪ねておる、忠治に会うためじゃ」

影二郎は忠治との関わりを簡単に告げた。

「隠れ里で生産された漆や蠟がどうやって、若松の漆問屋に運ばれるか。忠治もそれがしに話してはくれなかった……」

百七人組の魂を繋ぎ合わせる輸送経路は、どのように存在するのか。そして百余年の歳月、どうしてそれは隠蔽され続けてきたか、影二郎は考え続けた。

その結果、一つの結論に達した。

「南山御蔵入里を信頼の輪で結ぶものはなにか。ただ一つしかあるまい。御坊、御蔵入三十三観音、番外の下郷村大内宿の別当善導寺《ぜんどうじ》をくわえて三十四観音こそ、漆と蠟の隠された輸送の伝馬宿だ。違うかな、御坊」

無想は怯えたようになにも答えない。

「田島宿の筆頭名主花村杢左衛門様はおそらく百七人組の束ね、お頭であろう。江戸から隠し漆の調べにきた勘定奉行の役人常田真吾と代官陣屋の手代村田猶太郎を同道、駒止峠に自ら入ったは、山を知らぬ江戸の役人を引き回して、隠れ里などないことを納得させることにあった……」

影二郎の推測に無想師は沈黙したままだ。

「安心せられえ、御坊。それがし、隠れ里や隠れ伝馬宿を暴く気はない。ただな、次郎兵衛が寝返った以上、隠れ里に杢左衛門様らを殺した者たちの手が伸びる。そのことを恐れているゆえにこうして勤行の邪魔を致した……」

無想がごくりと唾を飲んだ。

「ここにおわすは観音様だ。その前でそなたの吐いた言葉に嘘偽りはないと誓えるか」

「誓おう」

影二郎は瞑目した。

「そなたは御蔵入三十四観音の巡礼道がよからぬことに利用されていると言われる。考え過ぎじゃ」

影二郎は答えない。

「なれど南山御蔵入の杣衆に難儀がかかるのは見逃せぬ。そなたの伝言、確かに山に伝えよう」

影二郎はしばし無の世界に彷徨《さまよ》っていた。そして両眼を見開いたとき、無想の姿は消えていた。

影二郎らは待った。

どこからか連絡があるのをひたすら観音寺の離れで待った。

昼下がりの陽光が寺の境内に落ちていた。

影二郎とおたきの視線の先で猪吉が薪を割っていた。

斧を振るう流れるような動きは猪吉が杣の子であることを証明していた。

「密偵の任務は出先で見聞したことを正確に主に復命すること。その内容を判断するのは主の務めと考えてきました」

「さよう」

「なれど影二郎様は違った途を選んでおられます」

「おたき、百姓衆や杣人たちの先祖が血で得たものがあるとしよう。それが百年も続けられ、飢饉や飢えの際に助けとなってきた。それを江戸に生まれ、江戸しか知らぬ妖怪鳥居耀蔵の私欲に使ってよいものか」

「いえ、私が申すは民百姓の上がりは四公六民の決まりに照らして幕府《おかみ》に納め、お上はそれで国を保たれるということにございます。隠れ田、隠れ里は徳川幕府の定めに反し、幕藩体制を弱めます」

「幕府誕生から二百余年、あちらこちらに幕藩体制の綻びが出ておる。南山領内の隠れ里からあがった収益を定法どおりに江戸に送ったとしよう。それが天下万民のために厳正に使われるという確証があるか、おたき」

「さてそれは」

「漆や蠟の御用商人の懐を肥やすだけだ。もしこの山の奥に隠れ里があって、杣たちがそれをたよりに生きておるのなら、おれはそのままにしておいてやりたい」

「それでは務めが果たせませぬ」

「密偵の務めをとるか、土地の習わしを守るかといわれれば、夏目影二郎は務めを忘れる。杓子定規に考えると、碌なことはないでな」

影二郎はおたきの顔を見て、にやりと笑った。

が、おたきは笑いもせずに考えこんでいた。


夕刻、蝮の幸助が汗みどろで観音寺の影二郎の許に駆けこんできた。

「南蛮の旦那、美女峠《びんじょ》の隠れ里が満田左内らに襲われたぞ」

「怪我人はどうか」

幸助は腰をがくりと落とすと首を激しく振った。

「杣たちが殺された。はっきりしねえが三十人は下るまいと逃げて来た者がいっておる」

「なんてことを」

おたきが愕然と呻いた。

「満田らはどうしておる」

「続いて駒止峠の隠れ里を襲う気だ」

「動くときがきたな」

影二郎はおたきを見た。

「そなたはどうするな」

「なんとしても隠れ里に行きます」

「戦になる、命の保証はできぬ」

「この目で……」

「……見たものを江戸に報告するか」

おたきは沈黙で答え、幸助がおたきを見た。

四半刻後、蝮の幸助に導かれて再び南山御蔵入の隠れ里へ影二郎たちは向かった。

「蝮、満田たちが攻めてくるとしたら谷道か。それとも漆畑のほうか」

「次郎兵衛は漆畑のほうしか知らねえそうだ。今な、菱沼の旦那の指導でよ、漆畑の内外に逆茂木《さかもぎ》を二段構えに備えているぜ。それによ、菱沼様は杣たちに弓を基本から教えこまれた。今じゃ、杣たちはなかなかの腕前だ」

「杣は猟も仕事のうち、喜十郎が教えることはあるまいに」

「山じゃ、熊や猪が相手だ。一人ひとりが勝手に矢を放つ。それを菱沼の旦那が三隊に組み直して、間合いもなく交替で射てるように訓練なさっておられる。それにさ、武士を相手にどこを攻めればよいか、竹槍も教えこまれた。今じゃ、杣の男衆も女衆もなかなかの腕前だぜ」

「満田らに一泡吹かせるか」

影二郎には菱沼喜十郎の努力も空しく思えた。

「そうありたいもんだねえ」

深夜になって谷川にかかる山中に到着した。

「おたき、ちょっとばかり怖い思いをすることになるぞ」

蝮の幸助を先頭に猪吉、おたき、影二郎の順で隠れ里に向かっての谷川歩きが三刻（六時間）余りも続き、夜明け前、ようやく駒止峠の隠れ里に到着した。

隠れ里はぴりぴりとした警戒の中にあった。が、杣たちや忠治の手下の日光の円蔵たちが、

「よう戻ってこられました」

「旦那が味方だと百人力だ」

とうれしそうに迎えてくれた。

夜の山歩きにおたきは疲労困憊の体で、しばらく仮眠をとって休息することになった。

影二郎と幸助はその足で忠治の住む洞窟に向かった。

「影二郎様」

菱沼喜十郎がうれしそうな表情の髭面を向けた。

隠れ里暮らしで陽に焼け、精悍な初老の風貌に変わっていた。

頷き返した影二郎は、忠治と喜十郎の間に座った。

「花村杢左衛門様らを助けだされなかった。すまない」

「旦那、照国寺にはうちの手下も張りついていた。多勢に無勢手出しができなかったんだ。おたがい様だ」

「美女峠の犠牲者は何人だ」

「あやつらの不意打ちに逃れられたのが男と女十二人、殺されたのが三十七人……」

「助かった十二人はどうしたな」

「山伝いにここに逃れてきた」

「満田左内の軍勢はこの隠れ里を襲う気か」

「まず、間違いないところ、会津領内で陣容を整え直しましたからな。田島宿の郷頭猪股と名主の栗田が資金を提供したようで、多くの馬が集められております」

「鳥居耀蔵が隠れ里の漆と蠟を一手に支配するとき、猪股と栗田が若松との仲介をして、金儲けしようという算段か」

「二人は百七人組に代わって、漆と蠟を扱いたいのでございましょうよ」

絵地図が広げられた。

再び会津領内から南山御蔵入に入った一行は、野尻川沿いに七番札所の佐倉、喰丸《くいまる》へと押し出したという。その先に駒止《こまど》峠があった。

「総勢何人か」

「会津の者を含めて総勢八十余名と報告を受けております。道案内の次郎兵衛が従ってますでな、あと三日もすればここに顔を見せることになる」

忠治が地図の上を煙管の先で差した。

「喜十郎、杣たちで弓部隊を編成したというではないか。使える者は何人ほどか」

「隠れ里が襲われるとなれば、全員が弓や竹槍をとります。しかしながら、大半は女子供に老人、そこそこの働きをする男衆はせいぜい二十数人でしょう」

「忠治の手勢を加えても相手の半数」

「旦那、戦は数じゃねえ。頭と度胸の勝負だ」

隠れ里に長く籠ってさらにふっくらした忠治がふてぶてしく言い放った。

「とはいえ、相手が少ないことにこしたことはない。奇襲を仕掛けようか」

「旦那の帰りを待っていたのさ」

打てば響くように忠治が言い、喜十郎が言葉を継いだ。

「すでに編成は終えております。忠治親分の子分衆に火槍（鉄砲）四丁、杣の弓手十五張、総勢十九名の奇襲部隊はいつでも出立できます」

「それは頼もしい」

「影二郎様、少し休息をとってくだされ」

喜十郎は影二郎の体を案じた。

「いや、奇襲は先手勝負だ。準備が終わり次第に出陣いたそうか」

「はっ」

と畏まった喜十郎が外に飛び出していき、幸助も続いた。

「旦那、菱沼様を軍師においていってくれて助かったぜ」

「満田左内を見くびるではない、忠治」

「分ってまさあ」

「女を一人、預けておく」

忠治が黙って頷いた。


忠治一家の手下は見張りや連絡に隠れ里の外に出た者が三人、隠れ里に残っていたのは七人だった。その中から忠治は八寸才市ら四人を奇襲隊に回してくれた。

八寸才市は怪力の持ち主で火槍（鉄砲）の名手、その他に蝮の幸助を加えて三人、菱沼喜十郎の弓隊十五名、別動の影二郎と猪吉という編成だ。

杣たちは会津の山を知り尽くしていた。

軽装に草鞋がけ、二十一人は飛ぶように山の斜面を駆け抜け、谷川を渡渉した。

影二郎は休息の間に八寸、喜十郎らと相談して、奇襲隊に先んじて斥候を放ち、相手の動静を探ることにした。斥候には猪吉も選ばれ、奇襲隊のさらに先を走った。

猪吉から満田左内の軍勢と接触したことが知らされてきたのは夕刻のことだ。

「満田軍は佐倉の里外れの明神滝下で野営をする気だ、夕飯の準備を始めましたぜ」

明神滝まではおよそ半里（二キロ）ほどだという。

奇襲隊は半里の道を一気に駆けて、まだかすかに明かりが残る頃合に、明神滝の上に到着した。

眼下の滝壺からは夕飯を用意する炊煙が上がり、鉄砲や槍を立ち木や岩場に置いた数十人の男たちが酒を飲んでいた。滝壺で汗を流すものもいて、どこか弛緩した空気が漂っていた。

杣小屋の背後には、馬数頭がつながれているのも見えた。

「南蛮の旦那、どうしたもので」

大男の八寸が夏目影二郎に聞いた。

「朝次《ともじ》」

と影二郎は弓隊の頭分、朝次を呼んだ。

隠れ里に棲み、山で暮らす朝次は腰に屶をぶら下げ、背に弓を背負っていた。年は二十四、五か、無口な男だ。が、頭分になるだけに判断力も行動力もあることを影二郎はその半日の動きで見抜いていた。

「滝をせき止められるか」

朝次は滔々と十数丈下の滝壺に流れ落ちる流れの幅に目をやった。

流れはおよそ四間ほど、落ち口で急に三間ほどに狭まっていた。せり出した左右の岩場が豊かな流れを阻んで中央に押し戻し、轟音を立てて複雑な渦を巻かせていた。それが滝壺へと壮観にも落下していくのだ。

「水を止めるのは無理だ」

「水はよい。材木をな、狭まった落ち口に集めて一気に滝壺の向こうに落下させたい」

「ほお、満田の軍勢に水攻め、木攻めをなさるんで」

八寸がうれしそうに笑った。

朝次は流れのそばにいき、薄暮の明かりで調べていたが、

「朝方までにはなんとかなりますで」

と請け合った。

「佐倉の里まで下りて道具を借りてこさせる」

朝次は仲間の五人を佐倉に走らせた。さらに残った仲間たちに倒木を探すように命じた。

八寸や猪吉らも手伝い、倒木探しが始まった。

滝の落ち口の上に月が出て、作業を助けた。滝の落ちる轟音があたりに響き、少々物音を立てても、滝壺の下に届く気遣いはなかった。

滝壺の下では夕げが始まっていた。

影二郎は朝次らのてきぱきとした作業ぶりを見ながら、胸の内にわき起こる不安を抑えきれないでいた。

（不安の因はなにか）

それがどうしても思い当たらなかった。

男たちの肩に担がれた倒木が次々に滝の落ち口に集められ、さらに切り取られた蔦や葛も用意された。

佐倉の里に下りていた五人が大斧《まさかり》、手斧《ておの》、鋸《のこぎり》、縄などを担いで戻ってきた。そして二十一人の男たちの腹を満たす炒豆も届けられた。

朝次が仲間を集めると作業の手順を説明した。こうなると山で働く杣たちの独壇場だ。八寸らでさえ手が出せない。かろうじて仲間に加わったのは杣の子、猪吉だ。

影二郎は配られた炒豆を噛んでいたが、ふいに睡魔が襲ってきた。昨日今日と二日続きの強行軍に体が疲れ切っていた。いつの間にか影二郎は岩場に背を凭せかけ、眠りこんでいた。

「影二郎様」

喜十郎に揺り起こされて影二郎は目を覚ました。

月が西に傾いていた。

視線を滝の落ち口に移すと、倒木が左右から見事に組み合わされて木の堰が完成していた。

流れは木と木の間をすり抜けて、澱みなく滝壺へと落下していた。滝音は変わっていた。だが、酒に酔って眠りこむ満田の軍勢は気付く風もない。

滝口のあちこちに八寸たちや喜十郎支配下の弓隊が配置についていた。さらに流れの上流で朝次が大斧《まさかり》を構えていた。

「ようございますか」

夏目影二郎は立ち上がって、法城寺佐常を腰に差し落とした。

滝の落ち口の岩場に屹立した影二郎は、眼下を覗いた。

燃え尽きた焚き火が白い煙を上げているそばに何十人もの満田の軍勢が寝転んでいた。

「よし、いくぞ」

影二郎は片手を月光に翳して振り下ろし、朝次に合図を送った。

大きな倒木をつなぎ止めていた蔦に朝次が大斧を振るった。

大斧の刃が月光にきらめいて、蔦を鮮やかに切った。すると大きな材木数本が激流に乗って、滝の落ち口に殺到し始めた。大木の先端は鋭く尖っていて、それらの材木が、
ごつんごつん！

とぶつかりながら木の堰に迫る光景は凄まじい迫力だ。

「おお、これは……」

「すげえや」

喜十郎と猪吉が口々に嘆声を漏らした。

最初の大木が木堰の中央部に激突した。

めりっ！

湿った音が響き、さらに次々に激突してきた。

堰の底が抜けたような轟音があたりに響いた。

滝壺では会津から助勢に来た若い侍が小便に起きていた。流れに向かって放尿しようとしたとき、夜空に異様な轟音が響いた。

滝の流れが変わっていた。

頭上を見上げた侍はしばしその姿勢のままに立っていたが、

「うあああっ！」

と叫んだ。

滝の上に膨大な水が散って、大木が夜空を飛んでいた。

「た、大変だぞ、逃げろ！」

若侍の大声に目を覚ましたのはわずかの者だ。なにが起こったか分らないまま、馬が繋がれた斜面に向かって走った。

影二郎らは滝壺の上にせき止められていた水が飛び出して、大木を乗せたまま虚空に大きく飛翔するのを眺め下ろした。

大木は水の勢いで生命を与えられたかのように飛躍した。

奔流は重さ何百貫の大木を砲弾のように夜空に射ち出していた。

「あっ！」

襲撃部隊は異様な雰囲気に目を覚まして、頭上に展開される光景を疑った。

膨大な水と一緒に大木が弾丸のように襲いかかってこようとしていた。

「げえっ！」

立ち上がった男たちの頭上に奔流と大木が襲いかかり、飲み込んだ。

河原に寝ていた大半の者たちが一気に下流へと流され、大木の下に潰された。

どおん！

凄まじい轟音が明神滝一帯に轟き渡り、一瞬のうちに満田の軍勢を飲み込んだ。

それは影二郎が想像したよりもはるかに凄い破壊力であった。

「なんと……」

弓を構えた喜十郎が絶句するほど圧倒的な破壊を見せた。

もはや滝壺の下に戦闘能力は残っていない。もはや飛び道具を使う必要はなかった。

「八寸、喜十郎、われらの出番じゃ」

影二郎ら、斬込み部隊は滝壺へ用意しておいた蔦を伝って急降下していった。

滝壺に下りた影二郎たちは衝撃と破壊の凄さをまざまざと見た。

何十人もいた満田の軍勢は、膨大な水と大木の落下に押し潰されて下流へと流されていた。

「満田の手勢は消えましたな」

「小屋の連中が残っておるわ」

半壊した小屋二棟はひっそりとしていた。

影二郎の胸の不安が高鳴った。それを察したように猪吉が走った。

扉を開けた猪吉が顔を小屋に突っ込み、

「も抜けの空だ！」

と叫んだ。

「喜十郎、八寸、山に逃げた者を捕まえて参れ」

影二郎の命に喜十郎らが走った。

奇襲を仕掛けたつもりが裏をかかれたようだ。

(満田左内らはどこへ消えたか)

「影二郎様」

喜十郎が足を挫いて、逃げ遅れた侍を一人連れてきた。会津者らしい。その背後から八寸らが三頭の馬を引いてきた。

若い侍の顔に恐怖があった。

「そなたは会津藩国家老田窪政次郎の家臣じゃな」

侍が必死に頷いた。

「満田左内らはどうしたな」

若い侍は言いかけたがうまく舌が回らなかった。

「話せば命は助けて遣わす」

「こ、駒止峠を……」

「駒止峠がどうした」

「隠れ里を襲撃に……」

滝壺組は陽動の軍勢、襲撃の本隊は別行だという。

「しまった！　満田ら襲撃隊の人数はどうか」

「江戸からの方々ばかりで編成された二十三騎」

「なにっ、全員騎馬か」

「われらが会津から運んできた馬にて只見村、南郷村を迂回し、駒止峠の隠れ里を襲撃すると申されました」

「喜十郎、八寸、おれに従え。隠れ里が危ない」

馬が三頭あった。

影二郎は隠れ里に戻る者を選んで命じた。

「合点だ！」

背に火槍（鉄砲）を背負った八寸が素早く応じた。

「蝮、弓隊をまとめて、徒歩で続け」

「へえっ！」

影二郎は南蛮外衣を身に纏うと一文字笠の紐を締め直し、ひらりと馬の背に飛び乗った。喜十郎が従った。すると松明を手にした朝次と猪吉が三頭の前を走り出した。彼らは隠れ里の危機に徒歩で道案内をする気だ。

「よし、行くぞ！」

「おれっちもすぐに後を追うぜ！」

蝮の声を背に聞いた影二郎ら三騎と二人は夜道を走り出した。

（忠治、なんとしてもわれらが戻るまで隠れ里を支えてくれ）

その思いで馬上の影二郎らも先導する朝次と猪吉も走った。

南山御蔵入の街道を走る満田左内との差を縮めるには山道を走るしかない。徒歩の二人は南山御蔵入の山道を熟知していた。

騎乗の影二郎らは夜の山道を飛ばしきれなかった。それでも馬の速度が速い。

朝次は隠れ里の同胞を助けたい一心で駆けた。

猪吉も杣の子の意地を見せて走った。

夜が明けたのは喰丸の集落を通過したときだ。

五人は足を止めることはなかった。ただひたすら走り続けた。

影二郎は馬を休めるために下馬をした、そのときでも歩き続けた。

馬も人もくたくたになっていた。

鳥居峠のかたわらで五人は初めて足を止めた。この先はさらにけわしい山岳道が始まる。

影二郎は湧き水で喉を潤し、元気を蘇らせた。

三

夜明け前、駒止峠の隠れ里に見張りからの異変が告げられた。

黒衣の二十三騎が田島宿の次郎兵衛を道案内に姿を見せたというのだ。彼らは漆の林を通過するために目だけを出してあとは黒い衣装に覆われているという。

その報告を受けた国定忠治は、

「半日、われらだけで持ち堪えねばならぬ」

と日光の円蔵ら残された三人の子分に落ち着いた声音で命じた。

「よいな、そなたら、一人ひとりが杣たちを率いて戦うのだ。一つ目の逆茂木関所が破られたら、第二の関所に引け、分ったな」

「国定の親分さん」

緊迫した表情の吉祥天のおたきが姿を見せた。

「おお、客人かえ、夏目の旦那から預かったのにおまえさんにはすまないことになった」

「私にも働き場所をくださいな。死ぬも生きるも隠れ里の方々といっしょにしたい」

おたきが決然といった。

遠山景元に命じられたのは南山御蔵入の漆の隠れ林を突き止めることであった。だが、南山領内に入ってみると漆の隠し林は、南山の人々が飢饉のときに耐えしのぐ貴重な収入源であり、享保の騒動で裁きに落ちた者たちの家族らが山中で生き延びる唯一の頼りであることを知った。それが百年以上密やかに続いているのだ。

(これを摘発して遠山様に、幕府に報告するか)

まして鳥居耀蔵一派のように江戸での活動の資金に漆の隠し林を杣たちから奪って私蔵しようなどとは到底許せなかった。そして驚かされたのは、八州廻りに追われる上州の渡世人、国定忠治たちが命がけで会津の杣人たちを守ろうとしているそのことにだ。

「よし、円蔵に従いなせえ」

国定忠治の言葉に頭を下げたおたきは洞窟から飛び出していく円蔵たちに従った。

駒止峠の北側、岩下山の斜面に広がる漆の林に喜十郎の指導で造られた二列の逆茂木が伸びて、隠れ里を守っていた。そして逆茂木の内側には杣たちが竹槍や道具を手に張り付いていた。

そこへ顔や手足を白い布で覆った日光の円蔵やおたきたちが到着した。

「まだ見えねえか」

「使いも戻ってこねえよ」

第一の逆茂木関所の頭分の種吉が応えた。

「おたきさん、得物《えもの》は持ってなさるか」

円蔵が吉祥天のおたきに聞き、おたきは帯の結び目に隠した吹矢を出してみせた。

「手並みを見せてもらおうか」

忠治の軍師と呼ばれた日光の円蔵が笑った。

逆茂木の内側に造られた狭い板の廊下の防備線におたきらも加わった。

陽光が段々と高く上がっていった。

おたきの顔に汗が吹き出してきた。

時間がゆるゆると流れた。

ふいに叫びが上がった。

第一の逆茂木関所から見える小さな峠に見張りが出張っていた。その見張りがおたきらに向かって手を振り、必死の形相で走り出した。

峠から逆茂木関所までおよそ一丁半、ゆるやかに坂道が下っていた。

「岩松！」

隠れ里の仲間が走りくる岩松を呼んだ。

岩松はそのとき、峠と逆茂木の中間に差し掛かっていた。

「野郎どもが襲ってくるぞ！」

岩松が叫び、ふいに馬蹄が響いた。

峠に三騎の騎馬武者が黒衣を靡かせて姿を見せ、一人が鉄砲を構えた。

「岩松、急げ！」

「間に合わねえ、伏せろ！」

悲鳴が交錯して響き、銃声が続いた。

岩松の背に小さな血しぶきが上がった。坂道を駆け下る足がもつれ、救いを求めるようにこちらを見た岩松が虚空に手を彷徨わして、顔から地面に倒れこんだ。

（幕府の役人のすることか）

怒りがおたきの胸に充満した。

「うおっ！」

峠に新たな騎馬武者が姿を見せた。二十三騎の手には鉄砲や弓の飛び道具があった。そして、案内人の次郎兵衛の姿が一騎ぽつんと離れて見えた。

日光の円蔵に指揮された杣たちは手作りの弓に目を落とし、精悍にも横列を組んだ騎馬武者に視線を転じて怯えた。

隠れ里の屈強な若者たちは奇襲隊に加わってこの場を離れていた。残るのは忠治親分以下四人の渡世人とおたき、それに隠れ里の老人や女たちだ。

「皆の衆、よく聞け。美女峠の隠れ里で助かった者はわずかだ。あやつを隠れ里に入れたら皆殺しにされる。戦うしか生き延びる道はない。享保の騒動のご先祖が築いた隠れ里が大事なら、戦え！」

円蔵が長曾禰《ながそね》虎徹《こてつ》をきらめかせて叫んだ。

「おおっ！」

おたきらが円蔵の鼓舞に応じた。

「さあ、きやがれ！」

手裏剣の達人の三木文蔵が怒鳴った。

剣客中西小邪太らが戦闘部隊の中核をなす満田左内軍は、隠れ里を望む峠で息を整えた。

彼らは夏目影二郎らの裏をかいて只見村、南郷村を迂回して、長駆夜道をかけてきていた。

馬乗とはいえ疲労の極にあった。それに目標の隠れ里はすでに指呼の間にあった。

ゆっくりと攻め落とすのに何の支障もなかった。

影二郎らが本隊を襲うために隠れ里を不在にしたことは斥候の報告で知っていた。

荷馬に積まれていた酒樽が回された。

黒衣の男たちは樽に口をつけて飲み干した。

「糞っ！　奇襲隊が出かけているのを知ってやがる」

日光の円蔵が吐き捨てた。

「よいな、やつらが押し寄せてきたらできるだけ引きつけて弓を放つのだ。やつらは馬に乗っておる、狙いは定まらねえ」

円蔵が嚙んで含めるように杣の老人や女たちに言い聞かせた。

酒が二十三騎の黒衣に行き渡った。

おたきは吹矢の筒に短矢を入れた。

円蔵たちも三丁の火槍（鉄砲）を逆茂木に構え、杣たちも弓を構えた。

中央に立つ長身の満田左内が腰の刀を抜き上げた。

死の静寂が満ちた隠れ里に耐えきれないほどの緊張が走った。

「一人残らず殺せ、殺すのじゃ！」

満田の大剣が夏の光にきらめいて振り下ろされた。

二十三騎の馬が一斉に第一の関所を目指して雪崩をうった。

馬蹄が響き、砂塵が上がった。

（さあ、おいで、吉祥天のおたきが相手してやるよ）

おたきは吹矢の筒を猛然と迫りくる騎馬隊に向けた。

銃声が響き渡った。

逆茂木の内側から二、三人の老人と女が転がり落ちた。

「まだ射つでないぞ、相手を引きつけろ！」

日光の円蔵が必死の声を上げた。

騎馬軍団は半丁先に迫っていた。

「まだまだ……」

円蔵が叫ぶ。

逆茂木の板敷きから何人かの杣たちが逃げようとした。

「どこにいこうというの！　あなた方の生きる場所はここしかないのよ！」

おたきが叫んだ。

「円蔵さん方はあんたらのために命を投げ出してなさるんだよ。それにすまないと思わないかえ」

おたきの叱咤《しった》に杣たちの足が止まり、持ち場に戻った。

騎馬隊から弓が放たれた。

また一人、老人が板敷きから転落した。

「よし、今じゃ！」

逆茂木の中から三丁の火槍と弓から放たれた矢が発射された。

騎馬武者が二人転がり落ちた。

山王民五郎と鹿安が撃った火槍が仕留めたものだ。

「うおおっ！」

杣たちが喚声を上げ、騎馬武者は方向を転じて峠に戻っていった。

一合目が終わった。

敵方から二人の落伍者が出た。

それが隠れ里の防衛軍を勇気付けた。

味方は六人の死者と無数の怪我人が出て戦線を離脱し、女たちの手で第二の逆茂木関所へと運ばれていった。

「これでええ。今しばらく持ち堪えられれば、奇襲に行った味方が帰ってくるでよ」

円蔵が杣たちを鼓舞した。

おたきはまだ吹矢を放ってなかった。

満田左内の騎馬軍は峠の線まで退却して陣容を整え直した。

「仁六じい、板敷きに上がれ。おまつは東側の持ち場だ」

逆茂木の板敷きでは脱落者の持ち場に新たな陣容が補強されていった。それはさらにひ弱な老人と女ばかりで明らかに戦闘力は落ちていた。そのことをだれよりも当人たちが知っていた。

防衛線に沈鬱な空気が重く漂った。

おたきは隣りの老婆に話しかけた。

「御蔵入三十三観音の一番札所はどこですね」

「そりゃ、おまえ、只見の梁取の成法寺様じゃぞ」

「ご詠歌は知ってなさるか」

「知らいでか」

「詠ってくだされ」

「ここでか」

「はい」

名も知らぬ老婆は竹槍を握り締めて一瞬瞑目した。するとか細い声がその口から流れてきた。

「ただ頼めもらさず　救う梁取の　誓いあらたに　祈るこの身を」

老婆の詠唱が静寂の戦の場に流れ、鉦が鳴って、唱和された。

「ちちははのめぐみも　深き八乙女の　仏の誓い　塩のちまたに」

逆茂木じゅうに朗詠する声が満ちた。

「姉《あね》さん、ありがとうよ」

国定忠治の軍師、日光の円蔵がおたきのそばにきて礼を言った。

「この次が勝負の分かれ目や。ここを踏ん張りきればな」

円蔵の顔には奇襲軍が隠れ里に戻ってくるまで持ち堪えられるか、重い杞憂が漂っていた。

「円蔵さん、命は一つ、どこで落とすも一緒ですよ」

「おたきさん、よう言うてくれなさった」

峠の上で新たな喚声が湧いた。

荷駄を引いた補強隊が到着したようだ。

素早く攻撃陣に組み入れられ、再び第二撃目の攻撃が始まろうとしていた。

「よいな、ご詠歌を絶やすじゃねえ。御蔵入の御仏に抱かれて戦っているのじゃぞ」

円蔵の叱咤が逆茂木に響いたとき、攻撃陣が動き出した。

二十一騎が横一列になって坂道を下ってくることに変わりはなかった。だが、今度はゆっくりと逆茂木関所へと接近してきた。そして、その後方には裸馬を数頭引いてくる男たちの姿があった。さらに後方に鉤をつけた縄を持って、仲間が従っていた。

峠には隠れ里に案内してきた田島宿の次郎兵衛が一人残っているのが見えた。

「逆茂木を壊す気だぜ」

円蔵が呟き、

「鉤縄が逆茂木にかかったら、労《なた》でぶち切れ！」

と大声で命じた。

答えはない。

重い空気の中にご詠歌だけが続いていた。

「暗きよりくらきを　照らす黒谷の　仏の誓い　たのもしきかな」

四番札所の黒谷 龍泉寺《りゅうせんじ》の聖観音菩薩を称えるものと変わった。

それが隠れ里の戦場に響き終わったとき、満田左内が再び号令した。

満田の声が響き、中西小邪太が突撃する者たちを指名した。

白兵戦になるのはだれの目にも分った。

「日光の兄い、火槍はどれも弾丸詰まりだ、使えねえ」

山王民五郎が忠治一家の旧式の火槍（鉄砲）三丁が故障したことを告げた。

「火槍がだめなら竹槍があらあ」

円蔵たち三人は竹槍を手に破壊された逆茂木の左右に別れて立った。

おたきは死を覚悟した。

攻撃陣は中西小邪太を先頭に楔陣形で突入を図ろうとしていた。

「突撃！」

三度、満田左内の手がひらめいた。その手には短筒が持たれていた。

中西小邪太が馬腹を蹴ると、崩れ落ちた逆茂木を目指して突進してきた。

満田左内は一騎、中西らの主軍のかたわらを走っていた。

おたきは板敷きを横に走って移動すると、攻撃陣の先頭、中西小邪太に狙いをつけた。

馬上の中西が弾丸込めした鉄砲を片手一本で水平に寝かせた。

日光の円蔵たちは腰を落として竹槍を引いた。

「さあ、こい！」

鉢巻きに襷掛けの山王民五郎が自らを奮い立たせるように叫んだ。

中西小邪太は逆茂木が破壊された穴へ十間と迫っていた。片手で構えた鉄砲の筒先がふいにおたきに向けられた。

おたきはそれを意識しながら、心がすいっと静まるのを感じた。

騒音も砂塵も遠のいて、静寂がおたきの心を支配していた。吹矢の筒先は中西小邪太の眉間をしっかりと狙い定めていた。

白い煙が上がった。

おたきの肩をかすめて弾丸が飛び去った。

おたきは吹矢を吹いた。短矢は中西が投げ捨てた鉄砲の柄に偶然にも当たって弾き飛ばされた。

急いで吹矢に新たな短矢を入れた。

(この次こそ……)

筒口を銜えたおたきの胸に痛撃と痺れが走った。

尻餅を突いたおたきはかろうじて身を逆茂木に手をかけて支えた。その視界の先に短筒を振り回す満田左内が見えた。

「遠山の女密偵だな、地獄へ行けえ!」

満田左内はおたきが遠山景元が送りこんだ密偵と承知していた。

(殿様、お役に立てず……)

おたきの体はずるずると板敷きに崩れ落ちた。

中西小邪太らは鉄砲を捨てて剣を抜いた。

その鼻先に竹槍が突き出された。が、さすがに剣一本で世渡りしてきた剣客、円蔵と山王民五郎が十字に突き出した竹槍のけら首を叩き切り、もう一本を払い落として逆茂木の内部へと馬を飛躍させて越えていった。さらに二頭、三頭と続いた。

「逆茂木が破られたぞ！」

「第二の逆茂木へ退却じゃ！」

が、すでに第一の逆茂木周辺の防衛陣は収拾のつかない混乱に落ちていた。

四

夏目影二郎たち五人が喰丸から山道を辿って隠れ里に辿りついたのは、まさに第一の逆茂木が陥落寸前の時刻だった。

「間に合ったな」

影二郎の詠嘆にうなずいた菱沼喜十郎が馬を飛び下りると、背中に背負った弓矢を下ろした。

怪力の八寸才市も火槍に弾丸を詰めた。

影二郎が立つ峠は満田左内の退避線よりも西側に位置し、逆茂木の攻防を真横から見られた。

戦いの場とは一丁を切っていた。

片脱ぎになった菱沼喜十郎は道雪派の弓の名人だ。

道雪派の流祖は元和《げんな》期の伴《ばん》喜左衛門一安道雪である。

元々建仁寺の小番《みそすり》の喜左衛門が吉田六左衛門重勝雪荷《せっか》に弓術の教えを乞い、雪荷の許しを受けて名を改め、開いた弓術であった。

菱沼喜十郎は流祖と同じ喜を抱くことに因縁を感じて道雪派に入門、弓術八射と名付けた速射を自ら独創して会得した。

呼吸を整えた喜十郎は平常心を蘇らせた。

満月のように弓を引き絞って、寒夜に霜が降りるように矢を放った。

矢は一丁の虚空を円弧を描いて飛び、逆茂木の内側に飛び込もうとした騎馬武者の背中から胸を貫いて、落馬させた。同時に火槍の名手の八寸が引き金を引いてもう一人の騎馬武者を落馬させた。

「忠治、杣の衆、夏目影二郎らが戻って参ったぞ！」

影二郎が朗々と叫んだ。

一瞬、戦場に沈黙があった。

その沈黙を裂いて喜十郎の二射目が放たれ、影二郎らを振り見た武者の首筋を見事に貫いて落馬させた。

「うおおっ！」

と、いう喚声が隠れ里の防衛陣から上がった。

「退却じゃ、峠まで退け！」

満田左内が退却を命じて、攻撃陣が引き潮のように下がっていった。

影二郎は馬腹を蹴ると逆茂木に突進した。

「待っておりましたぞ！」

日光の円蔵が叫んだ。

「円蔵、内に入った者たちを退却させるでない！」

影二郎は破壊された逆茂木の内部に飛びこんだ中西小邪太ら三騎を孤立させろと命じた。

「合点だ！」

影二郎らの帰陣に勢いづいた円蔵らが、今度は外へ逃れ出ようとした一騎の武者に竹槍をそろえて突き出し、その一本が胸板を貫いた。

「ぐえっ！」

騎馬武者は落馬しかけたが片足が鐙《あぶみ》にからまった。そのせいで体を逆様にして馬に引きずられるように峠へ戻っていった。

影二郎は破壊された穴から逆茂木に飛びこむと馬から下りた。

全身は汗みどろだ。

隠れ里の破壊に憤激した影二郎に奇妙にも怜悧な心が宿っていた。

影二郎の前方に二騎が馬首を巡らしたところだ。

巨漢の中西小邪太は部下の一人に命じた。

「奴らは馬に乗りづめで隠れ里まで戻ってきておる、全身が痺れておるわ。すぐにも攻撃をかけえ」

「中西様は」

「そなたに続く」

と言い放った。

騎馬武者は刀を右手に翳すと左手で手綱を握り直した。

中西が部下の馬腹を蹴った。

影二郎が孤影を引く場所に向かって、人馬は突進し始めた。

影二郎は南蛮外衣の片襟を摑んだ。その姿勢のままに悄然と立っていた。

その姿は騎馬武者には立ち竦んだように映った。

十間を切った。

砂塵を上げ、馬が嘶《いなな》き、剣がきらめいて不動の影二郎に襲いかかろうとした。

その瞬間、南蛮外衣が虚空に舞った。

黒羅紗の表地が大きな円を作り、裏地の猩々緋が赤い大輪の花を咲かせて翻ると、裾に縫い込まれた二十匁の銀玉が騎馬武者の眉間を下から撃ち抜いて、虚空に血しぶきを舞い散らした。

「げえっ！」

騎馬武者は翻筋斗を打って宙に投げ出され、逆茂木に激突した。その後、馬だけが逆茂木の外に走り出ていった。

影二郎の手から南蛮外衣が投げ出された。

壮絶な戦いと結末に声もない。

影二郎の前方で中西小邪太が手綱を握り直した。

「そなたは鏡新明智流桃井春蔵道場の夏目暎二郎か」

「そんな時代もあった」

と答えた影二郎は、

「そなたの流儀を聞いておこうか」

と聞いた。

「神刀一心流中西小邪太」

と馬上の剣客が叫んだ。

影二郎には神刀一心流に知識はなにもなかった。その名から鹿島系の武術家塚原土佐守安幹《やすもと》が興した神道一心流の流れかと推測したに過ぎない。

一文字笠に着流しの腰に南北朝期の刀鍛冶法城寺佐常が大薙刀に鍛造したものを、後年刃渡り二尺五寸三分に刀拵えにした業物《わざもの》があった。だが、影二郎の手は柄にもかけられてなかった。

中西小邪太は手綱を袴の前紐にたばさんだ。

長剣が両手で八双に構えられた。

「参る」

静かに告げた中西小邪太は馬腹を足で蹴った。

人馬は一体になって軽快にも突進してきた。それは並々ならぬ馬術と剣の腕前を想像させるに十分な疾走であった。

影二郎は右足をわずかに前に開いて腰を沈めた。

見る見る両者の距離が縮まった。

馬は全力疾走に移り、間合いが六間を切った。

中西小邪太は鐙《あぶみ》に立ち上がると、右手に影二郎をおいて体を馬上から伸び上がらせ、八双の剣を孤独の対決者の眉間に叩きつけてきた。

影二郎は逃げなかった。いや、それればかりか、馬が直進する線上に身を移した。

予期せぬ行動に馬が驚いた。一瞬、立ち止まろうとした後、影二郎の体の左手に方向を転じて飛んだ。

鐙に伸び上がっていた中西小邪太の姿勢が崩れた。

攻撃の剣が乱れた。

法城寺佐常が鞘走ったのはその直後だ。

左に飛び違った人馬を先反二尺五寸三分が弧を描いて擦り上げた。

揺れる中西小邪太の左の太股から脇腹を深々とないだ豪剣はさらに喉首を裁ち斬っていた。

馬は十数間走り続けると馬上から中西の巨体を振り落として、逆茂木の穴から外へと出ていった。

「影二郎様」

喜十郎が逆茂木の板敷きから呼んだ。

「おたきどのが……」

「どういたした！」

叫んだ影二郎は先反佐常に血ぶりもくれず、おたきの許に走った。

おたきは喜十郎の膝に抱かれて、荒い息をついていた。

胸を真っ赤な血が染めて広がっていた。荒い呼吸の度に新たな血が染み出てきた。

「満田の短筒に撃たれたそうで」

影二郎は先反に血ぶりをくれて鞘に納めると、

「おたき、しっかりせえ」

と言いながら喜十郎の膝から抱き取った。

「な、夏目様、どうして私を隠れ里に残していかれたので」

弱々しい声には非難や怒りはなかった。己の非力を哀しむような自嘲だけがあった。

「そなたはまだ体が回復しておらぬ、山歩きは無理であった」

おたきが分っているといった表情を作り、

「旦那の足手まといのおたきでしたねえ」

と言うと笑った。


「夏目の旦那」

日光の円蔵が二人のかたわらに膝をつくと、

「隠れ里を守りきった功労者はおたきさんだぜ」

と逃亡しようという杣たちにご詠歌を唱和させて勇気づけさせたおたきの機智を告げた。

「死ぬでない。おまえには御蔵入三十三観音がついておる」

おたきの顔が青白く変わり、童女のような顔と変わって言った。

「夏目様と旅ができて楽しかったな」

「おたき、遠山殿に申し伝えることあらば申せ」

「み、南山御蔵入に漆の隠し里なんてありませんでしたと殿様に伝えてくださいな」

「おたき」

影二郎の膝からおたきの顔ががくりと落ちた。

吉祥天のおたきは死んだ。

それを見ていた隠れ里の老婆が合掌すると、

「一声に　つみもむくいも消えぬべし　濁りにしまぬ　いづみだの寺……」

と三十三番札所泉光堂《せんこうどう》のご詠歌を歌い出した。

「今までは　お影と頼む御衣摺を　ぬぎておさめる　いづみだの寺」

と隠れ里の杣全員が謡い納めた。


戦線は膠着した。

峠上の攻撃陣も甚大な被害を受けて二十三騎の武者たちは九人が命を落とし、四人が怪我をして戦えなかった。なんとか戦闘を続行できるのは満田左内ら十人だけだ。それも無傷のものはわずかだ。攻撃陣にとって戦闘部隊の指導者、中西小邪太を失ったのは大きな痛手であった。

満田は、

（会津に補強を頼むかどうか）

迷っていた。

隠れ里の存在を知る人間が増えれば増えるほど、鳥居耀蔵が企む隠れ里の収益の独占は難しくなる。だが、攻撃陣を補強しないかぎり、隠れ里の陥落は不可能だ。

（どうしたものか）

決断がつかないでいた。

逆茂木の中の防衛陣の被害は攻撃陣のそれを越えていた。

死者は隠れ里の杣が十六人、それに吉祥天のおたきに忠治の手下のいたちの秀松が流れ弾を眉間にうけて死んでいた。怪我人は無数で数えきれない。防衛側に明るい材料は蝮の幸助ら奇襲隊の徒歩組が日が落ちて戻ってきたことだ。

死者のために漆の林の外側に穴が掘られて、おたきらが埋葬されて、土饅頭が盛られた。

峠にはあかあかと松明が焚かれていた。

逆茂木の板敷きに影二郎と忠治が並んで峠を見つめていた。

刻限は四つ半（午後十一時）を過ぎていた。

「明日が勝負じゃな」

忠治の声に余裕と不安があった。

余裕は攻撃陣が補強されないかぎり、味方が有利との推測からきていた。

不安は隠れ里が満田左内らに知られたことだ。戦いに勝ったとしても享保の騒動以来の隠れ里は外に洩れて潰されていく、そのことであった。

「忠治、偽忠治は満田左内と思うか」

「江戸で悪さをして鹿沼新田に走って押し込みを働き、南山御蔵入に来たと考えれば、符丁も合う」

「ならばおめえが満田を始末せよ」

影二郎がいったとき、板敷きの下に四人の杣たちが姿を見せた。

「忠治親分と江戸の旦那に頼みがあるだ」

そう言いかけたのは隠れ里の長老の輪蔵だ。

「なにかな」

影二郎が輪蔵を見下ろした。

「隠れ里への道案内を務めた百七人組の次郎兵衛はなんとしても許せねえ。美女峠の隠れ里と杢左衛門様の仇もある」

「花村杢左衛門は百七人組の頭、そなたらが敵を討ちたい気持ちは分る」

輪蔵が影二郎を見据えた。

「旦那、そこまで知ってなさるか。ならばこればかりはわれらが手で始末しなきゃあ、杢左衛門様にもご先祖様にも申しわけがたたねえだ」

忠治が輪蔵の後ろで決死の表情を漲らせて立つ若い三人を見た。

「へえ、夜の闇に忍んでいけば、なんとか次郎兵衛を捕まえられましょうでな」

そう答えたのは奇襲隊に参加して、杣の頭分を務めた朝次だ。

「忠治、おまえも洞窟で座ってばかりじゃ、足も萎えよう」

影二郎が誘いをかけ、忠治が阿吽の呼吸で応じた。

「夜の散歩も悪くあるめえ」

「親分と旦那もいかれるので」

朝次が喜色を顔に見せてきいた。

「おまえらの邪魔はしねえ。南蛮の旦那とちと別の用事だ」

忠治は武蔵の刀鍛冶が鍛えた長曾禰虎徹を腰の帯に差しながら立ち上がった。

影二郎は一文字笠に着流しの姿で板敷きを下りた。腰には法城寺佐常一振りがあった。

「朝次、案内せえ」

「へえ」

五人は輪蔵に見送られて闇に紛れた。

八つ(午前二時)、峠は見張りを残して仮眠に就いていた。

激戦のあとだ、生き残った騎馬武者たちは泥のような眠りについて鼾があちこちから聞こえていた。

ゆっくりと峠の線上を往復する見張り二人が鉄砲を手に東の外れに達したとき、朝次が暗闇から立ち上がった。

「なんだおまえは」

見張りの武士が鉄砲の筒先を突き出した。

その背後に影二郎と忠治が忍び寄って、二人の首に腕を絡ませるとぐいっと締め上げた。

「げえっ」

小さな呻きが洩れて、忠治が太い腕で締めた見張りは手から鉄砲を落として意識を失い、ぐったりした。

影二郎は手加減していた。

忠治が腕の侍を地べたに投げると長曾禰虎徹を引き抜き、影二郎が首を締めて動きを制した男の鳩尾に切っ先を突きつけた。

朝次がその手から鉄砲を奪い取った。仲間も地べたに落ちた鉄砲を拾った。

「道案内の次郎兵衛はどこにいるか教えてもらおうか」

影二郎と忠治らに囲まれた男は頷いた。

影二郎が腕の力を緩めた。

「命がほしくば、叫んだりしないことだ」

「相分った」

「名を聞いておこう」

「武州浪人山村孫九郎」

中西小邪太に率いられていた浪人の一人らしい。

「次郎兵衛らはここから二丁ばかり下った杣小屋で馬番をしておる」

「孫九郎、案内に立て」

「見張りがいなくなれば怪しまれる」

と山村がいった。

「そなたの刀を借り受ける」

「なにをする気か」

「心配いたすな」

朝次の仲間が二人、鉄砲を手に腰に刀を差して見張り役に化けた。

「旦那はこっちに残ってくんな」

忠治が峠を気にした。

影二郎が頷いた。

忠治に虎徹を突き付けられた山村は観念したように歩き出した。

「えらい仕事を請け合った」

孫九郎がぼやいた。

「おまえさん、江戸と鹿沼新田で押し込み強盗の真似をしなすったか」

「冗談ではない。拙者らは中西どのに会津で逃亡百姓を里に連れ戻す仕事がある、金になるとの説明をうけてこんな山奥に連れてこられたのじゃ。えらい貧乏くじを引いてしまった」

「中西小邪太も押込みに関わってないか」

「われらと江戸以来ともに行動しておる。そんなことができるものか」

「満田左内とはどこで落ち合いましたな」

「今市宿だ」

行く手の焚き火に杣小屋が浮かんで、馬が繋がれているのが見えた。

「おまえさん、どこなと行きなせえ」

忠治が許しを与えた。

「冗談はよしてくれ。この数日、山中を引きずりまわされて、昼間ですらどこにいるのか見当もつかぬ。夜道を街道に下りられるものか」

山村孫九郎が真剣な口調で抗議した。

「おまえさんは隠れ里がどこにあるのか見当つかねえか」

「隠れ里など知ったことか。早く江戸に戻りたいだけだ」

忠治が声もなく笑った。

会津から連れてこられたという馬子たちの鼾が聞こえてきた。

忠治と朝次は足を止めた。

焚き火の明かりで眠りこむ馬子たちを確かめた朝次が、

「次郎兵衛の始末はおれにやらしてくんろ」

と忠治に改めて願った。

「好きなようにしねえ」

腰に労を差した朝次は恐れもなく杣小屋に歩み寄っていった。

扉を開けた朝次が獲物に飛びかかるように小屋の中に姿を消した。短く悲鳴と叫びが交錯して、焚き火の周りにいた馬子たちが腰の山刀に手をかけて飛び起きた。

「なんだ、なにが起こっただ」

「静かにしねえな」

長曾禰虎徹を引っ提げた忠治が馬子たちに声をかけた。

「あっ、忠治親分だ」

「やっぱり砦に親分がいなさったか」

馬子たちが口々に言った。

「おめえら、銭で雇われて南山まで来なすったか」

「へえ、まさか隠れ里を襲うなんて考えもしねえだよ。途中から侍に脅されて嫌々よ、連れてこられただ」

「仲間はこれだけか」

「へえっ」

忠治が懐から縞の財布を出して、男の一人に投げた。

「草鞋銭だ。仲間を連れて会津に戻りなせえ」

「いいのかえ、親分」

「その代わり、隠れ里のことは内緒にしてくんな」

「おれっちは次郎兵衛の案内で山を連れ回されただけだ。どこにいるのだか分らねえ」

杣小屋で悲鳴が上がった。

全員がそちらを見た。

扉がゆっくりと開いた。

次郎兵衛がふらふらと姿を見せた。眉間に労が刺さりこんでいた。そこからぽたぽたと血が噴き流れていた。

朝次が出てきた。

「ご先祖からの約定を破った報いだ」

その一言でなにが起こったか、会津から来た馬子たちも理解した。

次郎兵衛の体がぐらりと揺れるとどさりと倒れこんだ。

「いいかえ、おまえさん方。朝になったら馬に従いなせえ、馬が里まで下ろしてくれよう」

忠治はそう言い残すと朝次とともに峠に戻っていった。


見張りの二人の体がびくりと動いて硬直したのを影二郎は見た。

「なぜ同じところに立っておる」

満田左内の声が響いた。

「いえ、その……」

「山村孫九郎、新崎市兵衛ではないな」

満田が刀の柄に手をかけて二人の見張りに接近していくのを見た影二郎は、

「満田左内、そなたの相手はこちらじゃ」

と声をかけた。

満田が敏捷にも声の方角を振り見て、

「侵入者じゃ、起きよ！」

と叫んだ。

見張りの二人が鉄砲の筒先で飛び起きた剣客たちを牽制した。

「もはや殺し合いは無益じゃ。動かぬことが命が助かる途」

影二郎は山村孫九郎の言葉に剣客たちの間に虚脱感が広がっていることを察していた。

「だがな、御目付鳥居耀蔵支配下満田左内、そなたは許せぬ」

「勘定奉行常磐豊後守秀信の密偵夏目影二郎、そなたの役目は終わったわ」

「そなた、溝口派一刀流を使うそうな」

満田と影二郎はゆるやかな起伏の斜面に五、六間の間合いで向き合っていた。

高い位置にあるのは満田だ。

溝口派一刀流は大坂の陣で西方について戦功のあった溝口新五左衛門正勝が始めたとされる。

その後の流祖の行動は判然とせぬ。が、溝口派一刀流はなぜか会津藩、島津藩に伝承されてきた剣術だ。

影二郎はこの武術を通して幕府徒目付満田左内と会津藩とのつながりがあると推測してきた。

「知っておったか。戦場往来の剣、道場の袋竹刀の叩き合いとはちと違う」

満田左内は左手を鞘に添えて刀を抜き上げた。

高みに位置した満田がとった構えは上段の剣だ。

「そなたは昨年御料巡見使を命じられ、南山御蔵入に入って、隠れ里に気がついたようじゃな。その帰路、同僚の松野熊之助を殺し、江戸にても柴田岩三郎を殺めた。隠れ里から上がる収益を主の鳥居耀蔵の下に集めんとした上、二人を殺害した罪軽からず。さらにこの真相を追及しようとした密偵のおたきを殺した罪も許し難し」

「いろいろと調べ回ったようじゃな」

「また田島宿名主花村杢左衛門、代官所手代村田猶太郎、勘定奉行遠山景元様の監察方常田真吾の三名を殺した罪もある、さらには美女峠の隠れ里襲撃……」

満田の腰が沈んだ。

影二郎は右足を前に開いて立っていた。

「満田、江戸でそなたは偽忠治を演じたか」

満田左内の口から高笑いが響いた。

「夏目、鳥居様を嘗めるでない」

その直後、雪崩れるように影二郎に向かって突進してきた。

影二郎の手が法城寺佐常の柄に掛かり、抜き上げながら斜面を走り上がった。

上段から振り下ろされる剣と、地面をすれすれに抜き上げられた先反佐常が交錯して火花を散らした。

その場で戦いを目撃していた者たちは大きな円弧を描いた豪剣が満田の剣を両断するのを、のし掛かるように迫ってきた脇腹から胸部へ深々と斬撃された技の凄まじさに怖気をふるって見た。

満田左内の体が地面に叩きつけられていたとき、二つに斬り分けられていた。そして死の痙攣に短く震えた満田はすぐにぴくりとも動かなくなった。

恐怖の静寂を破ったのは忠治の声だ。

「旦那とは戦いたくねえね」

かたわらには仇を討った朝次が凍りついたように立って、満田が死にゆく風景を見ていた。

「こやつはおまえに任したかったがな」

「旦那、こいつは偽忠治じゃないそうな」

そう答えた忠治は、

「おまえ様方も江戸に帰りなせえ。もはや無駄に殺し合いは必要あるめえ」

と残った剣客たちを睨み回した。

駒止峠の隠れ里では、忠治たちや猪吉が残って再建が始まった。

それを見届けた二人は江戸に戻るため、隠れ里を立った。

蝮の幸助が谷川の途を途中まで見送ってくれた。

「南蛮の旦那、また旅の空の下で会いましょうぜ」

「おお、どこぞでな」

影二郎の懐には常田真吾とおたきの遺髪が二つ納められていた。

菱沼喜十郎と二人、田島宿へと入っていくと田島祇園祭の囃子が流れてきた。

祭りの日にはきれいに着飾った娘たちによって七行器《ななほかい》行列が行われ、豪華な大屋台が水路が張り巡らされた宿場を練り歩くのだ。

「祭り見物して江戸に戻るか」

影二郎はそういいながら郷頭の猪股家の門扉が固く閉ざされているのを見た。

二人は田島宿の筆頭名主の花村家の長屋門を潜った。すると家頭の嶺蔵が二人の姿を見つけて、
と飛んで出てきた。

「夏目様、菱沼様」

「嶺蔵どの、猪股屋敷になにかあったか」

「昨夜のことですよ。猪股の家族も栗田の家族も田島宿から消えてしまいましてな」

隠れ里の結末が田島宿に伝わった結果か。

「杢左衛門様らを助けられなかったのがなんとも残念じゃ」

嶺蔵が頷いて、眼を潤ませた。

「おたき様も亡くなられたそうで」

「隠れ里の戦いで死んだ」

「田島宿は今度の一件でまたもや大きな犠牲を強いられました」

「立ち直るのに何年もかかろうな」

「影二郎様、宿場の衆は祭りに託して南山御蔵入の再建を願っております。お二人も牛頭祭を見物していってくだせえよ」

と言った嶺蔵が、

「そうそう、七里の勢左衛門様から影二郎様に手紙が参っておりますぞ」

「ほお、七里の老人からな」

影二郎と喜十郎は井戸端でもろ肌脱ぎになって汗を拭った。そこへ嶺蔵が手紙を持ってきた。

影二郎は手拭いで顔と手を拭くと封を切った。

〈影二郎様御許　取り急ぎ認め候。江戸にて再び国定忠治一味が押込強盗を働いた由、七里にも伝わって参り候。元より忠治一家が南山御蔵入に滞在しおる事は、勢左衛門先刻承知。なん

ぞ曰くがあっての偽忠治暗躍と愚考、そこもとにまずは知らせ参らせ候〉

「喜十郎、嶺蔵どの、田島宿の祭り見物はまたの機会にせねばならぬわ」

影二郎は手紙を喜十郎に差し示すと、

「嶺蔵どの、忠治と代官所に一筆記す。硯と墨を貸してくれぬか」

と花村家の家頭に頼んだ。

第六話　三味線堀舟戦《ふないくさ》

一

旧暦六月十七日。

夕暮れの路地から風鈴の音が物憂く響いてきて、江戸はすでに晩夏の気配を濃く漂わせていた。

夏目影二郎は暖簾が風に揺れる浅草東仲町の料理茶屋嵐山の玄関先に立った。

その気配を察したあかが裏庭で吠えた。

影二郎は打ち水のうたれた敷石伝いに家人が出入りする内玄関に回った。

「あか、元気か」

全身をくねくねさせたあかが甘えた鳴き声を夕闇に響かせ、突進してきた。

「おお、よしよし」

若菜と添太郎があかの異常に顔を覗かせ、立ちすくんだ。

「瑛二郎様」

板橋宿まで菱沼喜十郎と二騎、日光街道を替え馬で乗り継いできた影二郎が、

「ただ今、戻りました」

と祖父に挨拶し、どこか新妻の風情を漂わす若菜の顔を眩しく見た。

「江戸でまた騒ぎがあったでな。戻ってくる頃合とは思っておった」

添太郎が偽忠治の出没を口にした。

「ようこそお戻りで……」

影二郎は肩にかけた南蛮外衣と腰の法城寺佐常を今にも泣きそうな若菜に渡した。

必死に涙を堪《こら》えた若菜が一文字笠の紐をとく影二郎に、

「まずはお風呂で汗を流してくださいな」

と言った。

「おお、それがいい」

添太郎も言う。

「そうさせてもらおう」

影二郎は内玄関に入ると、

「おばば様、戻りましたぞ」

と叫びながら、草履を脱ぎ捨て、さっさと湯殿に向かった。

湯が影二郎の火照《ほて》った体にはかえって気持ちいい。脱衣場に若菜が着替えを運んできた気配がして、

「お背中を流しましょう」

と恥ずかしそうに湯殿に入ってきた。が、息を飲んだ様子で沈黙した。

「どうしたな」

「あざが……」

独鈷沢でおたきと二人転落したとき、岩場に打ちつけた傷に若菜は驚いていた。

「もはや回復しておる」

「ご苦労をなさいましたな」

糠袋を影二郎の傷だらけの背に若菜はあてた。

若菜の感触が影二郎の肌に伝わってきて、好きな女の許へ戻った喜びが静かにこみあげてきた。

影二郎の手が若菜のしなやかな腰に回って、

「若菜、戻って参った」

と言った。

「影二郎様、お帰りをお待ちしていました」

若菜の頬が影二郎の肩に寄せられた。

二人は互いの存在を確かめ合うようにしばらくじっとしていた。

若菜は嵐山の若女将として料亭を切り盛りしていた。

沈黙のわずかな時が今の二人に許された時間だ。

「若菜、おれはよい。夜な、ゆっくり旅の話でもしようぞ」

「はい」

若菜の手が名残り惜しそうに背から離れた。

全身の汗と埃を洗い流した影二郎は真新しい浴衣に着替えて、まず仏間に入り、亡き母と萌に江戸帰着を感謝して、合掌した。

「瑛二郎、よう戻られましたな」

祖母のいくが仏間に顔を見せた。

「おばば様、壮健でなによりじゃ」

「若菜がようしてくれるでな。おばばは楽をさせてもろうておる」

嵐山は浅草でも流行の料亭だ。料理と酒に誘われた客がひっきりなしに訪れて、座敷はいつも空いた例《ため》しがない。

「若菜がいるで父上のお役にも立てる」

「瑛二郎、早う若菜と所帯をもってじじとばばを安心させてくだされ」

いくの話はいつものようにそこへ行った。

「おばば、物事には時節がある。そのときがくれば嫌でもそうなる」

「それが一日も早くなることをな、おばばは祈ってますぞ」

そう言い残したいくは店に出ていった。

秋の虫がすだく季節もそこだ。季節を先取りした料理茶屋には風流を楽しむ客が訪れ、この夕べも盛況を極めていた。

その接待に添太郎もいくも若菜も大勢の奉公人を指図して忙しい。

影二郎はほっておかれる寂しさを感じながらも、店から伝わる賑わいにわが家に戻ってきた喜びを感じていた。

庭では縁側に座す影二郎をあかがうれしそうに眺めている。

「あか、次の旅は同行しようぞ」

あかが尻尾を振った。

客の接待の合間を縫って酒と肴を運んできた若菜が、

「会津は美味しいものがございましたか」

と聞きながら、小烏賊《いか》の酢味噌和えを出した。

「若菜、蕎麦どころといえば聞こえもよいが、南山御蔵入は米が十分に採れぬ土地であったわ」

「南山御蔵入ですか。どんなところでございましょうな」

「田島宿は何百年も前から祇園祭が雅《みやび》にも開かれるところじゃ。七行器《ななほかい》行列と申してな、綺麗に着飾った娘さん方が行列をなす祭りがあるそうな。それも見ることも適わず喜十郎と二人、馬を飛ばして戻って参った」

「残念でございましたな」

「おお、残念であった。この次は若菜、そなたと参ろうか」

女中が若菜を呼びにきて、若菜は影二郎のそばから去っていった。が、すぐに戻ってきて、

「菱沼様がおこま様と牧野様の二人と連れ立ってお見えです」

と知らせてきた。

騒ぎは南山御蔵入から江戸に飛び火して、急展開していた。

影二郎はこのことを予測していた。

「先ほど別れたばかりで恐縮に存じます」

喜十郎は全身汗と埃に塗れていた。おそらく影二郎と別れた足で南町奉行所定廻同心牧野兵庫に会いに出かけ、事件の進展状況を聞き取った結果、おこまを伴って影二郎に会いにきたのであろう、旅姿がそのことを示していた。

「喜十郎、まずは風呂で汗を流せ」

「それがよろしうございます」

若菜が湯殿に案内するために立った。

おこまと喜十郎の親子が慌てた。

「そのようなお気遣いは無用に存じます」

「いえ、お気になさらずに」

「遠慮するでない。牧野どのの相手はおれがしていよう」

影二郎の重ねての言葉に、

「ならば遠慮なく……」

喜十郎と二人の女が去り、いくが女中を督励して人数分の膳と酒を運んできた。

「十分なお相手ができませぬがまあ一つ」

いくが牧野の杯と影二郎のを満たして、店に戻った。

「江戸に忠治一味が出没したそうじゃな」

「十日ほど前に京橋の硯商の上総屋徳兵衛方に押し入り、家族・奉公人の九人を殺して八百余両を盗んでいきました」

「忠治の仕業というが、生き証人を残したか」

「皆殺しにございます」

牧野兵庫が悔しそうに答え、

「その代わりに例の戯《ざ》れ歌を忠治の名入りで残していきました」

と懐から紙切れを出して、読み上げた。

「江戸の秋　東に西にお町走らす　国定一統」

お町とは江戸町奉行の別称だ。

「わざわざ最後に忠治詠と記しております」

「下手な歌を詠みおって」

そのとき、おこまが父親の世話を終えて戻ってきた。

「影二郎様、おこまも会津にいきとうございました」

「おこま、事件は終わっておらぬ。そなたの出番は十分に残っておる。のう、牧野どの」

「それがし、未だおこま様のご活躍を目のあたりにしておりませぬ。楽しみにしておりますよ」

「二人しておこまをからかいなさる」

ふくれたおこまに、

「まあ、機嫌を直せ」

と影二郎が杯を持たせて酒を注いだ。そこへ、

「さっぱりさせていただきました」

と喜十郎が湯から上がってきた。

「ちょうどよい」

四人は改めて再会を祝って乾杯した。

杯に口をつけた牧野が話を戻す。

「一昨日未明には上野南大門町《みなみだいもんちょう》の眼鏡師京鼈甲《べっこう》壮吉の住まいに押し入り、家族と住み込みの職人七人を殺して、五百五十数両を奪っていきました」

「今度も証人なしか」

「いえ、十四歳の女中を見逃しております。これもどうやら国定忠治の仕業とわれらに証言させるために生き残らせた様子にございます」

「足を出しおったな」

と影二郎の呟きに牧野が視線を向けた。

「一昨日といえば、六月十五日じゃな。田島宿では祇園会、牛頭天王祭の日にあたる」

「それがなにか」

「牧野どの、楽しみに待っておれ。それよりな、忠治が詠み残した戯れ歌は北町が押収したか」

「いえ、今月の月番は南にございます。われら数寄屋橋の役所に保管してございます」

影二郎は座敷から姿を消すと一通の封書を手に牧野らの許に戻ってきた。

「戯れ歌の文字と比べてみよ」

不思議そうな顔で封書を受け取った牧野が差出人の名を見て、

「これは忠治本人が書いた手紙にございますか、達筆にございますな」

「おれが忠治に会ったとき、無聊《ぶりょう》を慰めて写経に励んでおったわ」

影二郎は牧野とおこまに南山御蔵入で起こった諸々の出来事を話した。

話の間にも若菜が新しい酒と肴を運んできた。

「影二郎様、それがし、町奉行所同心でござれば、今一度念を押しまする。江戸の押し込み三件は国定忠治の仕業ではございませぬな」

「忠治は関八州を離れて、会津南山御蔵入の山奥にこの二か月ほど潜んでおる。このおれと菱沼喜十郎が確かめて参った」

「それがしも忠治と何日も暮らしました。江戸で押し込みを働くなど、あの人物にかぎって考えられませせぬ」

喜十郎も影二郎の言葉に同意した。

「われら町方は押込み強盗が国定忠治ではないという明らかな証拠を役所に提示せねばなりませぬ。どうしたもので」

その言葉に牧野兵庫たちの偽忠治捕縛が暗礁に乗り上げていることを示していた。

「なぜ足取りが追えぬな」

影二郎は牧野の問いには答えず反問した。

「はい、一に忍び込みの方法が見えませせぬ。三件ともに引き込みが入っておって、内部より戸を開けた形跡がございませぬ。どうして不用意に通用口を開けたか、そこが不分明《ふぶんみょう》です。第二に逃走経路です、押し込みの現場から隠れ宿までその距離が遠ければ遠いほど人に見られ、隠れ宿が絞りこめる道理です。ところが三件ともに偽忠治一行が逃走するところを見た者が出てこない。雲か霞か、闇に紛れて消えている。三件が三件ともとはめずらしうございます」

牧野は頭を捻った。

「偽忠治はわれら町方の調べと動きをまるで熟知しているようでございますよ。同僚など、われら町方の仕業ではないかと冗談を申すほど鮮やかな仕事ぶりにございます」

「ほぉ、おもしろいな」

影二郎は何か考えているように牧野の言葉に首肯した。

「芝の吉升堂尾張屋、京橋の硯商の上総屋徳兵衛の二件は水運を利用して逃げる手筈もつきまする。しかしながら上野南大門町となれば、神田川からもだいぶ離れておりまする」

影二郎はしばらく杯を手に沈思していたが、

「牧野どの、今一度、三件の押し込み強盗の逃走経路と思える道筋、水路の聞き込みをしてくれぬか。怪しげな風体の一団ばかりでなく、どのような者でもよい、目撃されたものはないか調べてくれ」

「畏まりました」

「おこま、そなたには別口で働いてもらいたい」

「はい、なんなりと」

江戸に置き去りにされて不満のたまっていたおこまが張り切った。

「鳥居耀蔵の支配下の小人目付鈴木田右内の身辺を探ってくれぬか。相手はなかなかの手練《てだ》れ、甘くみるでないぞ」

「小人目付をですね」

影二郎は両国橋で秀信の屋敷を訪ねた行きと帰りに体験したことをおこまらに話した。

「畏まりました」

「今ひとり、南山御蔵入でそれがしが始末した満田左内の身元も確かめてくれ。こやつ、昨年、御料巡見使の一員として御用を務め、帰路の宇都宮で同僚の松野熊之助を、さらに江戸に戻って残った一人柴田岩三郎を殺した疑惑がもたれておる」

鳥居耀蔵の江戸での活動資金調達の企てに満田左内が漆・蠟の隠し林に目をつけた。

御料巡見使の帰府の後、満田からその報告を受けた鳥居が関心を示して、国定忠治捕縛を名目に満田を頭領とした手飼いの剣客団を南山御蔵入に潜入させ、漆・蠟の権益独占の段取りをつけようとした構図を牧野とおこまに語り聞かせた。

「妖怪どのはなんという遠大な企てを……」

牧野が絶句した。

「牧野どの、頼みがある。鳥居耀蔵と会津藩国家老の田窪政次郎になにか繋がりがあるかどうかだ」

「畏まりました」

「ところでおこま、江川太郎左衛門どのは伊豆におられるか」

影二郎は江戸を離れるにあたって、おこまに江川屋敷に注意を払えと言い残していた。

「近々江戸に戻ってこられると用人様に聞いております、早速明日にも訪ねてみます」

と答えたおこまが影二郎が江戸を離れた後の動きを報告した。

「鳥居様は太郎左衛門様が江戸湾巡視の報告書を書くにあたって、渡辺崋山様の助けを借りたことを問題だとして、崋山先生と同志の方々を調べられました。さらには崋山先生が大坂の天満与力の大塩平八郎に関わりがあった、また無人島に渡航する計画をしていたなどとして、太郎左衛門様ともども老中水野忠邦様に訴え出られましたそうな」

「あの手この手を使いおるな」

「水野老中は自らお調べになり太郎左衛門様の件は事実無根と斥《しりぞ》けられました」

「もっともなことだ」

「しかし崋山先生の屋敷から出てきた『慎機論《しんきろん》』が幕府を批判するものとして崋山先生の故郷、田原領蟄居が、さらに高野長英先生の『戊戌《ぼじゅつ》夢物語』がこれまた幕府批判の書であるとして長英先生も永牢《ながろう》が考えられているとか……」

「なんとのう」

江川から預かった『西洋事情御答書』だけは鳥居の手に渡してはならぬと影二郎は改めて思った。

「牧野どの、近々勘定奉行遠山左衛門尉景元様からそこもとのお奉行筒井紀伊守様宛てに知らせが入ろう」

が、それ以上の説明を影二郎は加えようとはしなかった。

「偽忠治一行がこのところ江戸暗躍を再開した裏には、間違いなく南山御蔵入の隠れ里の失敗があると思える。牧野どの、二件三件と押込みを働いてきた者どもじゃ、四件目がないとは言い切れまい。なんとしてもその場を捕らえたい」

「先ほど申された手立てですな」

「明日にも動いてみよう。すべてはそれからじゃ」

影二郎は残った杯の酒を飲み干した。

その夜、影二郎のしとねに若菜が入ってきたのは、嵐山の後片付けを終わった四つ半（夜十一時）過ぎのことだ。

うっすらと寝化粧をはいた若菜の五体から湯の香りがした。

「影二郎様」

「待っておった」

「私も」

若菜が恥ずかしそうな声で答えた。

「若菜、祖父母の世話をそなたにさせて相すまぬな」

「おじじ様とおばば様は私のかけがえのない身寄りにございます。その方々の世話をするのは当たり前のこと」

影二郎は黙って若菜の体を抱き寄せると、襟元から手を差し入れて円やかな乳房をそっと摑んだ。

若菜が小さな声を洩らす。

「それに……」

「それになにか」

「若菜にはもはや参るところがありませぬ」

若菜の両親も姉の萌も亡くなり、天涯孤独の身であった。

「どこにいくというのじゃ。若菜、そなたの家はこの嵐山だ。そして……」

影二郎は優しく若菜の乳房を揉みしだいた。

「うっ」

という呻きを洩らしてしなやかな五体を反らした若菜が喘ぎながらも、

「そ、そして、なんでございますか」

「若菜は夏目影二郎の女房じゃ」

「うれしい」

若菜が影二郎の胸にすがりついた。

鼻孔に甘酸っぱい若菜の香りが満ちて、影二郎の欲望を刺激した。

影二郎は襟を左右に押し広げた。

有明行灯の明かりに淡い紅色につややかに光る乳頭が浮かび、影二郎はそれを口に含んだ。

「あれっ！　え、影二郎様」

影二郎は乳頭を舌先で弄びながら、若菜の帯を解くと浴衣を脱がせた。すると影二郎の脳髄を若菜の白い姿態が満たして、旅の記憶も事件の進展もすべてを忘れさせた。

「若菜、そなたが好きじゃ」

「私も影二郎様が……」

「好きか」

「好きです」

影二郎の大きな五体が若菜の細身を抱きすくめ、二人の肉体と心が一つに溶け合った。

この夜、嵐山の若い二人の寝間には若菜の口から洩れるか細い官能の声がいつまでも響いて止むことがなかった。

二

旧暦六月も下旬。

山谷堀の川面を赤とんぼが飛んで、秋の気配がどこからともなく漂ってきた。

夏目影二郎は一文字笠を被って残暑を避け、今戸橋を渡った。

時刻は昼の刻限に半刻ほどあった。

山谷堀の土手ぞいに慶養寺の広壮な山門と土塀が連なっていた。対岸には待乳山聖天社の小高い社の杜が見えている。待乳山とは本来は真土《まつち》山と書き、ほんものの江戸の土の山という意だそうな。

影二郎は山谷堀を上ってすぐに右に折れた。

すると敷地一万四千余坪の浅草弾左衛門の新町屋敷が姿を見せた。

影二郎は門番に会釈して、門を潜った。すると影二郎の顔を見知った門番の一人が奥にすっ飛んで走った。

敷石が伸びてその左右にあらゆる革製品と燈心を扱う店が軒を並べていた。長吏頭《ちょうりがしら》弾左衛門が専売するものがこの二つ、革と燈心だ。

御城の櫓用、火消屋敷用、陣太鼓とあらゆる種類の太鼓を弾左衛門が納めていた。また将軍家乗馬の御馬具などあらゆる革製品が弾左衛門の手を経ていた。

革は古来から武具、鎧《よろい》などに多く使われ、大量に消費されてきた。

それを弾左衛門が独占しているのである。

また照明具として燈心の消費は大奥から裏長屋まで莫大な量に上った。

燈心の原料である燈心草を関八州の上総、常陸を中心に十五ケ村の水田に栽培させて、各村から二百五十貫ずつの生産を弾左衛門は命じていた。これら一村二百五十貫、総額三千七百五十貫の燈心草は無代価で弾左衛門に引き渡されるのを習わしとした。むろん家康公の御墨付きがあってのことだ。

これらの逸話は長吏頭の弾左衛門と徳川幕府との古くて深い交わりを示していた。

弾左衛門が徳川幕府を陰から支えるもう一人の将軍といわれる所以《ゆえん》だ。

大勢の客たちが行き交う中、影二郎は雪駄や太鼓を並べて売る小店の間をゆっくりと歩を進めた。

ふいに行く手の人波が二つに割れた。

「弾左衛門様のお出ましじゃぞ」

「長吏頭様がお見えになった」

人込みから囁く声が響き、敷石の向こうに弾左衛門が家従の吉兵衛老人を従えて、姿を見せた。

「弾左衛門どのはご壮健の様子、なによりにございます」

「戻られたか」

弾左衛門が破顔して影二郎を迎える。二人の短いやりとりの中に親愛の情が込められていた。

「吉兵衛、残暑も厳しい。大川に船を浮かべるか」

主の命に用人の吉兵衛と従者が門の外に走った。

二人は肩を並べると吉兵衛が走って消えた門へとゆっくり歩を進めた。

その場にいた商人や客たちが弾左衛門と肩を並べて談笑する長身の若者に視線を注いで噂したものだ。

「あれがさ、桃井春蔵道場の若鬼といわれた夏目様さ」

「なんでも惚れた女に悪さをした十手持ちを殺して遠島になったという話だがねえ」

「世の中、表街道もあれば裏道もあらあ」

「違いねえ、お頭とああして一緒にいなさるんだからね」

四半刻(三十分)後、弾左衛門と影二郎は障子を開け放ち、葭《よし》の簾を垂らした屋根船の中に対座していた。

船室の隅に吉兵衛が黙然と控えているばかりだ。

船はゆっくりと大川の上流を目指していた。

二人の間には膳の上に白磁の徳利と二つの杯があるばかり、昼天の日が移動するようにゆっくりと互いの杯を満たし合い、酒を呑み合った。

「旅はどうであったかな」

影二郎は江戸を発って以来の話を弾左衛門にした。

弾左衛門は影二郎の話を瞑想するように軽く目をつぶって聞いた。

「鳥居耀蔵めが……」

話が終わったとき、両眼をかっと見開いた弾左衛門が吐き捨てた。

「あやつは己の野望のために南山御蔵入の漆や蠟に手を出さんとしたか」

「そのために大勢の百姓衆や杣人が亡くなりましてございます」

「許せぬな」

「弾左衛門どの、それがしが杞憂するは江戸での偽忠治の暗躍にございます」

弾左衛門が頷いた。が、そのことには答えず、こう言い出した。

「夏目様、明日にも水戸藩主の斉昭《なりあき》様が動かれる」

「水戸様が……」

影二郎は闇の将軍の顔を見た。

弾左衛門の情報網は城の内外に張り巡らされ、その情報の確かさと早さには影二郎も驚かされてきた。

「将軍家慶様に意見書を上げられる」

「してその内容は」

「幕府の現状を憂えて建白される『戊戌《ぼじゅつ》封事《ふうじ》』には、民生安定のための人材の登用、常習化している賄賂の禁止、倹約と国防の増強を行い、きりしたん布教の徹底禁止、阿蘭国《オランダ》との交易の取りやめ、蘭学研究の禁止などにございますよ」

「なんと……」

「突き詰めたところ防備を強化して鎖国政策の継続強化を説いておられる」

「水戸様は時代の歯車を反対に回そうとなされるのか」

水戸の斉昭は続発する飢饉や一揆に危機感を抱いていた。

が、将軍家慶は事態の深刻さに気付くことなく城中でのんびりと過ごしていた。

水戸藩の改革を目指していた斉昭は日本を取り巻く状況が危機的だと身をもって承知していた。それだからこそ将軍家に建白書を上げた。

だが、それは開明派を弾圧して、徳川誕生期の昔に回帰しろといわんばかりの内容であった。

「気になるのは阿蘭国との交流を禁止、蘭学研究の禁止など鳥居耀蔵が強行する弾圧を援護する内容にございますな」

弾左衛門は頷いた。

「まさか鳥居が水戸様に取り入ったとは……」

「思えませぬな」

「が、二人が目指すところは一緒にございますぞ」

『戊戌封事』をどう考えるべきか、影二郎は思案した。

船はゆっくりと白髭の渡しを越えて上流に向かおうとしていた。

右手には須崎村から寺島村が見えた。

「影二郎様、そこもとは偽忠治の暗躍の背後に鳥居耀蔵が控えておると考えておられるようじゃな」

弾左衛門がずばりと影二郎の推測を言い当てた。

影二郎は静かに頷いた。

「鳥居耀蔵の女房は、会津藩国家老田窪政次郎の長女娘じゃそうな」

影二郎が牧野に調べを頼んでいた一件を弾左衛門はあっさりと解決してくれた。

「娘婿の頼みに会津の家来を動かしましたか」

「さて、影二郎様、浅草猿屋町《さるやちょう》の御廻米会所《かいしょ》の西に御目付鳥居耀蔵の役宅があるのをご存じか」

「いえ、それは」

「鳥居が御目付に就いた後、四百坪ほどの役宅が極秘に貸し与えられております」

浅草猿屋町は幕府の御米蔵の西側の水路に面してあった。

影二郎が住む浅草三好町の市兵衛長屋とも近い。

「役宅には船が引き込まれる堀もある。御米蔵があるゆえ会所もあるが御目付の船ならいつでも自在に大川に出られる」

「鳥居耀蔵はそこに住まいをしておりますか」

「いや、鳥居屋敷は別にありますよ」

「猿屋町に住んでおるのはだれかな」

「調べてみなされ。そなたと縁がなくもない」

影二郎はしばらく弾左衛門の顔をみていたが、

「畏まりました」

と承知した。すると舟の片隅に座していた吉兵衛が影二郎ににじり寄ってきて、折り畳んだ紙片を差し出した。


その夜、あかを連れた影二郎は浅草三好町の市兵衛長屋に戻ってきた。

まだ長屋の路地では夕涼みする住人たちがいて、棒振りの杉次が、

「あれ、旦那、長かったたねえ。どこにいってたな」

と声をかけてきた。

「会津だ」

「長旅をしたわりにはあかは元気そうだ」

とあかの頭を撫でたのは下駄の歯入れ屋の吉造だ。

「あかは若菜のところに預けておったわ」

「道理でな、栄養が行き届いておる」

刃物研ぎの助三じいさんが聞いた。

「会津は箱根より遠いか」

「方角が違うぞ、奥州の入り口だ」

「名物はあったかえ」

「蕎麦かな、米も魚も捕れぬ山国だ」

「なにっ、白いめしも食えねえか」

江戸に住めばめしだけは食えた。それが長屋住まいの江戸っ子にも自慢だった。

「もっともよ、ここんとこまた米の値が上がった。会津じゃねえが、蕎麦がめしの代わりになりそうだぜ」

とぼやいたのは大工の留三だ。

「米ばかりじゃないよ、味噌も醬油も油も値上げだ。公方様《くぼう》はなにを考えておられるのかねえ」

「留公、将軍様が裏長屋の暮らしぶりなど気にされるものか。今夜のお相手はだれにしようかと悩んでいなさるのが関の山だ」

杉次の言葉に、

「違いねえ」

と留三が応じた。

影二郎は住民たちの口さがない話しっぷりに、わが長屋に戻ってきたと実感した。

「留守の間にだれぞ訪ねてはこなかったか」

「神田神保町の甚三親分の手先が始終顔を覗かせて、旦那の長屋を眺めていくぜ」

「げじげじの手下か、あんまり有り難くもない客だ」

「違いねえ」

路地を蚊遣りの煙に虫の声が混じって秋がすぐそこだと教えてくれた。

「部屋に風を入れよう」

影二郎は長屋の戸を押し開けると、湿気た温気《うんき》が漂い流れてきた。まずは表戸と裏の戸を開けて澱んだ温気を入れ変えた。ついでに水瓶に新しい水を張り、雑巾で軽く拭けば九尺二間の部屋の掃除は終わった。

「今宵は早寝をいたす」

井戸端で手足を洗った影二郎は長屋の住人に挨拶した。

「旦那は独り身だ、膝でも抱えて寝なせえよ」

杉次の言葉に苦笑いした影二郎は腰高障子を閉めた。

部屋の片隅に畳んであった布団を敷いて、ごろりと横になった。

九つ半（午前一時）の刻限、影二郎は目を覚ますと一文字笠に法城寺佐常を落とし差しにした。

障子戸を開けると戸口に丸まっていたあかがむっくりと起きて、主に尻尾を振った。

「夜の散歩としゃれ込むか」

どぶ板を鳴らして木戸口に向かう影二郎にあかが従う。

浅草三好町の市兵衛長屋から西に出れば、大川にそって南北にぬける御蔵前通りにぶつかる。

影二郎とあかは御蔵前通りに出ると南に足を向けた。

夜の運河の向こうに一番蔵が大きな影を見せていた。さらに蔵は通りにそって並び、蔵と蔵の間には荷船が蔵横まで横付けできるように八番堀まであった。

七番堀の西に小さな堀が伸びている。

影二郎とあかは御蔵前通りに架かる天王橋を渡ると右に折れた。いったん堀から離れていて、町家の間を一丁半も行くと猿屋町に出た。

弾左衛門が御目付鳥居耀蔵の拝領屋敷があるといった町内だ。

御目付屋敷は猿屋町北西の角地にあって、その屋敷の北を堀が流れている。

四百坪の敷地はせいぜい二百石の旗本が拝領する広さだ。が、門構えといい、土塀といいきれいに手入れがなされていた。

影二郎はひっそりと閉じられた門前を通り過ぎ、水路が引き込まれているという裏手の堀に回った。するとあかがくんくんと鼻を鳴らし始めた。

八つ（午前二時）に近い江戸の闇にそよとした風も吹かず、生暖かい温気が支配していた。

「あか、どうしたな」

と言いながら、影二郎はだれかに見られていると思った。

堀には甚内橋が架かり、その堀から鳥居の拝領屋敷内部へ舟が自由に出入りできる水門で結ばれていた。

あかは橋上から水面に顔を向けて、匂いを嗅ぎ回っている。

堀の下に小さな舟がもやわれて、茣蓙を抱えた女が一人ぽつねんと座っていた。

「旦那、遊んでいってくれませんか」

声をかけてきたのは船饅頭とよばれる私娼だ。

「………」

影二郎は作り声に聞き覚えがあった。

あかが女に向かって大きく尻尾を振った。

「男知らずのおこまが船饅頭とはな」

影二郎はあかが尻尾を振った理由を知って声をかけた。

夜目にも白く塗られた顔が浮かび、橋上を見上げた。

「騙せませぬな」

あかがおこまの胸に飛びついていった。

おこまとあかは一緒に御用旅をしたこともあった。

影二郎も小舟に乗りこんだ。

「あかがいちゃあ、密偵おこまも形無しだわ」

あかの体をもう一度抱き締めたおこまは、

「あか、ちょっと待っておいで」

と棹を取り上げ、甚内橋を潜って舟を屋敷町の奥に向けた。

右手は浅草元鳥越町が広がり、さらに進むと旗本屋敷と変わる。

左側には肥前平戸藩六万千七百石の上屋敷の長い塀が続く。

「おこま、どこから鳥居の拝領屋敷に辿りついたな」

あかは舳先におこまと向き合って座る影二郎の足下に丸まった。

「影二郎様、昨夕、江川太郎左衛門様が伊豆韮山から本所深川のお屋敷にお戻りになられました。そこで様子を見に参りますと、太郎左衛門様のお屋敷の動静をうかがう、怪しげな船を見つけました……」

おこまは南割下水《みなみわりげすい》に小舟を入れて、二丁櫓に気付いた。

舳先が切り上がって船足が早そうな船が岸辺にもやわれて、船頭が煙管で煙草を吸っていた。

おこまはその視線が江川太郎左衛門邸に注がれているのに気がついた。そこで離れた場所から二丁櫓の様子を見守ることにした。

夕暮れが夜へと変わった。

明暦の大火の後の万治三年（一六六〇）、幕府は深川一帯の開発に手をつけた。

一面の沖積低地の水気を抜いて、宅地化を図り、江戸を拡大しようとした。さらに交通の手段として東西南北に小名木川《おなぎがわ》、竪川《たてかわ》、横川などの水路を開削し、その間を小さな堀で細かく繋げた。

南割下水もそんな堀の一つだ。

旗本御家人の屋敷が並ぶ一帯に人通りが絶えた。するとふいに三人の男たちが姿を見せて、二丁櫓に乗りこんだ。

船頭が艫《とも》の櫓を使って、おこまが乗る小舟の方に漕ぎ出してきた。

おこまは咄嗟に茣蓙を被って舟底に身を隠した。

櫓の音が近付いてきて、

「太郎左衛門め、伊豆から戻っておるわ」

「今晩ならやれたぞ」

「右内様の命令なしに襲えるものか」

と声高な会話がおこまの耳に届き、櫓の音が遠くなっていった。

おこまは萁蓙から身を出すと櫓を握った。


「その二丁櫓が戻りついた屋敷が今までいた甚内橋の鳥居屋敷か」

影二郎の問いにおこまが頷き、

「鳥居耀蔵様は屋敷にお住まいではありませぬ。怪しげな男たちがかなり……」

と答えた。

「……巣くっておるか。はっきりしておることはそなたが本所深川で耳にした右内様が鈴木田右内であり、一味の頭分を務めておることよ」

おこまはまだ御目付鳥居の股肱の臣、鈴木田右内の調べがついてない様子であいまいに首肯した。

「おこま、おれが会津で始末した満田左内と鈴木田右内は嫁同士が姉妹でな、義理の兄弟であったわ」

「なんと申されました」

「鳥越のお頭が手下らに命じて調べられ、それがしに教えてくださった」

弾左衛門は影二郎が江戸を離れている間に鳥居耀蔵の身辺を探り、鳥居の影仕事を主に引き受けてきたのが満田左内であり、鈴木田右内ということに辿りついた。これらの情報は吉兵衛が紙片に細字で記して影二郎に渡してくれたのだ。

「左内の父親満田継之助も右内の父親鈴木田太郎右門も御目付の支配下、俗に羽織と呼ばれる徒目付であった。父親同士が仲がよかったせいか、左内、右内と名もまるで兄弟のように付けられ、同じお長屋で育ったのじゃ。そのうえ、同僚の小人目付の姉妹を嫁にもらい、義理の兄弟の間柄になった。こやつら二人は幼き頃よりつるんでは子供とも思えぬ悪戯《わるさ》をしてきたようでな、この残虐苛斂《かれん》な性癖と目から鼻に抜けるずる賢さに目をつけたのが鳥居耀蔵だ。浅草のお頭は二人が御目付の表の仕事の他に鳥居の影の汚れ仕事を引き受けてきたことに間違いはあるまいといっておられる」

「それでなにやら謎が解けたような」

おこまが呟き、舟は向柳原《むこうやなぎわら》の通りにぶつかって右手に曲がった。

大名と旗本の屋敷が続くところを抜けて、さらに直進すると三味線堀に入っていった。出羽久保田藩、下野烏山藩、越後三日月藩など大名家上屋敷に囲まれてある堀は、南北に細長く、三味線の胴のかたちに似ているところから、附近の住人にこう呼ばれて親しまれていた。

物音一つしない静寂に支配され、薄い雲を被った月が堀を照らしていた。

「影二郎様、御米蔵のかたわらを甚内橋の屋敷まで昼夜の区別なく自由に出入りできるのは役所の船にございましょう。それに細い水路や三味線堀を伝えば、鳥居屋敷から上野南大門町の近くまで辿りつけます」

「おこま、そなたは鳥居の手下たちが偽忠治に扮して押し込み強盗を果たしてきたと申すか」

影二郎が聞いてみた。

偽忠治一行は三件目の仕事先に上野南大門町の眼鏡師京鼈甲壮吉の住まいを選び、七人を殺して五百五十余両を強奪していた。

「違いますので」

影二郎がにやりと笑った。

「牧野様は先日、われら町方仲間が犯行を繰り返しているようにこちらの動きを熟知しているとおっしゃられました。町方ではありませぬが御目付とてそれは同じ、町方や火盗改の動きなど先刻承知にございましょう」

影二郎は三味線堀に近付く櫓の音を気にしていた。

「影二郎様、偽忠治の一行が逃走するとき、御目付の御用提灯を船に掲げて立ち去ったとしたら、だれが阻止することができましょうか」

一隻の船が三味線堀に姿を見せた。

「おこま、そなたの考えがあたっているかどうか、あやつらが教えてくれよう」

おこまの目も黒衣の者たちが粛然として座す二丁櫓を見ていた。が、船頭は艫に一人だ。

「太郎左衛門様の屋敷の前に張りついていた船はあれか」

はい、答えたおこまが足下の菰包みを剥いだ。すると一振りの小太刀が隠されていた。

三

夏目影二郎の足下からあかが立ち上がった。

背の毛が逆立っていた。

「あかもおこまも危ない目をいたすなよ」

影二郎は法城寺佐常の柄を腹前に引きつけた。

雲が切れて青い光が接近する船を照らし付けた。

おこまは櫓に両手をかけたままに舟を停止させていた。

黒衣の男たちは船頭を入れて、八人と数えられた。

二隻の船の距離が十数間と迫った。

「月見にしては無風流な出立《いでた》ちじゃな」

一文字笠の縁に片手をかけた影二郎が問うた。

「船饅頭が乗る小舟が武家屋敷で商いするとは笑止の沙汰じゃ」

舳先に片膝をついた大男が応じ、おこまの舟が見張られていたことを告げた。

「そこに小人目付鈴木田右内はおるか」

ふいに船がざわついた。

「そなたは何者か」

「夏目影二郎、と答えれば分ってもらえるか」

「勘定奉行の小倅か」

「知っておるようじゃな」

「死んでもらう」

男が立った。

なんと身の丈六尺四、五寸はありそうな巨漢で手に大薙刀を抱えていた。

「名を聞いておこうか」

「根岸流薙刀納富又八《のうとみまたはち》」

納富は八尺余の薙刀を八相に構えた。

影二郎は小舟の舳先に座したままだ。

猪牙舟は四、五間と間合いを詰めて、おこまの舟の横腹に突っ込もうとした。

そのとき、おこまの腰がしなって両手が動き、小舟はぐうっと前方に突進していった。小舟だけに櫓の動きが一気に舟に伝わり、推進させたのだ。

船頭を含めて八人が乗った二丁櫓には予測もかけない動きであった。

二丁櫓の舳先がおこまの舟尾をかすめて擦れ違い、納富が八相に構えた薙刀をおこまに向けて叩き下ろした。

おこまは櫓を捨てて舟底に転がった。

薙刀が揺れ動く櫓を斬りつけて、小舟が揺れた。

が、そのときには二隻の船は六、七間と離れていた。

おこまが飛び起きると再び櫓を摑んだ。そして急転回させた。

二丁櫓も転回しようとしていた。だが、八人の大男が乗り組んだ上に一人船頭の二丁櫓は、そうそう簡単に急旋回ができなかった。

おこまの小舟は舳先を二丁櫓の横腹に向け直した。

「こちらが肝を冷やさせる番ですよ」

おこまは櫓に力を入れた。

ぐいっと進み、影二郎の手が一文字笠の縁にかけられた。

竹の骨の間に差し込まれていた唐かんざしの飾り、珊瑚玉にひねりが入れられて両刃のかんざしが夜空を裂くと必死で二丁櫓を転回させていた船頭の首筋に突き立った。

「あっ!」

船頭が虚空に身を投げて三味線堀に転落していった。

「だれぞ櫓を代われ!」

納富又八の狼狽した声が響いたとき、おこまの舟が二丁櫓の船腹に迫っていた。

ぐあーん!

おこまの舟の舳先が船頭を失った二丁櫓の横腹に激突して、櫓を掴もうと立ち上がった黒衣の二人を水面に転落させた。

法城寺佐常二尺五寸三分を抜き上げながら、影二郎が立ち上がったのはその直後だ。

大きく揺れる二丁櫓に飛び移った影二郎は、左から右に鋭く円弧を描かせて、先反の豪剣を振るった。

「げえっ！」

「うっ！」

二人の黒衣が鋭い斬撃に脇腹や胸を裁ち割られて、船外に転落した。

二丁櫓の艫に一人、舳先に二人が残り、その間に影二郎が片膝ついていた。

影二郎は艫の一人を先反の切っ先で牽制すると、ぐるりと納富又八に向け直した。

「おのれ！」

一瞬のうちに五人を失った納富が憤激の大薙刀を八相に構え直した。

「影二郎様、艫の一人は私が……」

抜き身の小太刀を口に銜えたおこまが小舟を漕ぎ寄せる姿が影二郎の視界の端に映った。

「おのれ、女風情に」

黒衣が喚き、おこまの操る小舟に剣を翳して飛び乗った。

予期せぬ出来事が襲撃者を見舞った。

あかが猛然と飛来者の足首にかぶりついたのだ。

「げえっ!」

思いもしない攻撃にあかを振り切ろうと片足を上げた襲撃者の脇腹におこまの電撃のような小太刀が見舞った。

父親の菱沼喜十郎に幼いときより武芸百般を習わされてきたおこまの一撃だ。

避ける暇もなく深々と抉られた。

「ああっ」

絶望の悲鳴に変わった黒衣の男はあかと小太刀の激痛から逃れたい一心で水面に自ら身を投じた。

八相の納富に対して低い姿勢の影二郎は先反を正眼につけた。

間合いは一間半もない。

身動きのつかない船上のこと、長柄《ながえ》の大薙刀が優位に見えた。

が、影二郎は腰を落とした姿勢で不動を保った。

「そなたの素っ首、おれの大薙刀が殺ぎ落としてくれるわ」

納富が八相の薙刀を斜めに振り下ろした。

影二郎は大薙刀の攻撃を後ろに飛び下がって避けた。

艫に影二郎は追い込まれた。

「もはや逃れるところはないわ」

虚空で大きく円弧を描き切った大薙刀が再び影二郎に襲いかかろうとした。

「影二郎様」

小太刀を櫓に替えたおこまの舟が二丁櫓に再びぶつかっていった。

大薙刀を振るう納富又八の体が揺れた。さすがに武術家、その場に踏みとどまって大薙刀を振るった。が、大薙刀の刃風は乱れて横に流れた。

腰を沈めていた影二郎が夜空に飛び上がったのはまさにその瞬間だ。

先反佐常が片手斬りに又八の肩口を袈裟に襲った。

又八は必死で横に流れた大薙刀を手元に引き寄せようとした。

が、影二郎の佐常が迅速にも肩口を深々と裁ち割り、さらに薙刀の柄を二つに両断していた。

血しぶきを派手に振り撒いた納富又八の巨体がゆっくりと崩れるように横倒しに三味線堀へと転落していった。

影二郎は舟の中央に飛び下りた。

血に濡れた切っ先が一人残った黒衣の男に向けられた。

「剣を捨てよ」

男は突き付けられた先反に慌てて剣を水面に投げた。

「名を申せ」

「た、滝田参次郎、にございます」

「滝田、水中の仲間を助け上げよ」

「仲間を助けてよいので」

「早くせねばおぼれるぞ」

自ら櫓を握った影二郎はおこまにも命じた。

「おこま、死体を拾い上げえ」

三味線堀に落ちた二人の襲撃者と唐かんざしを首筋に突き立てられた船頭の三人が水面でもがいていた。次々に男たちが船上に引き上げられた。放心の体で座りこむ船頭、水を吐く襲撃者、もはや戦う気力は失っていた。

さらに影二郎らはおこまを手伝って、納富ら四人の死体を二隻の船に引き上げた。

「おこま、大川まで水先案内してくれぬか」

「畏まりました」

江戸の水路にも精通したおこまが櫓を操る小舟が滑り出し、影二郎の船が続いた。

三味線堀から二隻の船がいなくなったとき、戦いの痕跡もまたかき消えていた。ただ青い月光が水面を静かに照らしつけていただけだ。

浅草猿屋町の御目付屋敷はひっそり閑《かん》として人の出入りを停止した。

屋敷裏にとめられていた小舟を追跡していった八人の仲間が屋敷に戻ってこぬばかりか、全く消息を絶ってしまったのだ。不審に思い、警戒するのは当然のことであった。

消息を絶って三日目の夕暮れ、内藤新宿の町飛脚問屋吉城屋の飛脚が御目付屋敷に書状を届けに訪れた。

門番は奥へ手紙を届けるとともに飛脚を止めおいた。

玄関先に書状を手にした鈴木田右内が姿を見せた。一緒に従ってきた御目付屋敷の浪人らの首領相馬民部が問うた。

「この者がそなたの店に姿を見せたのはいつのことか」

「へえっ、わっしも直に見たわけじゃねえんですがね、出先で面倒が起こってもいけねえってんで、番頭さんがわっしに教えてくれました。二人のお武家様は、昨日の昼前に店を訪ねてきたそうなんで。そのときよ、くれぐれもこちらに届けるのは明日の、つまりは今日の夕暮れと指定なさったんで」

鈴木田は舌打ちした。

「二人はどうしたな」

「甲州街道を急いで下っていかれたそうなんで」

さらに相馬が二人の年格好や人相風体を尋ねた。その結果、相馬が鈴木田右内に顔を向けた。

「右内様、どうやら滝田参次郎と柳田知之進に間違いないように思えます」

ようやく内藤新宿から来たという飛脚は解放された。

御蔵前通りに出た飛脚は御目付屋敷に視線をやって尾行がないかどうか確かめ、内藤新宿とは反対の浅草方面に走り出した。

御目付屋敷では玄関先で鈴木田右内が届けられた書状を読み返していた。

手紙の差出人は行方を絶った滝田参次郎と柳田知之進であった。

〈鈴木田右内様　滝田参次郎と柳田知之進の両名脱盟したく届け候。子細は以下の通りに間違いこれなく候。昨夜納富又八様の命でわれら七名船頭作太の船に同乗、屋敷裏に長時間止められし小舟を三味線堀まで追跡せしところ、ふいに出羽久保田藩邸の前から一文字笠に着流しの浪人が姿を見せ、納富又八殿に尋常の勝負を誘いかけられ候。納富殿は単身愛用の大薙刀を小脇に陸に飛び上がりしところ、一文字笠の素浪人一気に納富様に襲いかかりて肩口から袈裟に斬撃し候。その攻撃の迅速残虐なる事、納富様を殺害して平然闇に消えし様子、人間業とも思えず、狐狸妖怪かとわれら一同面目なくも呆然自失し候。ようやく平静を取り戻せし時、期せずして屋敷にどの面下げて帰れるかという意見が各人の口から洩れ候。そこでわれら納富又八様の死骸を回収して、下谷七軒町の華蔵院の門前に届け、七人それぞれに行方を定めて散会候。それがし故郷が信州にござれば、同郷の柳田知之進ともども帰郷する次第。江戸にて体験した事、神に誓って他言致すまじきこと約定候。もしわれら両名に危難が降り懸かりし時、江戸での行動の詳細を記した書き付けを幕府評定所に届く用心を致した後、府外へ出立し候段、告知

候〉

「相馬、華蔵院を訪ねて参れ」

鈴木田の命に四人の手下小者を連れた相馬民部が三味線堀の北側にある華蔵院へと急行した。

鈴木田右内は奥の書院に入るとしばし熟慮した。

(滝田参次郎の手紙の内容は真実か。それともなにか仕掛けがあるのか)

結論が出ぬ間に寺内が賑やかになった。

「鈴木田様」

相馬が両断された薙刀を手に姿を見せて、

「納富の亡骸、確かに華蔵院の門前に投げこまれていたそうにございます。和尚に、すでに埋葬したという納富の傷口を確かめたところ、袈裟を見事に斬られていたそうにございます」

鈴木田は黙って相馬から納富が自慢の大薙刀を受け取った。

刃身の下、六、七寸のところで黒柄が見事に切り分けられていた。

「夏目影二郎の仕業にございましょうな」

「他にだれがおる」

苛立った鈴木田が吐き捨てた。

「鈴木田様、一気に八名を失ったは痛手にございます」

「分りきったことを申すな」

心彩流の居合いの達人相馬民部を怒鳴りつけた鈴木田は再び思案した。

「なんぞご懸念が……」

相馬が怖ず怖ずと聞いた。

「滝田は親切にもなぜ子細を書き送ってきたか」

「滝田には律義なところがございました」

「それだけか……」

「鈴木田様、どうしたもので」

相馬が指示を待った。

「屋敷の内外を注視致せ。じゃが無闇に動くでないぞ」

「なにも手を打ちませぬので」

「打たぬ」

と鈴木田右内は最後の決断をした。


浅草新町、弾左衛門屋敷の座敷で主の弾左衛門と影二郎が対面していた。

「小人目付め、だんまりを決めこんでおるそうな」

猿屋町の御目付屋敷は弾左衛門の手下たちによって昼夜見張られていた。

「どこまで動かずに耐えられるか」

影二郎が声も立てずに笑った。

あの夜、影二郎とおこまは大川に二隻の船を出すと山谷堀の今戸橋まで遡上し、影二郎はおこまを弾左衛門屋敷に助力を求めにいかせた。ただちに弾左衛門の手下たちが四つの死骸と放心したままの四人を屋敷内に運びこんだ。

影二郎の説明を聞いた弾左衛門は、

「妖怪の尻を突ついてみますか」

と言い出した。

船頭の作太の傷の手当てが行われた。さらに滝田ら三人の取り調べが弾左衛門屋敷の白洲で行われた。その結果、影二郎と弾左衛門が相談してその夜の手筈を決めた。

まず納富の亡骸と両断された大薙刀が弾左衛門の手下たちの手で再び三味線堀近くまで戻され、華蔵院に投げこまれた。さらに滝田らに自筆の手紙を書かせたのだ。

「まずは小人目付の度量をみまするか」

すべての手筈を終えた弾左衛門が笑っていった。

内藤新宿の飛脚問屋から鈴木田右内に書状が届いて二日後、今度は相州小田原宿の飛脚屋を通した手紙が猿屋町の御目付屋敷に届けられた。

鈴木田は封を切って速読するとその場に控えていた相馬に黙って渡した。

その面体《めんてい》には憤激の様子がありありとあった。

「仁科めが……」

小田原宿からの手紙は行方を絶った一人仁科万助からのものであった。

手紙はほぼ滝田参次郎の内容と同じもので、文面の最後に脱盟の詫びが縷々《るる》と記されてあった。

「仁科は西国の武骨者ゆえ、今少し骨があると思うていたが意外とふ抜けであったな」

鈴木田右内が吐き捨てた。

「鈴木田様、どうしたもので」

「明晩、動く」

と鈴木田が吐き出すように宣言した。

「八人の脱盟によりわれらの手勢は九人に減ってございます」

「おれを入れて十人ではないか。たかが商家一軒の始末何事があろう。会津の漆が見込めぬ以上、この江戸で活動資金を調達するはわれらの務めだ」

「はっ」

「心配致すな、それがしに考えもある」

鈴木田右内がにたりと笑い、機嫌を直したように言った。

「今宵の外出禁止は解く。だが、明日は全員、夕刻から屋敷に待機させせよ」

「畏まりました」

「相馬、滝田参次郎らの脱盟を他の者の耳に入れるでない。別の任務に就いておると説明せえ、相分ったな」

その昼下がり、鈴木田右内が小者を連れて御目付屋敷を出た。

黒羽織を着た様子から小人目付の御用と思えた。

さらに夕暮れ前、二人の若い剣客が姿を見せて、御蔵前通りを北に向かった。その足取りは弾むようで、浮き浮きしたものが感じられた。

弾左衛門の手下たちは無警戒な二人を今戸橋まで追跡したとき、もはや行く先は吉原しかないことを確信した。

尾行者の一人が今戸橋を渡って、新町の弾左衛門屋敷に報告に走った。すると待機していた用人の吉兵衛が夏羽織を着て、山谷堀を吉原へと上がっていった。

吉兵衛が見返り柳が風に吹かれるのを目に止めながら、五十間の両側に茶屋が軒を連ねる衣《え》紋坂《もんざか》を下りかかった。すると御目付屋敷から尾行をしてきた弾左衛門の手下の一人が寄って来て、

「番頭様、二人は揚屋町の住吉楼に上がりました。馴染みは新造の水城と小蝶にございます」

と耳打ちすると人込みに姿を消した。

吉兵衛は大門を潜ると、右手の四郎兵衛会所に入った。

「おや、吉兵衛さん」

吉原は町奉行所支配下にあった。だから、大門の左手には月番奉行所の隠密廻りの与力同心が昼夜交替で詰める面番所があった。

だが、実際の諍いや争いを処理するのは右手の四郎兵衛会所の若い衆たちだ。そして、この吉原の治安と自治を取り締まる親方が四郎兵衛その人であった。

長吏頭の用人吉兵衛も吉原遊郭の四郎兵衛も差別される人間の権益を守るために、長年、協力し合ってきたから、なんの前置きもなしに要件に入った。

「住吉楼の水城太夫と小蝶太夫のところにな、若い浪人が二人登楼しておる」

「へえ、そのお二人をどうしたもので」

四郎兵衛は吉兵衛の望みを聞いた。

「花魁《おいらん》の手練手管を願いたいのさ。酒でもなんでも相手に好きなだけ与えてねえ、有頂天にのぼせ上がらせてほしいものだ」

「吉兵衛さん、二人になにを喋らせたいので」

吉兵衛は四郎兵衛の耳に口を寄せると囁きかけ、切餅二つを手に握らせた。

「まあ、そ奴らがそれを承知なら、吐き出させてみせるよ」

「知っておりますとも」

吉兵衛は晴れ晴れした顔で四郎兵衛会所を出た。

四半刻（三十分）後、住吉楼では若い園村一平太と日下《くさか》繁太郎が狐につままれた顔で馴染みの新造、水城と小蝶のもてなしを受けていた。

これまで何度か登楼して二人と馴染んできたがいつも延々と待たされ、慌ただしく顔を見せるとそそくさと姿を消す扱いしか受けたことがなかった。それが、

「今宵はゆっくりと呑み比べいたしましょうな」

「その後な、明け方まで眠らせません」

と園村と日下の胸にしなだれかかった。

「おい、一平太、天地が逆様になったようじゃ」

「たまにはこんなこともあるものよ」

「ささ、まず酒を」

二人は大盃で酒を飲まされた。

その深夜、影二郎は孤影をひいて板橋宿外れの一軒の旅籠の前に立っていた。

影二郎は薬指を曲げて口にあて、吹いた。すると野鳥のような鳴き声が辺りに響いた。

その鳴き声が響いてしばらくした頃、通りに小太りの影が姿を見せた。

「おまえの始末はおまえがつけねばなるまい」

影二郎の言葉に小太りの影が黙って頷いた。

四

御米蔵の南は堀をはさんで、三河岡崎藩五万石の下屋敷が広がっていた。その屋敷の東側は大川に面して、乗船場が流れに張り出すように設けられてあった。

この夜、一隻の船がひっそりと止まっていた。

影二郎一人が乗船する早船は、長吏頭の弾左衛門が船頭種次を付けて貸し与えてくれたものだ。

九つ過ぎ（午後十二時）、足音が響いて船におこまが飛びこんできた。

「影二郎様、動きましてございます」

船尾にしゃがんでいた種次が棹に手をかけた。

「動きおったか」

八番堀の向こうに御目付の御用提灯であることを示す赤地に白紋、黒の縦筋入りの明かりが浮かんだ。

櫓の音がきしんで響き、二隻の二丁櫓が姿を見せて、ゆっくりと影二郎らが見守る中を左から右に漕ぎ下っていった。船頭を省いて、それぞれ五人が乗船してうずくまっていた。

種次が十分に距離をとって櫓を握った。

相手は御用提灯を高々と点した船だ、見逃すこともない。さらには押し込み先は知れていた。

偽忠治の一味は御城の東から大川永代橋際へ結ぶ日本橋川の中ほど、江戸橋の手前を右手に折れた本船町《ほんふねちょう》の両替商駿河屋貴一郎方に押し入ろうとしていた。

吉原の住吉楼の小蝶が床上手ぶりを発揮し、欲望をじらされた日下繁太郎がすっかりと喋ってしまった。それが隣室に控えていた四郎兵衛会所の若い衆の耳に入り、四郎兵衛に報告され、さらに吉兵衛へと伝えられた。

影二郎は吉兵衛の使いに手紙で知らされたのだ。

本船町から安針町、長浜町にかけて、俗にいう日本橋の魚河岸一帯だ。

御城の大奥を始め、大名旗本屋敷、それに江戸市中の町家の台所の魚を独占する魚河岸の問屋筋の商いの額は大きい。これら魚河岸に出回る金を扱う両替商の駿河屋の蔵にはつねに千両箱の三つや四つはいつでも転がっていると噂されていた。

数年前、当主の貴一郎は吉原で水揚げをする花魁との一夜の夢に千両箱を投げ出した粋人として知られていた。

種次の櫓さばきは十間も離れれば、音が聞こえないほど静かで船も滑らかに進んだ。

長さ九十六間の両国橋を潜り、さらに長い百十六間の新大橋を抜けた御目付の明かりは本流を離れて、中洲と大名屋敷との間の流れへと入っていった。

十丁も進めば、日本橋川の湊橋の西側に出る。

「影二郎様」

おこまが名を呼んだ。

「駿河屋の前には父と牧野様のお二人しか待っておられませぬので」

「四人もいれば十分であろう」

「影二郎様がおられるゆえ、心配はしておりませぬが……」

おこまの声には釈然としない様子があった。

中洲を左手に見た御目付の明かりは永久橋を潜って蠣殻町《かきがらちょう》の河岸を進む。

種次が気配もなく船足を速めた。

提灯の明かりが大きくなって、それがふいに消えた。

日本橋川に曲がったのだ。

さらに種次の船の速度が上がり、日本橋川へと右折した。

御用提灯を消した二隻は鎧の渡しを漕ぎ上がっていた。そして船影は小網町の河岸へと寄っていくと江戸橋の手前で右折した。

「狙いは間違いなく駿河屋貴一郎方にございますな」

「おこま、今宵は高みの見物、面白いものを見せてやろうか」

「趣向がございますので」

「なくもない。われら端役は名題役者の邪魔になろう。そっとな、無料《ただ》見じゃ」

影二郎が声もなく笑い、種次が小網町の河岸に船を寄せた。すると闇から二つの影が浮かび、船を待ち受けた。

勘定奉行所の監察方菱沼喜十郎と南町奉行所定廻同心牧野兵庫の二人だ。

二人は岸辺に寄せた船に乗りこんできた。

喜十郎は愛用の弓矢を携えていた。

「どうやら日下はほんとのことを喋った様子ですな」

喜十郎が潜み声でいった。

「吉原のお女郎がその気になれば、男などたわいもないものよ」

明かりを消した二隻の船が堀に架かる中之橋の下に舫《もや》った。

十人の影がばらばらと河岸に飛んだ。その扮装《いでたち》は縞模様の単衣を尻端りして下には股引を穿き、三度笠に長脇差の落とし差しという渡世人の格好であった。

本船町と伊勢町にまたがるように駿河屋は看板を上げていた。

河岸に揃った十人の前に江戸でも十本の指に入る両替商の駿河屋の店構えが堂々とあった。

十人は河岸に平行した道を素早く横切ると、左右に分かれて軒下の暗がりにしゃがんだ。

「どうやって店に押し込む気でございましょうか」

十人の手には御用提灯はなかったことに不審を抱いたおこまが呟く。

「まあ、待て」

影二郎が答えたとき荒布橋《あらめ》の方から御用提灯の明かりがやってきた。

南町奉行所の御用提灯だ。

「なんとうちの者が手引きを」

牧野兵庫が絶句した。

牧野は眼前を小走りに走る二人の同心と一人の十手持ちの風貌を観察していたが、

「南にあのような同心はおりませぬ」

と静かな怒りを呑んで呟いた。

「同心は偽者よ。十手持ちは神田須田町の甚三だ」

と影二郎が答えた。

「夏目様、偽であれ、南の御用提灯を押し込み強盗に利用させてはなりませぬ」

牧野が言い放ち、船から河岸に上がろうとした。

「そう急《せ》かすでない」

影二郎が牧野をも押しとどめた。

御用提灯を持った甚三が潜り戸に開けられた臆病窓の前に立つと戸を叩いた。

「駿河屋さん、御用の筋だ、開けてくんな」

甚三は大胆に叫びながら戸を繰り返し叩いた。

「夏目様」

牧野が影二郎を急かすようにいった。

おこまも不安の視線を向けた。

年長の監察方は一人だけ悠然としていた。が、弓矢は手に抱え込んでいつでも参戦できる準備を終えていた。

「父上、通用口を開けたらお終いです」

おこまが叫ぶ。

がたがたと音がして小さな覗き窓の臆病窓が開いた。

「はいはい、どなた様で」

番頭か、甚三に応じた。

「南町奉行所の同心お二人が火急の用事で旦那の貴一郎さんに会いたいとよ。一刻を争う御用だ、開けてくんな」

甚三が一歩退いて二人の同心の姿を見せた。一人の同心が十手を見せて、

「夜分参上したは人の命に関わること。早く致さねば駿河屋にも面倒がかかるぞ」

と言い放った。

「へえ、ただ今、開けまする」

番頭の顔が消えて、潜り戸が開かれようとした。

おこまが船から身を乗り出して、

「影二郎様、父上！」

と切迫した声を出したとき、潜り戸が開かれた。

軒下の暗がりに控えていた偽忠治たちが立ち上がった。

まず最初に潜り戸を潜ったのは南町の偽同心だ。

異変が生じたのはその瞬間だ。

潜り戸の敷居を跨いだ同心の体が硬直して、

「うっ！」

と押し殺した呻き声を夜空に響かせた。

「どうした、水沼」

偽同心の同僚が痙攣する背に声をかけた。

「どうなされました、水沼様」

甚三も不安げに声をかけた。

水沼と呼ばれた偽同心の体がゆっくりと押し戻されて外に出てきた。御用提灯の明かりで背から刀の切っ先が突き抜けているのがおこまの目にも映った。

水沼を押し戻して姿を見せたのは丸い顔に無精髭、小太りの渡世人だ。

「なんと忠治が……」

そう呻いたのは菱沼喜十郎だ。

「てめえはだれだ」

げじげじの甚三が叫んだ。

「上州国定村の長岡忠治郎」

低い声が辺りに響いた。

「忠治郎だと」

「国定忠治といったほうが分かりがいいか」

「なにっ！　忠治だって」

偽忠治の一団に動揺が走った。

「てめえら、ようも忠治の名に泥を塗ってくれたな」

忠治の片手が閃くと長曾禰虎徹の刀身がぎらりと光った。

その途端、刃に支えられていた水沼同心の体がくるくると舞って倒れた。

「よい折りじゃ、叩き斬れ」

偽忠治に扮した鈴木田右内が落ち着きを取り戻して叫んだ。

「忠治、御用だ！」

もう一人の同心が叫び、偽忠治の一団が長脇差を閃かせて忠治を囲んだ。

そのとき、駿河屋の屋根から投げかけられたものがあった。

夜空に広がったのは投網《とあみ》だ。

怪力の八寸《はちす》才市が手縄を操る投網は、大きく広がって偽忠治の一団の上に落ちた。

八寸のかたわらから日光の円蔵、蝮の幸助、山王民五郎、鹿安、三木文蔵ら忠治の股肱の臣が飛び下りると、投網の下でもがく偽忠治一家の面々の脇腹や胸部に長脇差を突き刺した。

偽忠治の鈴木田右内は投網から飛び下がって難を逃れて、大剣を引き抜いた。

「てめえの命は虎徹がもらいうけた」

忠治が鈴木田右内に迫った。

「しゃらくせえ！　天下の科人がなにを抜かしやがる」

動揺から素早く立ち直った鈴木田は手にした剣を忠治の眉間に叩きつけてきた。

鈴木田右内は南山御蔵入の駒止峠の隠れ里で死んだ満田左内と同じ剣法、溝口新五左衛門正勝が創始したとされる溝口派一刀流を修業して、なかなかの遣い手といわれていた。

だが、忠治の動きは一段と迅速果敢であった。

小太りの体を毬のように弾ませて低い姿勢から鈴木田右内の懐に飛びこむと、血に塗れた虎徹を首筋に擦り上げた。

「うっ！」

右内の刃をすり抜けた忠治は丸い肩で鈴木田の胸を突いた。すると鈴木田は尻餅をついて後ろ向きに倒れこんだ。

夜目にも鮮やかに鈴木田右内の断ち切られた頸動脈から血しぶきが噴き上がった。

もう一人の偽同心は忠治一統の修羅場剣法に圧倒されて、その場から逃げ出そうとした。

種次の船が揺れて、喜十郎が河岸に飛び上がり、その場に片膝を付くと弓に矢を番《つが》えた。

道雪派弓術の名人は無駄のない動きで満月に弓弦を引き絞ると、荒布橋の方角に必死で逃げる偽同心の背に矢を放った。

半丁の間合いを切り裂いて飛んだ矢は狙い違わず、偽同心のうなじから喉仏を鮮やかに射抜いた。

偽同心の体がくねくねと虚空に揺れると足をもつらせて転倒した。

喜十郎と牧野がその場に走った。

「親分、始末つけましたぜ」

日光の円蔵が投網の下に崩れ落ちた偽忠治一統を一瞥して、忠治に報告した。

影二郎は最後に河岸に上がった。

その姿を忠治が振り見た。

「夏目の旦那、恩にきるぜ」

影二郎は南山御蔵入に残った忠治に早飛脚を立て、ひそかに一家を江戸に呼び寄せた。忠治はその礼を言ったのだ。

「後始末はまかせよ」

影二郎の言葉に頷いた忠治と一家の面々が影二郎に目礼した。

三度笠を目深に被り直し、草鞋の紐を締め直した。

「夜旅で江戸を抜け、上州に戻るか」

「どうして上州と思いなさるね」

影二郎の問いに忠治が聞いた。

「おめえらが南山御蔵入に春先から隠れ潜んでいたのは赤城山の隠し砦を再建するため、砦造りの指揮はおれが国定村で会ったおめえの女の徳、違うかえ」

忠治の高笑いが夜の江戸に響いた。

「旦那はなんでもお見通しだ」

忠治は赤城山の隠し砦を八州廻りのために一度放棄していた。

「旦那、道はご存じだ。遊びにきなせえよ」

忠治が血ぶりをくれて長曾禰虎徹を鞘に納め、

「久し振りに故郷の国定村に戻ろうかえ」

と子分たちにいった。

「へえ、親分、お供いたしやす」

日光の円蔵が応じた。

「達者で過ごせ」

八州廻りの追跡を受ける天下の大悪党に影二郎がいった。

「旦那とはどこぞの街道で会いましょうぜ」

蝮の幸助が影二郎に笑いかけ、渡世人の一団は江戸の闇に紛れるように姿を消した。

いつの間にか影二郎のかたわらにおこまが立っていた。

「影二郎様にはいつも驚かされますよ」

「水芸人おこまの手妻ほどの仕掛けはなかったな」

影二郎が声もなく笑った。


翌日の夕暮れ、本所深川の江川太郎左衛門邸の長屋門が開いた。

式台の前に一丁の乗り物が止まり、今しも陸尺《ろくしゃく》の肩に担ぎ棒が上げられようとした。

そのとき、門前に馬蹄の音が響いた。

「御目付鳥居耀蔵様ご出馬！」

旗本らの監察監督を役目とする御目付だ。

伊豆代官江川太郎左衛門英龍も知行五百石取の旗本だ。

物々しい捕物仕度の小人目付、徒目付を従えた騎馬の鳥居がひらりと門前に飛び下りた。

陣笠の下の両眼は細く切れ上がって血走っていた。

鞭を手にした妖怪はずかずかと門を潜り、乗り物の前にきた。

「伊豆代官江川太郎左衛門、蛮社の同志、渡辺崋山、高野長英らとの交遊について取り調べしたき儀あり、目付屋敷まで同道せよ」

鳥居の部下たちが捕り縄を手に屋敷に入ってきた。

「妖怪、そなたの罪はいかがなさるな」

乗り物の中から声がした。

「うっ」

と身構えた鳥居耀蔵が、

「その声は江川ではないな。乗り物の扉を開けえ！」

と命じた。すると屋敷内から江川の門弟たちがばらばらと飛び出してきて乗り物を守ろうとした。

鳥居耀蔵と江川は江戸湾防備のために共同で巡見使を命じられた仲、姿は見ずとも声だけでも互いが分りあえる仲だ。

「何者か」

鳥居が鞭を突き出した。

「鳥居耀蔵どの、そなたが江川太郎左衛門様を御目付屋敷に召し出して強引な取り調べをなすというならば、当方も考えねばなるまい。江戸に暗躍した国定忠治の一件をな」

「おまえは夏目影二郎か」

「そなたとだけで話がしたい。手下を屋敷の外に退かせよ」

乗り物の影二郎が江川の門弟たちを屋敷内に下がらせ、

「これはおまえのために言っていることだぜ」

相手に注意を促した。

鳥居耀蔵はしばらく思案していたが、鞭を持つ手を振って小人目付ら捕り方を屋敷の外に出した。

江川邸の玄関先に鳥居耀蔵と影二郎だけが残された。

夕暮れの光が見る見る濁って衰えていこうとしていた。そのために妖怪の貌が一段と不気味に見えた。

「取引きがしたい」

「老中水野忠邦様の信頼厚い御目付を相手に天下の素浪人が取引きとな。それにそなたは十手持ちを殺した罪人……」

「おれの任務を知りたくば水野様に聞くことだ」

影二郎が平然と言い、

「鳥居耀蔵、そなたがこの江戸で忠治を暗躍させた陰の張本人じゃな」

と名指しした。

「この江戸で国定忠治が押し込み強盗を重ねたは明白なこと、それがしが偽忠治を徘徊させる理由もないわ」

「明日の評定所は鳥居耀蔵、そなたも出席の予定じゃな」

「それがどうした」

「ちとおもしろい。会津南山御蔵入の田島領代官平岡文次郎殿が出席なさるでな」

「……」

「この六月十五日の田島宿の牛頭祭礼祇園会の屋台の引き回しの折り、上町と本町の二台が検断屋敷前にぶつかり、祭り酒に酔った若い衆があわや喧嘩騒ぎになろうとした。そのとき、上州の渡世人国定忠治と子分衆が通りかかって、血を見ることなく騒ぎを鎮めたそうな。忠治親分の時機を得た仲裁に万余の見物衆から拍手が起こった……このことを田島宿の手代皆川甚平が江戸にある代官平岡文次郎どのに書状で克明に知らせきた……」

鳥居の体が怒りに震えた。

「同じ日、江戸では上野南大門町の眼鏡師京鼈甲壮吉方に国定忠治と名乗る一味が押し入り、七人を殺して五百五十余両を強奪していきおった。会津の田島宿で万余の見物衆に姿を晒した忠治が江戸で同じ日に押し込みに入れるものか」

鳥居耀蔵は沈黙したままだ。

「昨年、御目付では満田左内を南山御蔵入に御料巡見使の一人として派遣したな。そなたは江戸の活動資金の財源捜しを極秘に御料巡見使満田に命じた……」

影二郎の声は淡々と南山御蔵入で昨年から今年にかけて起こった事件を告げた。

「鳥居、南山御蔵入の隠れ里は米も採れぬ山里の百姓衆や杣人が生きるために考え出した自衛の策……」

「隠し田、隠れ里は天下の御定法破り」

「それを一介の御目付が私せんとして、同僚の巡見使を殺害させた罪は許し難い」

「夏目影二郎、父親の常磐豊後守ともども白洲に引きだそうか」

「ならば妖怪鳥居耀蔵をこの場で討ち果たすまで」

乗り物の引き戸が引かれて、影二郎が着流し姿を見せた。

六尺の長身の手に南北朝期の鍛冶、法城寺佐常が鍛造した大薙刀を二尺五寸三分の刀身に鍛ち直した先反が持たれていた。

「鳥居耀蔵、それがし、そなたと差し違えるだけの証拠は手元にある。それにそなたが拝領した猿屋町の御目付屋敷から姿を消した滝田参次郎ら数人の生き証人もわが手にある。内藤新宿と小田原宿からの手紙もおれの知恵……」

小さな舌打ちが響いた。

「女房どのが会津藩国家老の田窪政次郎の娘ということも承知しておる」

「……」

「おれがおめえをこの場で始末しないのは、老中水野様の片腕として天保の改革に携わっておるからじゃ。このことを忘れるでない」

夕闇に歯軋りがした。

「鳥居耀蔵、一に南山御蔵入の隠れ里を忘れよ。二に江川太郎左衛門様に手を出すでない。ならばおれもそなたの悪行に目をつぶろうか」

鳥居耀蔵の沈黙が続いた。

ふいに鳥居の体がくるりと回り、門へと歩きかけた。その口から、

「夏目影二郎、この度はおれの敗けだ。だがな、妖怪耀蔵と恐れられるは伊達ではない。そなたにな、いつの日か、吠え面かかせてやる」

「待っておる」

鳥居耀蔵がすたすたと暗がりを門外へと消えた。そして、馬蹄が激しく響いて捕り方の一団が本所深川から消え去った。

影二郎は小さな息をつくと父の秀信らが待つ江川家の離れに足を向けようとした。すると庭に一つの影が立っていた。

「豊後守殿は幸せ者よ」

影二郎の方に歩み寄ってきた武家の顔に玄関先から明かりが当たった。

影二郎とは初対面だった。

「遠山様、お会いしとうございました」

勘定奉行の一人、旗本五百石の遠山左衛門尉景元、後に彫り物奉行遠山金四郎として知られるようになる人物であった。

遠山の勘定奉行就任は秀信のそれよりおよそ二年後の天保九年のことであった。

「世話になったな」

遠山は影二郎に頭を下げた。

影二郎はそれには答えず、用意していた二つの遺髪を遠山に差し出した。

一つは常田真吾のものだ。常田は御料巡見使の松野熊之助と柴田岩三郎の死の原因は南山御蔵入にあると遠山から会津に派遣され、満田左内らに囚われて殺された若き監察方であった。

今一つは遠山の密偵、吉祥天のおたきのものだ。

遠山は黙って二つの遺髪を受け取り、それを胸に押し抱いて、

「常田真吾、おたき、許せよ」

と慟哭の呟きをもらした。

しばらく沈黙が支配した。

「影二郎どの、明日の評定所の用意を致さねばならぬ。今晩はこれにて失礼する。いつかな、遠山金四郎の酒をうけてくれぬか」

若い頃、放蕩の限りを尽くして背には彫り物まであるといわれる遠山金四郎が流罪を父の力

で免れ、影仕事に活路を見出《みいだ》した影二郎に言った。

「遠山様、喜んで」

「おお、受けてくれるか」

遠山は遺髪を握り締めると影二郎に会釈して去っていった。

影二郎はその背を見送っていたが、『西洋事情御答書』を懐にこの屋敷の主と父の待つ離れへと歩を運んでいった。

解説

小梛治宣《おなぎはるのぶ》
（文芸評論家）

佐伯泰英の時代小説といえば、何よりもまず、豪剣・秘剣が繰《く》り出される鮮烈な剣戟《けんげき》シーンが思い浮かんでくる。中山義秀《なかやまぎしゅう》、五味康祐《ごみやすすけ》、柴田錬三郎《しばたれんざぶろう》といった、かつての剣豪小説のパイオニアたちが造型した世界と比較してみても、佐伯泰英の描き出す世界が、いかに清新な緊張感にあふれているかがわかってくる。それは、まさしく、新剣豪小説と呼ぶに相応《ふさわ》しいものである。

だが、血の臭いばかりでなく、その時代特有の臭い（とくに闇の世界から漂《ただよ》う臭い）を文字で表現することにかけては、この作者の筆は、他の追随《ついずい》を許さないものがある。佐伯流時代小説の愛読者ならば、先刻ご承知かもしれないが、その舞台も、赤穂《あこう》浪士の事件のあった元禄時代（『古着屋総兵衛影始末シリーズ』〔徳間文庫〕）から、大岡越前の活躍する八代将軍吉宗《よしむね》の時代（『密命シリーズ』〔祥伝社文庫〕、『瑠璃《るり》の寺』〔角川春樹事務所〕）、寛政期（『鎌倉河岸捕物控シリーズ』〔ハルキ文庫〕）、そして幕末に近い天保の頃（本書を含む『夏目影二郎《なつめえいじろう》シリ

いるのである。

ーズ』〔日文文庫・光文社文庫〕、『異風者《いひゅもん》』〔ハルキ文庫〕と、実にバラエティに富《と》んでもいる時代小説の面白さは、実は、キャラクターの魅力もさることながら、作品の舞台となっている時代の雰囲気《ふんいき》が、読み手に伝わってくるかどうかによって大きく左右されるものなのだ。それを、どう表現し、伝えるかが、作家の腕の見せ所でもある。

一口に「江戸時代」といっても、二五〇年間まったく同じ時代が続いたわけではない。元禄、享保、寛政、文化・文政、天保そして幕末と、時代が下るにしたがって時代の雰囲気も自《おの》ずと異なっているはずである。

だが、それを書き分けるのは、想像以上に難しいことなのだ。というのも、その時代に活躍した著名な歴史的人物や、世上を騒《さわ》がせた事件を安易《あんい》に取り込めば事足《ことた》りるというものではないからである。そこには、作者独自の視点なり解釈といったものが当然必要になってくる。

そうでなければ、作品そのものにオリジナリティと新鮮味という付加価値《ふかかち》を与えることはできない。歴史の闇を切り裂き、そこに新たな光を当てることで、初めて読者を魅了《みりょう》するに足る独自な世界も生み出されてくるのである。本シリーズならば、浅草弾左衛門《あさくさだんざえもん》を中心とした被差別民が張り巡らす闇社会のネットワーク、腐敗《ふはい》しきった八州廻《はっしゅうまわ》りの実態、国定忠治《くにさだちゅうじ》の素顔といったものが、さしずめそれにあたるのではなかろうか。

そのあたりが、佐伯泰英は実にうまい。読者は、開巻早々、作品の舞台となっている「時代」を肌で感じながら、主人公に自らを同化させていく。現実をしばし忘れて、架空《かくう》の世界に身を任せる心地好さを存分に味わうはずである。

ところが、読後、「現代」との接点にふと気付かされ、作者の趣向（それが歴史に対する作者の独自な視点でもある）に感心させられることにもなる。このあたりに、時代小説を読む妙味《みようみ》もあるのだが、最近は、そうした作品になかなかお目にかかれなくなってきた。その意味でも、佐伯泰英は時代小説界において貴重な存在といえる。

だが、佐伯泰英が「時代小説」に筆を染《そ》めるようになったのは、平成十一年一月に書き下ろし刊行された密命シリーズ第一作『密命　見参！　寒月霞斬り』（祥伝社文庫）以降のことである。まだ三年にも満たない。その間に、三つのシリーズものを瞬《また》く間に生み落とし、それ以外にも『瑠璃の寺』（九九）、『異風者』（二〇〇〇）といった異色の秀作をものにしてもいるのである。また、今年に入ってからは、父の無念を胸に秘《ひ》めた少女と彼女を慕《した》う三人の若者を主人公に据《す》え、江戸の人々の暮らしを情感豊かに描いた連作『橘花の仇　鎌倉河岸捕物控』（〇一）で、新境地を拓《ひら》いた観もある（シリーズ第二弾『政次、奔る』も刊行されている）。

この目を見張るような活躍ぶりを目《ま》の当たりにして、私の脳裏《のうり》には昭和初期に「怪物《モンスター》」と称された牧逸馬《まきいつま》の名がふと浮かんできた。

『丹下左膳《たんげさぜん》』の生みの親といえばお分かりだろう。彼はアメリカ放浪の旅から帰国するや、牧逸馬の他に、林不忘《はやしふぼう》、谷譲次《たにじようじ》という三つのペンネームを駆使して、探偵小説、怪奇小説、時代小説、ユーモア小説、家庭小説からノンフィクションまで幅広い分野で活躍した。それぞれの分野の作品が相乗《そうじょう》効果を生み、書けば書くほど面白くなるという作家でもあった。

佐伯泰英も、時代小説を書く以前から様々な分野の作品を手掛けてきている。それは小説だけではなく、写真にも及ぶ。簡単にトレースしてみよう。

今から三十年ほど前、佐伯泰英はスペインのアンダルシアに滞在し、闘牛《とうぎゅう》カメラマンとして活躍した。その成果は、写真集『闘牛』（一九七六）となって実を結び、さらに八一年には長編ノンフィクション『闘牛士エル・コルドベス1969年の叛乱《はんらん》』で第一回プレイボーイ・ドキュメント・ファイル大賞を受賞しているのだ。

小説家としては、八七年に刊行した国際謀略小説『殺戮《さつりく》の夏　コンドルは翔《と》ぶ』（のち『テロリストの夏』と改題）がデビュー作となる。その後も、『復讐の秋パンパ燃《も》ゆ』（八七、のち『復讐の河』と改題）、『ユダの季節』（八九）、『白き幻影のテロル』（九〇）、『眠る絵』（九一）、『ピカソ青の時代の殺人』（九二）、『聖母の月』（九三）など、主にスペインに材を求めた冒険小説や謀略小説、サスペンス小説に健筆《けんぴつ》をふるった。

また九四年からは舞台を東京に据えたシリーズもので新境地を拓いた。ラテン系犯罪者の尋《じん》問《もん》を専門に通訳するアンナ吉村《よしむら》を主人公とするシリーズがそれだ。さらに九八年には、爆破テロの恐怖を描いたパニック小説『ダブルシティ』を刊行している。

こうした広範囲にわたる創作活動の延長線上に、佐伯泰英の時代小説はあるわけである。最近の著者の活躍ぶりをみていると、時代小説の世界へ、さまざまな分野の小説で鍛《きた》え上げた豪剣を手に颯爽《さっそう》と斬り込んできたという表現がぴったりのような気もしてくる。それまでの創作が時代小説に相乗的に活かされ、独自な世界を生んだともいえよう。

『夏目影二郎シリーズ』は、そうして生み出された佐伯流時代小説のなかの逸品《いっぴん》である。主人公の魅力、時代の匂《にお》いといった点からみても読者を魅《ひ》きつけずにはおかない。本書『妖怪狩り』は、『八州狩り』、『代官狩り』、『破牢狩り』に続く第四弾である。

シリーズ第一弾の『八州狩り』が、日本文芸社から刊行されたのが昨年（二〇〇〇年）四月のことだから、一年半足らずの間に四作が立て続けに刊行されたことになる。それだけに、作品そのものに勢いが感じられる。しかも四冊目となると、脇役《わきやく》を含めたシリーズを彩《いろど》るキャラクターたちも脂《あぶら》の乗った縦横無尽《じゅうおうむじん》の活躍をしてくれるようになり、まさに「読み季《どき》」、「読み得」の一冊といっていい。

今回、夏目影二郎が「狩る」相手は、「妖怪」と恐れられた目付の鳥居耀蔵《とりいようぞう》である。鳥居は、伊豆韮山《いずにらやま》の代官、江川太郎左衛門英龍《えがわたろうざえもんひでたつ》を蛮社《ばんしゃ》の同志、渡辺崋山《わたなべかざん》・高野長英《たかのちょうえい》らとの交遊を根拠にして断罪せんともくろむ。

影二郎の実父、勘定奉行の常磐豊後守秀信《ときわぶんごのかみひでのぶ》と江川の屋敷とは隣り合っており、交遊も深い。影二郎も二年前、伊豆の戸田湊《へだみなと》に大坂から大塩平八郎《おおしおへいはちろう》の乱の残党が船で逃れてきて、江戸で再起を図《はか》るべく国定忠治一党と合流するのを阻止《そし》する際に、江川英龍の協力を得ていた（シリーズ第一弾『八州狩り』)。

その江川英龍が鳥居に暗殺される危険すらあるという。影二郎は父の秀信から「万一のとき、鳥居を斬れ」と命じられる。

一方、江戸では偽《にせ》の国定忠治が商家を襲い、残虐《ざんぎゃく》な盗みをはたらく事件が起こった。その裏には鳥居の影が見え隠れする。偽忠治を暗躍させる目的は何なのか?

影二郎は、事件の真相を探《さぐ》るため本物の忠治の行方を求めて、中山道を上州《じょうしゅう》へと向かう。その道中で出会った正体不明の美女、吉祥天《きっしょうてん》のおたきと連れ立って影二郎は、上州と奥州《おうしゅう》をむすぶ南山御蔵入《みなみやまおくらいり》へと険阻《けんそ》な道を分け入っていく。

この忠治と出会うまでの「旅」が、本書の読み所の一つでもある。従来の道中記とは趣《おもむき》を異にした、冒険小説的要素がふんだんに盛り込まれダイナミックな「旅」が繰り広げられることになるからである。そして、目的地の南山御蔵入の隠れ里で忠治と再会した影二郎は、大きな陰謀が張り巡らされていることに気付く。その背後には、やはり鳥居燿蔵の影があった。鳥居が狙《ねら》う「隠し漆《しぶ》」とは……。

というように、影二郎の今回の「旅」も波乱《はらん》に富んだものである。そこには、冒険小説的要素とともに謀略小説の妙味も加わり、面白さの相乗効果が大いに期待できる。

そして、本シリーズのもう一つの読み所は、妾腹《しょうふく》の子として生れ、人を殺《あや》めた前歴をもつ影二郎が人間として成長していく過程が、父との関係を軸にさりげなく描かれているところであろう。そこに、小説としての厚みと深さを感ずることができるのである。

成長といえば、『八州狩り』の道中で拾われたときは、影二郎の懐《ふところ》に入るほど小さかった愛犬・あかが逞《たくま》しく育っていく姿もまた楽しみの一つである。そのあたりからも、シリーズものを読む楽しさを、この『夏目影二郎始末旅シリーズ』では満喫できるはずである。

光文社文庫

文庫書下ろし／長編時代小説
妖《よう》怪《かい》狩《が》り
著者　佐《さ》伯《えき》泰《やす》英《ひで》

2001年11月20日　初版1刷発行

発行者　濱井　武
印刷　豊国印刷
製本　光洋製本

発行所　株式会社　光文社
〒112-8011　東京都文京区音羽1-16-6
電話　(03)5395-8149　編集部
8113　販売部
8125　業務部
振替　00160-3-115347

落丁本・乱丁本は業務部にご連絡くだされば、お取替えいたします。
ISBN4-334-73234-8　Printed in Japan

お願い　光文社文庫をお読みになって、いかがでございましたか。「読後の感想」を編集部あてに、ぜひお送りください。

このほか光文社文庫では、どんな本をお読みになりましたか。これから、どういう本をご希望ですか。

どの本も、誤植がないようつとめていますが、もしお気づきの点がございましたら、お教えください。ご職業、ご年齢などもお書きそえいただければ幸いです。

光文社文庫編集部

岡本綺堂　綺堂むかし語り
岡本綺堂　白髪鬼
岡本綺堂　影を踏まれた女
勝目　梓　冥府の刺客
小杉健治　大江戸人情絵巻
小松重男　のらねこ侍
佐伯泰英　破牢狩り
笹沢左保　木枯し紋次郎（全十五巻）
笹沢左保　直飛脚疾る
笹沢左保　家光謀殺
澤田ふじ子　けもの谷
志津三郎　幕末最後の剣客（上・下）
志津三郎　柳生秘帖（上・下）

志津三郎　大盗賊・日本左衛門（上・下）
志津三郎　天魔の乱
柴田錬三郎　戦国旋風記
白石一郎　夫婦刺客
高橋義夫　南海血風録
多岐川恭　お丹浮寝旅
多岐川恭　目明しやくざ
多岐川恭　出戻り侍
多岐川恭　闇与力おんな秘帖
多岐川恭　岡っ引無宿
多岐川恭　べらんめえ侍
多岐川恭　馳けろ雑兵
多岐川恭　叛　臣

★★★光文社文庫 目録★★★

- 宮城賢秀 斬殺指令
- 宮城賢秀 賞金首
- 宮城賢秀 鏖殺 賞金首(二)
- 三好 徹 誰が竜馬を殺したか
- 山岡荘八 柳生石舟斎
- 六道 慧 おぼろ隠密記
- 六道 慧 おぼろ隠密記 大奥騒乱ノ巻
- 六道 慧 おぼろ隠密記 振袖御霊ノ巻
- 隆 慶一郎 駆込寺蔭始末
- 隆 慶一郎 風の呪殺陣
- ダグ・アリン 田口俊樹ほか訳 ある詩人の死
- EQ編集部編 英米超短編ミステリー50選
- エラリー・クイーン 各務三郎編 クイーンの定員(全4巻)

- ディーン・R・クーンツ 中井京子訳 殺人プログラミング
- ディーン・R・クーンツ 松本みどり訳 闇の眼
- ディーン・R・クーンツ 柴田都志子訳 闇の囁き
- ディーン・R・クーンツ 大久保寛訳 闇の殺戮
- ウィリアム・J・コフリン 中山善之訳 死刑宣告
- ウィリアム・J・コフリン 中山善之訳 不倫法廷
- S&C・ジアンカーナ 落合信彦訳 アメリカを葬った男
- ヘンリー・スレッサー 宮脇孝雄ほか訳 伯爵夫人の宝石
- ドロシー・L・セイヤーズ ほか ネコ好きに捧げるミステリー
- 鄭 飛石 李 銀沢訳 小説 孫子の兵法(上下)
- 鄭 飛石 町田富男訳 小説 三国志(全三巻)
- リンゼイ・デイヴィス 伊藤和子訳 密偵ファルコ 白銀の誓い
- リンゼイ・デイヴィス 酒井邦秀訳 密偵ファルコ 青銅《ブロンズ》の翳り